劳伦斯·布洛克作品

八百万种死法

Eight Million
Ways to Die

Lawrence Block

[美]劳伦斯·布洛克 —— 著
冯洁音 —— 译

上海译文出版社

图书在版编目(CIP)数据

八百万种死法/(美)布洛克(Lawrence Block)著;冯洁音译.—上海:上海译文出版社,2018.6
(劳伦斯·布洛克作品系列)
书名原文:Eight Million Ways to Die
ISBN 978-7-5327-7615-3

Ⅰ.①八… Ⅱ.①布…②冯… Ⅲ.①侦探小说—美国—现代 Ⅳ.①I712.45

中国版本图书馆CIP数据核字(2018)第026979号

图字:09-2014-825号

八百万种死法
[美]劳伦斯·布洛克 著 冯洁音 译
责任编辑/黄昱宁 装帧设计/孙豫苏

上海译文出版社有限公司出版、发行
网址:www.yiwen.com.cn
200001 上海福建中路193号 www.ewen.co
启东市人民印刷有限公司印刷

开本 890×1240 1/32 印张 14.75 插页 2 字数 172,000
2018年6月第1版 2018年6月第1次印刷
印数:00,001—10,000册

ISBN 978-7-5327-7615-3/I·4662
定价:58.00元

导读之一

硬汉派写作和大都会风情

小宝

开笔写罪案小说之前，劳伦斯·布洛克是不得意的学生——没有读完大学，没有一张学位文凭；还是不得志的作家——为软性情色文学杂志供稿，收入颇丰，但非其素志。

上世纪六十年代初，他接受了生平第一部长篇小说的邀约，说好是言情小说，略有膻腥，他写到一半却变卦了。结果他写成了一部长篇罪案小说，骨骼清奇，品味不俗。从此开始了他罪案小说家的生涯，至今已有五十几部长篇问世，获奖多多，公推为英美罪案小说第一人。

布洛克的罪案小说，明确承续哈米特、钱德勒的传统，是所谓硬汉派写作。哈米特以来的硬汉派写作，除了提升破案故事的文学价值，还埋伏着一条美国知识分子的抗议路线。哈米特本人就是一个坚定地与既成体制对抗的“硬汉”。

对此，布洛克心领神会。他的罪案小说主要有五个系列：谭纳系列、马修·斯卡德系列、雅贼系列、奇普·哈里森系列、杀手凯勒系列。五个系列就是五大主要人物。布洛克对这些主要人物的设计，很明显地表达了他对主流建制流行伦理的疏离和奚落。

他笔下的第一个侦探伊凡·谭纳登场就是美国的异见分子，行迹可疑，和世界各国的异议人士都有联系，被联邦调查局、中央情报局、国土安全部……长期监控，生计无着，日常收入来自替大学生、研究生代写论文的捉刀费。自我流放的谭纳是布洛克书中颇具悲剧英雄气息的主角。平心而论，他也是布洛克书中最脱离生活、刻画糟糕的人物。

马修·斯卡德系列在布洛克的小说里光芒四射，读者反响和舆论批评几乎一致喝彩，销售也极为成功。斯卡德确实是布洛克笔下最有深度的人物。

他的角色设定没有谭纳那么极端，但底色依然是浓浓的反建制黑。他原来是体制中人，警察局的侦探。一次和罪犯的枪战中跳弹打死一个小女孩，负疚终身。以后辞职、酗酒、离婚，当上一名没有执照的私家侦探，接案全凭心情，成交不立合同。女朋友是妓女，办案助手是古惑仔。身边人物十之七八是社会的下九流……

《八百万种死法》是斯卡德系列中最负盛名的一部。主要事件是侦破一个妓女的凶杀案。书中比较奇特之处是四五个妓女及黑人皮条客的形象熠熠生辉，令人一新耳目。

这些妓女容貌姣好国色天香已经不在话下。不可思议的地方是她们人人都有超高的品位和才华。一位是诗人，一位是记者，一位是艺术家，一位是东方生活美学的推广人……她们的修养和见识会令二十一世纪的海上名媛无地自容。而黑人皮条客对非洲艺术的品鉴之精，藏品之珍，完全独步纽约。

这些有点反常的人物设置在小说中并不显得突兀。因为这一切发生在纽约。故事的都会传奇和纽约时空，正是布洛克罪案小说的另一大特色。

这也是硬汉派写作的一个传统：文学表现必须奠基于确定的都市根据地。哈米特有旧金山，钱德勒有洛杉矶，布洛克有纽约。《八百万种死法》对妓女和皮条客的美化，既有对建制外生活的欣赏，更是对纽约风情的认同。

八百万是当时纽约的人口数。《八百万种死法》的人文追求可以换成一个相对的书名《八百万种活法》。遇难的妓女曾经说过："我把事情简化为两个选项，如果 A 不好，我就选 B。但那不对。字母表里还有很多其他字母。"斯卡德嘟囔说："她完全可以教哲学。"尊重多样化的存在、多样化的选择、多样化的权利，是布洛克全部小说的内在哲学，也是纽约的生活哲学。

顺便说一句，布洛克小说读起来顺畅，不别扭，即便别出心裁也不会失之荒唐，很大程度上要归功于布洛克的写作技巧：他非常喜欢也特别擅长用对话来交代故事，用对话来推动情节，用对话来彰显人物，用对话来传达观念。布洛克的小说对话，通常能理顺整部作品的叙述节奏，让离奇归于常情，不仅仅是调节气氛的炫技，值得再三玩味。

从斯卡德系列开始，越往后走，布洛克越不坚持僵硬的抗议姿态。不认同的底线他不会放弃，但小说更多表现生活本身的复杂和奇妙。建制从来就不是生活的全部。在纽约只要你选择得宜，建制就是生活中不必过虑的小硬块。

后出的雅贼系列中的雅贼伯纳德·罗登巴尔有两个身份，一是夜闯空门的小偷，一是珍版旧书书店老板。罗登巴尔常常偷窃时撞上大案，被迫做了破案人。他的日常身份，小偷代表对建制的不认同，书店老板代表纽约生活清雅的品味。硬汉派写作的抗议传统和都市传统在这里奇妙地妥协了。罗登巴尔比斯卡德要明朗讨喜很多。布洛克说，斯卡德代表纽约的黑夜，罗登巴尔代表纽约的白天。

上世纪九十年代，布洛克推出了他最后的系列，杀手凯勒。凯勒的人物设定最有意思。他是冷血的杀手，接单杀人，不问是非，没有任何道德考虑。但在日常生活里，他却是正派正常正直的好市民，乐于助人、尊重女性、喜爱动物、与同事（杀手经理人）关系融洽，他有集邮的癖好，是9·11后救灾重建活动的义工……

凯勒的设定是布洛克最后的盘问：职业其实是建制的一个局部。每个人都有可能以为自己是好人，或者力图做个好人，可是你从事的职业经得起道德良心的检验吗？银行家金融诈欺、警察贪赃枉法、律师颠倒黑白……每个人其实都是程度不同的杀手凯勒。反过来说，即便你是杀手凯勒，你也可以试图做一个职业以外、建制以外的好人。

导读之二

马修·斯卡德哭了

小白

在《八百万种死法》中，马修·斯卡德只是不断地出没于纽约城各种不法之地——皮条客和毒贩们喜欢的酒吧餐馆，抢劫犯乐意下手的陋街窄巷，妓女们日常住的公寓。他在这类地方寻找那些身份可疑的人。提问，察言观色，有时候被揍或者揍对方。就这样渐渐接近真相，一步步找到杀人罪犯。他把这个叫做“跑腿敲门”。

这种做法，大约在二三十年代美国小说家哈米特和钱德勒们的笔下真正成型。人们把这些作家塑造的诸多男主角笼统称为硬汉侦探。他们的道德感以愤世嫉俗的方式来表达，聪明强悍，却伴随着酗酒之类的性格缺陷，他们擅长打架，更擅长被人打趴在地。福尔摩斯和波洛那一代侦探靠天才大脑寻找罪犯，马修·斯卡德们基本上依靠一具肉身。因为他们是二十世纪都市化想象的产物：危险不是来自家族内部、庄园内部，或者一个小村镇内部，危险来自一个巨大的城市。城市中有成千上万人口，其中有无数罪犯，可以制造出“八百万种”杀人事件。

而刑事侦查学呢？虽然早在三十年代警察们就学会了采集指纹认证罪犯，但远未建起一个真正可以检索比对的指纹数据库，距FBI某位特立独行、善于讲故事的探员发明犯罪心理画像技术应用于罪案调查时也还早。在这种情况下，马修·斯卡德除了拿肉身在这个城市丛林中盲目滚撞，又能干什么？就像小说中的警察局，除了把现场物证收集归档，等待罪犯下一次作案，等待罪犯和罪证自己冒出来的偶然机会，他们又能干什么呢？

劳伦斯·布洛克的这部小说虽然写作于城市管理和罪案调查技术已有突破发展的二十世纪八十年代，却承袭了一个老派的故事模式。马修·斯卡德依然像三十年代钱德勒笔下的马洛那样，靠机灵反应，靠体力，主要是靠抗击打能力在犯罪故事中讨饭吃。他一路磕碰冲撞，四处打听，在电话中运用一些后来被人称为“社会工程学”的技巧手法，就这样把案子给破了。这不奇怪，因为一直要到下一个十年，人们才通过《沉默的羔羊》和《本能》这类电影，发现警察们早已能够用另一套办法来从千万人口中筛选出犯罪嫌疑人：包含各种个人记录的数据库、心理画像、先进的法医学取证。

但这种故事模式本身富有意味，它来自一个更具诗意的现代传统：马修·斯卡德同样是一个都市漫游者，虽然布洛克所面对的大都市，相比波德莱尔和本雅明所面对的，有更多敌意，更多危险。在那里，坏人们在赚大钱，正派人却只能到苏荷区地下室酗酒者互助会寻求安慰。一个朋友几天不见，你就有可能在报纸本埠新闻栏杀人案件现场报道中发现他的下落。不过，无论如何也还有诗意。除了篇首引语特地借用坡的说法点出“诗意主题”(poetical topic)，以及小说中有一位妓女诗人之外，男主角马修·斯卡德无论是说话行事思绪想法，作者用第一人称叙述起来都像是在作一部叙事诗，词句不甘心太过切合实际。把劲头十足的街头粗话与略显浮夸的书面隐喻混到一起，虽然依稀有一丝矫揉，但正好适合梁朝伟他们喜欢。

说到词句，劳伦斯·布洛克有一种美国私立高中或者大学低年级学生的风格。书中不时提及古希腊史诗和易卜生剧情，或者直接朗诵一段希尔维亚·普拉斯。那些男女角色，无论是警察、毒贩、妓女、酒保，似乎都接受过不错的古典文学基础教育。这些喜欢绘画、木雕、音乐和戏剧的法外之徒，个个都像是参加过某种校园兴趣小组。我们先前提到过的，马修·斯卡德为他自己的调查方法所命名的那个“屁跑敲”，英语原作中是一个马修自创的首字母缩略词：goyakod，意思是 Get off Your Ass and

Knock on Door（屁颠屁颠跑腿，一家家敲门）。这种喜欢用首字母缩略语来做隐语的说话方式，像不像个美高女学生？而那时候正与马修说着话的钱斯，那个优雅的，多少带着一点桑塔格式坎普的皮条客钱斯，一听到这个自创暗语，就像另一位美高同学，立刻心悦诚服，交了马修这个朋友。多看几部八十年代美国高中生类型题材的电影，你会揣摩出那种风格来的。由此也可见，在马修·斯卡德的硬汉外表下，实则深埋着一颗柔软的心。

劳伦斯·布洛克所有小说中，真正的主角是那座城，纽约。他甚至给另一部小说起了个“小城”的名字，所谓小城指的就是纽约。显然，能把纽约说成小城的人，跟纽约一定是亲得不能再亲了。因为纽约挺大的——马修·斯卡德坐车到了另一个区，就不认得路。纽约就像上海，就算你住它几十年，也总有一些地方你从未涉足。布洛克把他的虚构犯罪故事安放在一座真实不虚的纽约城中，给那些真实地名添加迷人的传奇。城市是千百万俗人住的地方，有了劳伦斯·布洛克那样的小说家，它们才变得不俗。所以他们到了纽约，宁可按照马修·斯卡德的路线图游览，他们到了纽约，一定要找找那条街上的酒吧。由此可见，一个作家真正喜欢一座城市，不一定都要写它的好人好事，把它写得险象丛生，有时候也能达到宣传效果。

总而言之，人们能从这部小说中读到城市传奇，读到纽约人的知识趣味，读到一个失意的都市漫游者，读到残酷和温情。却不要希望书中真的有一位“硬汉”侦探——无论如何，在小说结尾，马修·斯卡德哭了。

一位美女之死，无疑是世上最有诗意的话题。

埃德加·爱伦·坡

第一章

她一进来我就看见了，你不会错过她。她有一头近乎白色的金发，这种发色如果长在小孩头上，人家就会称之为黄毛。她的头发梳成两条大辫子，用发卡盘在头上，额头高而光滑，颧骨突出，嘴略嫌大。她身着酒红色的大牌牛仔裤，配一件香槟色裘皮短外套，脚蹬西部式样的靴子，看上去足有六英尺高，修长的双腿占了大部分身高。这一整天都断断续续地下着雨，但是她没有带伞，头上也没有任何东西遮挡，水珠像钻石一般在她的发辫上闪烁。

她在门口站了一会儿熟悉环境。这是一个星期三的下午，三点半左右，阿姆斯特朗酒吧生意很萧条，吃午餐的人群早就散了，人们下班来这里又为时过早。再过个十五分钟左右，有两三个教师会进来喝一杯，接下来还有罗斯福医院的几位护士，她们四点钟下班。但是此刻吧台只有三四个人，坐在前面餐桌旁那对人快要喝完一杯酒了。就这几个人，当然，还有我，我坐在里面的老位子上。

她蓝色双眼的视线穿过整个房间，立刻就认出了我，我也抓住了她的目光。但是她先在吧台停留了一下，确认之后才从餐桌之间穿过向我走来。

她说，“是斯卡德先生吗？我叫金·达基宁，是伊莱恩·马德尔的朋友。”

“她给我打过电话。请坐。”

“谢谢。”

她在我对面坐下，把手袋放在桌上，拿出一包香烟和一个简易打火机，点烟之前停了一下，问是否可以抽烟。我说没问题。

她的声音同我想象的不一样，很柔软，只带一点中西部口音。看到她的靴子、裘皮上衣和线条分明的面孔，还有那带有异国情调的名字，我本来期待听到的是出自受虐狂想象中的声音，冷漠硬朗，欧洲派头。她比我乍一眼看见时猜想的还更年轻，不超过二十五岁。

她点了烟，把打火机放在烟盒上。女招待伊芙琳这两星期一直上日班，因为她在外百老汇的一出戏中得到了个小角色。她看上去总是要打哈欠的样子，走到桌边时金正在摆弄着打火机。金要了一杯白葡萄酒，伊芙琳问我是否还需要咖啡，我说要，金说："哦，你在喝咖啡？那我也不要酒，来杯咖啡吧，这样行吗？"

咖啡端上来后，她加了鲜奶油和糖，慢慢喝着，告诉我说她不怎么喝酒，尤其不在大白天喝酒。但是她无法像我那样喝黑咖啡，她一向喝不来黑咖啡，要喝就必须是甜而浓，几乎像点心那样。她觉得自己运气好，从来不用担心体重问题。她什么都能吃，也从来不长一丁点儿肉，这难道不算运气好吗？

我同意她的说法。

我同伊莱恩认识很久了吗？认识好多年了。哦，她自己认识她没那么久，实际上她在纽约并没有待那么久，她同她也没那么熟。但是她觉得伊莱恩人很好，对吧？我说是的。伊莱恩还是个处事冷静的人，非常明白事理，这很了不起，对吧？我说的确如此。

我等她慢慢来。她滔滔不绝地东拉西扯，微笑着，说话时直视你的双眼。她很可能在任何一项选美比赛中获胜，即使一开始没那么出色。如果她要花些时间才能言归正传，我无所谓。我反正没地方可去，也没啥其他事情要做。

她说，"你当过警察。"

"几年前的事儿了。"

"现在你是私人侦探。"

“不算是。”她眼睛睁大了，是非常生动的蓝色，有着不同寻常的色调，不知道她是否戴着隐形眼镜。隐形眼镜有时会对眼睛的颜色产生奇异的效果，改变一些色调，增强其他色调。

“我没有执照，”我解释说，“我决定不再携带警察胸章时，也不准备携带一张执照。”也不想填表、做记录，或者同收税的人打交道。“我做的事情非常不正规。”

“但你就是干这一行的？你靠这为生？”

“对的。”

“那你把这叫作什么呢？你干的这一行。”

你可以说这是弄点钱用，但是我弄不到那么多钱。工作自己找上门来，我拒绝的比我接受的更多，我接受的工作是我想不出办法拒绝的。此刻我琢磨着这个女人到底想要我干啥，我是否能够找出什么借口来说不。

“我不知道该叫作什么，”我告诉她，“你可以说我为朋友帮帮忙。”

她表情轻松起来。她一进门就一直在笑，但这是第一次眼神里也有了笑容。“嗯，那太好了，”她说，“我正好需要有人帮忙。实际上我需要一位朋友。”

“你有什么问题？”

她又点了支烟来多点时间思考，然后把打火机放在香烟盒上，低下眼睛看着双手。她的指甲修剪得很好，长长的，但不显得突兀，涂成波特酒的那种茶色，左手中指上戴着一枚镶嵌着大块绿色方形宝石的金戒指。她说，“你知道我是干什么的，同伊莱恩一样。”

“我猜是的。”

“我是妓女。”

我点点头。她坐直了身体，挺起肩膀，扯了扯裘皮外套，解开了喉咙口那颗搭襻。我闻到一股她的香水味。我过去闻到过这种辛香味，但是记不起在什么场合。我拿起杯子，喝完了咖啡。

“我不想再做了。”

“不想再做这一行？”

她点点头。“我已经做了四年。四年前的七月我来这里，八、九、十、十一月，四年零四个月。我二十三岁，还年轻，对吧？”

“是的。”

“感觉好像没那么年轻了。”她又扯了扯外套，重新扣上搭襻，戒指闪着光亮。“四年前我从长途车上下来，只提着个手提箱，手臂上搭着一件牛仔布夹克。现在我有了这个，是貂毛的。”

“你穿很好看。”

“我情愿拿它去换那件旧夹克，”她说，“如果能够回到过去。但是回不去了，因为如果回到过去，我还是会过同样的日子，对吧？要是能重回十九岁，知道我现在知道的一切，那该多好。但那除非是在十五岁就开始接客，但那样的话我现在也早死了。我在胡说八道，抱歉。”

“没关系。”

“我想放弃这种生活。”

“接下来干什么呢？回明尼苏达去？”

“是威斯康星。不，我不会回去，那里我没什么事可做。我不想再干这一行，并不等于一定要回去。”

“那好吧”。

“那样我会给自己找很多麻烦的。我把事情局限在两种选择上面，如果A不好的话，那就意味着我只能选择B。但这是不对的，因为还有其他二十四个字母可以选择。”

她还可以去教哲学。我说：“那我有什么用处呢？金？”

“噢，对了。”

我等待着。

“我有个拉皮条的。”

“他不肯放你走？”

“我还没对他说过任何事情。我觉得可能他知道，但是我什么都没说过，他也没说过什么，而且……”她上身颤抖了一下，上嘴唇闪着小小的汗珠。

“你怕他。”

“你怎么猜到的?”

“他威胁过你吗?”

“算不上威胁。”

“那是什么意思?”

“他从来没有威胁过我，但是我觉得受到了威胁。”

“有其他女孩试过要离开吗?”

“我不知道，我对其他女孩了解得不多。他同其他拉皮条的很不一样，至少同我认识的其他人不一样。”

他们都不一样，只要问问他们的女孩就知道了。“怎么不一样?”我问她。

“他更斯文些，没那么张狂。”

那当然。“他叫什么名字?”

“钱斯。”

“名还是姓?”

“大家就这么叫他，我不知道是名还是姓，也许都不是，也许只是个绰号。干这一行的人，他们在不同场合都有不同的名字。”

“金是你的真名吗?”

她点点头。“但是我另外还有走街的名字。我在钱斯之前还有另外一个拉皮条的，他叫达菲，他叫自己达菲·格林，但也叫尤金·达菲。他有时还用另一个名字，我忘了。”她想起什么，笑了。“他让我上街时，我还那么嫩。我不是一下汽车他就接手的，但也差不多了。”

“他是黑人？”

“达菲？当然。钱斯也是黑人。达菲让我上街的，专做莱辛顿大道这一带，如果那边太惹眼，我们有时会过河去长岛城。”她闭了一会儿眼睛，睁开眼睛时说，“我恰好想起这些，想起在街上的情景。我走街的名字是斑比。在长岛城时，我们会在嫖客的汽车里干一炮，他们甚至会从长岛赶过来。我们在莱辛顿大道上有一家旅馆可以使用。我都不相信自己原来还干过那个，那样生活过。天哪，我那时真嫩！我不单纯，我知道自己到纽约来干啥的，但我还是太嫩。”

“你在街上拉客有多久？”

“总有五六个月吧。我做得不够好，我有相貌，而且也肯做，但不大在行。我偶然还会感到焦虑，发挥不好。达菲给我一些东西，但那只会让我想吐。”

“东西？”

“你知道，就是毒品。”

“哦，对的。”

“后来他把我安排在这幢房子里，这样好些了。但是他不大喜欢，因为这样一来他不大好控制。在哥伦布圆环附近有个大公寓，我去那里干活，就像你们去办公室一样。我在那个房子里，不知道，大约做了六个月吧，大概就这么久。然后就跟了钱斯。”

“怎么会的呢?”

“当时我同达菲在一起，在一家酒吧里，不是拉皮条的酒吧，是个爵士俱乐部，钱斯进来，坐到我们桌旁。我们三人坐着聊天，然后他们把我留在座位上，去一边聊了会儿，达菲一个人回来了，说我必须跟钱斯走。我以为他的意思是我应该接待他，像嫖客那样。我很恼火，你知道，因为这本来是属于我们两人的夜晚，我为啥要干活呢? 你看，我没有把钱斯当做拉皮条的。结果他解释说从今以后我就是钱斯的女孩了。我觉得自己就像他刚刚卖掉的一辆汽车。”

“就这样吗? 把你卖给了钱斯?”

“我不知道他做了些啥，反正我跟着钱斯走了。这没什么，其实比同达菲在一起更好些。他把我从那幢房子里带出来，让我接电话生意，这已经有三年了。”

“你想让我帮你脱身?”

“你能吗?”

“我不知道。也许你自己也可以做到。你什么都没对他说过吗？暗示一二，或者谈一谈什么的？”

“我害怕。”

“怕什么？”

“怕他会杀了我，或者让我破相什么的，或者他会劝我回心转意。”她身子前倾，把带茶色指甲的手指搭在我的手腕上。这显然是别有用心的动作，但仍然很起作用。我闻到她的馨香味，感到她的性诱惑力。我并没有冲动，也不想要她，但并非没有意识到她的性感强度。她说，“你不能帮我吗？马修？”马上又接着说，“你不介意我叫你马修吧？”

我笑了起来，“不，”我说，“我不介意。”

“我能挣钱，但不能自己留着。而且其实也不比走街时挣得更多，但我还是有一点钱的。”

“哦？”

“我有一千元。”

我没有吭气。她打开钱包，找出一个白色信封，用一根手指把信封口扯开，拿出一沓钱来，放在餐桌上。

“你可以代我去见他，”她说。

我拿起钱来，捏在手里。这是在请我去当传话人，一边是位金发婊子，另一边则是个黑皮肤的皮条客。我从来就不是很乐意担任这种角色。

我想把钱退回去，但是我从罗斯福医院出来才九、十天，还欠他们钱，再说下个月一号就要交房租了，而且我好久都没给阿妮塔和孩子们寄钱，都不记得有多久了。我钱包里有钱，银行里也有些钱，但加在一起没多少。金·达基宁的钱同别人的钱也没啥区别，而且来得更容易，她怎么挣来的钱有啥关系吗？

我数了数这沓钱，是旧的百元钞票，一共十张。我在桌上留下五张，把剩下的五张还给她。她微微睁大双眼，我确定她是戴了隐形眼镜的。没人有这种颜色的眼睛。

我说，“先给五百，事成后再给五百，如果我能让你脱身的话。”

“一言为定，”她说，突然绽开了笑容。“你可以先把这一千元拿去。”

“如果有点念想的话，我可能会更卖力。你还要咖啡吗？”

“如果你再要一些咖啡的话，我想来点甜食。他们有点心吗？”

“胡桃馅饼不错，奶酪蛋糕也很好。”

“我喜欢胡桃馅饼，”她说，“我非常爱吃甜食，但一点不会长胖。真是运气好，对吧？”

第二章

问题在于，我要想同钱斯谈话，就首先要找到他，而她没办法告诉我怎样才能做到这一点。

“我不知道他住在哪，”她说，“没人知道。”

“没人？”

“他的女孩都不知道。如果我们有两三个人恰好在一起，而他不在屋里时，大家就会乱猜一气，猜钱斯究竟住在哪里。我记得有天晚上女孩桑妮同我在一起，我们纯粹是在打发时间，想到一个接一个稀奇古怪的念头，例如说他同瘸腿的母亲住在哈莱姆的廉租房里，要不就是在糖山有座豪宅，或者在郊区有幢别墅，他每日来回通勤。或者他在汽车里放了两个皮箱，就这么对付着过，每晚在我们的寓所睡几小时。”她想了一会儿。“但是他同我在一起时从不睡觉。如果我们上床的话，过后他只是稍微躺一下就起床穿衣出门。有次他说如果房间里还有其他人时，他睡不好。”

“如果你要找他呢?”

“有一个电话号码，但只是个留言服务。一天二十四小时，你随便什么时候打这个电话，总有接线员接电话，他会来查留言。如果我们出门什么的，他会每隔三十分钟、每隔一小时查一次。”

她给了我这个号码，我把它记在笔记本上。我问他在哪里停汽车，她也不知道。她是否记得车牌号码?

她摇摇头。“我从来不注意这种事情，他的是一辆卡迪拉克。”

“哦，这倒稀奇。他平时在哪里消磨时间呢?”

“我不知道。如果我想找他，就留个言，我不会出去找他。你的意思是，他是否会经常去某个酒吧?有很多地方他时常会去，但没啥规律。”

“他做些什么事情呢?”

“你指什么?”

“他去看球赛吗?赌博吗?他平时干些啥?”

她想了想这个问题。“他做各种事情，”她说。

“你的意思是?”

“看他同谁在一起。我喜欢去爵士酒吧，所以如果他同我在一起，就去这种地方。如果他想这样消磨一个夜晚的话，就会来找我。还有另一个女孩，我甚至都不认识她，但是他们会一起去听音乐会。嗯，是古典音乐，卡内基音乐厅什么的。另一个女孩桑妮偏爱运动，他会带她去看球赛。”

“他有多少个女孩？”

“我不知道，有桑妮、楠和那位喜欢古典音乐的女孩，也许还有一两位，也许更多。钱斯很注意隐私，你看，他什么都藏着掖着。”

“你只知道他叫钱斯吗？”

“对的。”

“你同他在一起多久了？三年？结果你只知道他半个名字，没有地址，只有他电话留言服务的号码。”

她低头看着自己的双手。

“他怎么收钱呢？”

“你指从我这里？有时他会过来拿钱。”

“他会先打电话吗？”

“不一定，有时会。或者他会打电话让我把钱送过去，去一家咖啡店或酒吧什么的。或者等在某个街角，他会来接我。”

“你挣的钱全都交给他？”

她点点头。“他给我找的公寓，他付房租、电话费、所有的账单。我们去买衣服，他付账，他喜欢帮我挑选衣服。我把挣的钱全交给他，他再还给我一些，嗯，给些零用钱。”

“你就不藏一点吗?”

“当然要，要不你说我怎么会有那一千元呢? 但好笑的是，我藏的不多。”

等她离开时，这个地方已经挤满了白领。她已经喝够了咖啡，换喝白葡萄酒。她要了杯酒，只剩了一半，我依然喝不加奶和糖的咖啡。我在笔记本上记下了她的地址和电话，还有钱斯的留言服务号码，其他就没啥了。

再说，我还需要些什么呢? 早晚我会找到他的，找到他，就会同他谈，如果顺利的话，我会好好地吓唬他一顿，让他无法转身再去吓唬金。如果谈不成，反正我口袋里比那天早上醒来时多了五百元。

她离开以后，我喝完咖啡，破开了她的一张百元钞票来付账。阿姆斯特朗酒吧在第九大道上，位于五十七和五十八街之间，我的旅馆在五十七街转角上。我回旅馆，在前台问问有无邮件和电话留言，然后在大厅里用付费电话拨了钱斯的留言服务号码。电话铃响第三声时有个女人接了电话，重复了这个电话的最后四个数字，问有什么需要帮忙。

“我要同钱斯先生说话，”我说。

“我很快就会和他通话，”她说。她听上去是个中年人，嗓音里带着老烟枪的那种沙哑。“是否请留言？”

我给了她我的名字和旅馆的电话号码，她问我打电话有什么事情，我告诉她是私事。

我挂断电话时手有点打颤，或许这一整天咖啡喝得太多了。我想喝杯酒，有点想去街对面的波莉酒吧喝它一杯，或者去波莉酒吧再过去两个门面的酒类专卖店买一品脱波本。我想象着那种老酒，占边波本或者丹托酒，反正就是扁扁的一品脱酒瓶装着的那种很凶的褐色威士忌。

我想，算了吧，外面在下雨，你不想在这种雨天出门。我离开电话亭，朝电梯而不是前门走去，上楼去了自己的房间。我把门锁上，拿把椅子坐在窗前看雨。几分钟过去以后就不再那么想喝酒了，接着又想喝，然后又不想了。就这么翻来覆去地过了一个小时，念头像霓虹灯似的忽闪忽闪。我一直坐在那里看雨。

七点左右我拿起电话，拨了伊莱恩·马德尔的号码。她的应答机回答的，在嘟的一声响过之后，我说，“我是马修，我见过你的朋友了，谢谢推荐。也许哪天我可以回报你。”我挂了电话，又等了半小时。钱斯没有回电。

我并不特别饿，但还是强迫自己下楼去找点东西吃。雨停了，我去蓝鲣鸟酒吧，要了一份汉堡和薯条。隔两张桌坐着的那人就着三明治喝啤酒，我决定等侍者把汉堡端来时也要杯啤酒，但是等他端来时我改变了主意。我吃了大半个汉堡，大约一半薯条，喝了两杯咖啡，然后要了樱桃馅饼作点心，也吃了一大半。

我离开时差不多八点半了，在旅馆停了停——没有留言——然后一直走到第九大道。过去街角有个希腊酒吧，名叫安达瑞斯和斯皮罗斯，但是现在成了水果蔬菜市场。我朝上城方向走去，经过阿姆斯特朗酒吧，穿过第五十八街，等交通灯转绿时，我过了马路，一直走过医院，走到圣保罗教堂。我绕到教堂另一边，走下狭窄的楼梯，进入地下室。门把手上挂着一个纸板标识，但是你得留意才能看得到。

上面写着：匿名戒酒互助会。

我走进去时他们才刚刚开始。三张桌子拼成马蹄形，人们坐在桌两边，大概还有十来张椅子放在后排。旁边另有一张桌上放着茶点。我拿了个泡沫塑料杯，从壶里倒了杯咖啡，然后在后排找椅子坐下。有几个人对我点点头，我也点点头。

演讲的人同我年龄差不多，他穿一件人字呢夹克衫，里面是彩格法兰绒衬衣。他从十多岁开始喝酒讲起，一直讲到四年前加入这项戒酒计划，不再喝酒。他结过几次婚又离过几次婚，撞坏了几辆车，失去工作，住过几次医院。然后他不再喝酒，开始参加戒酒会，情况变得好起来。“不是情况好起来，”他说，修正自己的说法。“是我变好了。”

他们经常这样说，他们常常说很多这样的事情，结果你总是一再反复听同样的话。但是故事倒挺有趣。人们坐在那里，坐在上帝面前，每个人都告诉你最混账的事情。

他说了半小时，然后大家休息十分钟，传一遍捐钱的篮子。我放了一美元，然后又喝了杯咖啡，吃几块燕麦饼干。有位穿着旧军装夹克的人叫着我的名字同我打招呼，我记得他名叫吉姆，回应了他。他问我过得怎样，我说过得不错。

“你来了，而且没喝酒，”他说，“这是最主要的。”

“是啊。”

“随便哪天我不喝酒，这一天就是好的。你一天又一天地保持清醒，世上最难的事情就是让一个酒鬼不喝酒，但是你做到了。”

但是我没做到。我刚从医院里出来才不过九、十天左右。我会清醒个两三天，然后又会开始喝。大部分时间都是喝个一杯、两杯、三杯的，控制得了，但是到了周日晚上我会醉得一塌糊涂，在第六大道的一家巧言石酒吧喝波本酒，我猜那里不会碰见任何熟人。我不记得离开酒吧也不知道自己怎么回的家，周一早上我双手颤抖，嘴发干，感觉像行尸走肉。

我没有告诉他这些事情。

十分钟后他们又回到座位上去继续开会，人们作自我介绍，说自己酗酒，谢谢演讲者的“陈述”（他们这样形容他讲述的生平故事），然后又会说他们自己如何认同演讲者，或者回忆一些自己酗酒的日子，或者谈谈他们在试图戒酒的过程中要对付的一些问题。一位比金·达基宁大不了多少的女孩谈到同情人的问题，一位三十多岁的同性恋描述了那天在他的旅行社同顾客的争吵。故事很逗，赢得了很多笑声。

一个女人说，“保持清醒是世上最容易的事情，你只需不喝酒，去开会，并且愿意改变你那该死的生活。”

等轮到我时，我说，“我叫马修，我无话可说。”

会在十点结束，我回家路上在阿姆斯特朗停留了一会儿，在吧台找了个位子坐下。他们告诉你不要去酒吧，如果你想试着不喝酒的话，但是我在那里很舒服，咖啡也好喝。如果我想喝酒的话就会喝，才不会管在什么地方呢。

等我离开那里时，街上已经在卖《每日新闻》早版了，我买了一张，回到自己房间。金·达基宁的皮条客还没有回音，我又给他的留言服务打了电话，对方说他已经收到我的留言。我又给他留了话，说我必须尽快得到他的回音。

我洗了澡，穿上睡衣读报纸，我读了国内国际新闻，但没办法集中注意力。事情必须发生在小范围内，发生在离家更近的地方，才能让我感兴趣。

有很多我可以感兴趣的事情。两个布朗克斯的青年把个年轻女子扔在D线地铁的车前，她平躺着，直到有六节车厢从她身上驶过以后司机才把车停下来，好在她没有受伤。

在西街离哈得孙码头不远处，一个妓女被谋杀了，报道说是用刀子捅死的。

克罗纳住房管理部门的一位警察现在还处于病危状态，两天前我曾经读到他遭到两个人攻击，他们用铁管打倒他，抢了他的枪。他有妻子和四个十岁以下的孩子。

没有电话，我也不真正指望有电话。我想不出钱斯有什么理由要给我回电，除了好奇之外，或许他想起了正是好奇害死猫。我本可以说自己是警察，斯卡德先生比警官斯卡德或探员斯卡德更容易遭到忽视，但是除非万不得已，我不喜欢要那种花招。我愿意让人们自己去得出结论，但不大愿意催促他们。

因此我必须去找到他。那也行，这样我就有些事情可做，再说我给他的留言也已经让他记住了我的名字。

行踪不定的钱斯先生。你还以为他在拉客的豪华车里总会有个移动电话什么的，同酒柜、毛皮座椅套和粉红色丝绒遮阳板一起，那都是显摆身份用的。

我读了体育栏目，然后又回去看格林威治村被杀死的那个妓女的报道。报道很简单，没有名字，除了说受害人大约二十五岁之外，没有任何其他描述。

我打电话给《每日新闻报》问是否有受害人的名字，他们说不能泄露这种信息。要先告知亲属，我猜。我给第六警察分局打电话，但是埃迪·凯勒不上班，我想不出第六分局还有谁会认识我。我拿出笔记本，想想觉得这时给她电话太晚了，这个城里有一半的女人都是妓女，没有理由怀疑她恰好会是那个被杀死在西区公路下的女孩。我收起笔记本，过了十分钟又把笔记本拿出来，拨了她的电话。

我说，“金，是斯卡德。我只是想知道上次我们见面以后你是否见过你的朋友？”

“没有，为什么？”

“我以为可以通过他的留言服务找到他，但是我想他不会给我回电，所以明天我要出去找他。你没有对他说过不想干了吧？”

“一个字都没提过。”

“好，如果你在我之前见到他，就装着没什么事的样子。如果他打电话让你去哪里见他，就马上给我打电话。”

“就打那个你给我的号码?”

“对，如果你联系到我，我会去你的住处与你会面。如果联系不上，那就直接去见他，照往常一样。”

我又聊了一会儿，让她镇静下来，恐怕我打电话吓着她了。至少我知道她没有死在西街，终于可以睡个安稳觉了。

是啊，我关灯上了床，就这么躺了很长时间，然后终于爬起来，再读了一遍报纸。我想到喝几杯酒可能会让我不这么紧张，可以入睡。我没法摆脱这个念头，但是我可以强迫自己原地不动，等到四点钟，我告诉自己这下没辙了，反正酒吧也关门了。本来在第十一大道有个深夜营业的酒吧，但是我恰好忘了它。

我又关灯上床，想着那个死去的妓女、房管所的警察，还有那个躺在疾驶而过的地铁车厢下的女人，很好奇为啥竟会有人认为在这个城市不喝醉是件好事，我一直想着这个念头，就睡着了。

第三章

我十点三十分左右起床，六个小时勉强同睡眠擦了个边，竟然休息得很好。我冲个澡，刮了胡子，早饭喝了咖啡吃了面包，然后去圣保罗教堂。这次没去地下室，而是进了教堂正门，在一条长凳上坐了大约十分钟，然后点了几支蜡烛，塞了五十美元进捐款箱。我在六十街的邮局买了二百美元汇票和一个带邮票的信封，我把汇票寄给在塞奥西特的前妻，想写个便条放在信封里，但是写出来竟带有歉意。钱太少了，寄得也太晚，其实我不说她也知道。我把汇票包在一张白纸里，就这样寄了出去。

天灰蒙蒙的，有点凉，可能还会接着下雨。风冷飕飕地吹着，席卷过街角，像个敏捷的足球队员。在体育场前面有个人在追赶自己的帽子，一边咒骂着，我下意识地抬起手扯扯我自己的帽檐。

我差不多快要走到银行了才意识到金给我的预付金没有剩下

多少，没法办理什么正规的金融交易，于是我转身回了旅馆，缴付了接下来半个月的房租，此时就只剩下一张百元钞票，我把它换成了十元和二十元的钞票。

我为何没有直接收下那一千元钱呢？我想起自己说过需要留点念想，你看，我有念想了。

我的邮件还是老样子，几张宣传品、本地议员的来信，没有什么是需要读的。

钱斯还是没有回电，反正我也没指望有回电。

我又给他的留言服务打了个电话，管他呢。

我出门去，整个下午都呆在外面，乘了两趟地铁，大部分时间走路。天一直要下雨的样子，但一直没下，风刮得更厉害，但没有吹掉我的帽子。我去了两处警察分局、几处咖啡店、半打酒吧。在咖啡店里喝咖啡，在酒吧喝可口可乐，找几个人聊聊，记了点笔记。我给自己旅馆的前台打了几次电话，我并不指望钱斯回电，只是想保持联系，怕万一有金的电话。可是没人给我电话。我试了两次金的号码，两次都是应答机。每人都有部应答机，总有一天所有的应答机会自己开始拨号并互相聊天。我没有留言。

下午快结束时，我去了时报广场的一家电影院。他们正在放两部克林特·伊斯伍德的电影，其中都有一个行为不羁的警察直接枪杀坏人解决问题。观众看上去几乎全都是那位警察枪杀掉的那种人，每次他几枪轰掉一个人时，他们都大声欢呼叫好。

我在第八大道一家古巴中餐馆吃了猪肉炒饭，又查了一下旅馆前台，在阿姆斯特朗酒吧喝了杯咖啡。我在吧台同人聊天，以为自己会在那里呆一段时间，结果到了八点半我还是出了门，穿过大街，下了楼去参加戒酒会。

演讲的是位家庭妇女，过去她丈夫上班小孩上学时，她总是喝得醉醺醺。她谈到孩子如何发现她不省人事躺在厨房地板上，她让他相信那是一种瑜伽锻炼帮助她治疗背痛。大家都笑了。

等轮到我时，我说，“我叫马修，今晚我听大家说。”

凯尔文·斯莫尔酒吧位于莱诺克斯大道和一百二十七街，是个长方形房间，吧台横贯整个屋子，对着吧台的是一排宴会餐桌。在最里面有个小小的乐池，上面有两位皮肤黝黑的黑人在静静地演奏着爵士乐，一个弹着小型立式钢琴，另一个用鼓刷敲击钹。他们剪着短平头，戴着角质边框眼镜，身穿布克兄弟西服，架势和曲风都像半个老式的现代爵士四重奏乐团。

我很容易听到他们的演奏，因为我迈进门槛时整个屋子都安静下来。我是屋里唯一的白种男人，所有人都停下来看我很久。在宴会桌旁还有两位白种女人，同黑人坐在一起，有两位黑种女人坐在另一张桌旁。屋里大约有二十来个各种肤色的男人，但只有我一个白种男人。

我走到房间另一头去上洗手间，有一位几乎可以当职业篮球队员的高个子正在梳理他拉直过的头发，他头油的气味同大麻刺鼻的味道正好相互抵触。我洗了手，在干手机下搓了搓，我离开时那位高个子还在梳头发。

我从洗手间出来时，屋里说话的声音又再次停顿下来。我又走到前面，慢慢地走，让肩膀晃动。除了演奏音乐的人我不大肯定以外，其他人我猜都至少有过一次犯罪被捕前科。皮条客、毒品贩子、赌徒、赌彩票的，全是大老粗。

坐在前面第五张椅子上的那人引起了我的注意，我想了一秒钟才记起他，因为多年前我认识他时，他头发还是直的，但是他现在的发式是经过修饰的非洲人发式。他穿着青柚色西服，皮鞋面子是某种爬行动物皮，或许是濒危动物皮。

我头转向门，走过他，出了门。我在莱诺克斯大道上朝南走了两个店门，在一盏街灯旁停下来。过了两三分钟后，他甩手甩脚优哉游哉地跟了出来。“嘿，马修，”他说，伸出手来同我拍掌。“老朋友过得怎么样？”

我没有同他拍掌，他低头看看手，抬头看看我，转转眼珠，夸张地摇摇头，双手握在一起，弹了弹裤腿，然后把手放在瘦削的屁股上。“有段时间没见了，”他说，“城里没有你需要的那一类人了吗？要不你只是到哈莱姆来上个厕所？”

“你看上去发了，罗亚尔。”

他有点得意。他名叫罗亚尔·沃尔德伦。我曾经认识一个愣头愣脑的黑人警察，他喜欢颠来倒去地反复念叨着罗亚尔冲冲和冲冲马桶[①]，我叫他话痨。罗亚尔说，“我买来卖去，你知道的。”

“我知道。”

“老老实实做交易，安安心心有饭吃，这是我妈教我的顺口溜。你怎么会跑到上城来，马修？”

“我在找一个人。”

“也许你找到他了。这些日子你不当警察了吗？”

“有好几年了。”

“你想买什么东西吗？想要什么，愿意花多少钱？”

“你卖什么？”

“几乎什么都卖。”

“同那些哥伦比亚人做生意还不错吗？”

“哎呀，”他说，一只手拂过裤子前面。我猜他那青柚色长裤

---

① Royal Flush 和 Flush Toilet 是两家厕所用品公司的名称，前者还有“同花顺子”的意思。

的裤腰上别着一把手枪。这会儿在凯尔文·斯莫尔酒吧里手枪的数量大概同人一样多。“哥伦比亚人没事，”他说，“只要你不骗他们就行。你不是到这来买东西的吧？”

“不是。”

“那你到底要什么啊？”

“我在找一个拉皮条的。”

“切，你刚刚经过了二十来个，还有六七个婊子。”

“我在找一个叫钱斯的皮条客。”

“钱斯。”

“你认识他？”

“我可能知道他是谁。”

我等着。一位穿长风衣的人在这个街区走着，在每家店铺前停一停。他可能是在看橱窗，但其实是看不见的，每家店都有铁门，像车库的卷帘门，店铺打烊之后就拉下了。这人在每一个关闭的店前停下来，打量着铁门，好像那对他来说意义重大。

“橱窗购物，”罗亚尔说。

一辆蓝白色的警车驶过，慢了下来，车内两位穿制服的警察打量着我们。罗亚尔祝他们晚上好，我什么都没说，他们也没吭气。等车子离开后，他说，“钱斯不大来这里。”

“我在哪里能找到他？”

“难说。他可能会在任何地方出现，也可能是你根本想不到的地方。他不会在一个地方逗留。”

“他们都这样说。”

“你都找了哪些地方？”

我去过第六大道和四十五街的一家咖啡店，村里一家钢琴酒吧，西四十街的两个酒吧。罗亚尔仔细听着，一边若有所思地点头。

“他不会在麦芬汉堡店，”他说，“因为他不在街上做那些女孩的生意，这点我知道。但是不管怎样，他也可能去那里，你明白吗？就呆在那里，我的意思是，他总会露面的，但是不会一直呆在某个地方。”

“我应该去哪里找他，罗亚尔？”

他说了几个地方，我已经去过其中一个，忘记提了。我记下了其他几个，说，“他长啥样？罗亚尔。”

“喝，”他说，“他是个拉皮条的，伙计。”

“你不喜欢他。”

“不是喜欢不喜欢的问题，马修，我的朋友都是生意上的朋友，钱斯同我没有生意来往，我们两人不买彼此卖的货，他不想买东西，我也不想买婊子。”他坏笑了一下，露出了牙齿。“如果你自己就有好多甜心，当然用不着花钱买婊子。”

罗亚尔提到的一个地方在哈莱姆，位于圣尼古拉斯大道。我走到一百二十五街，这里街很宽，灯火通明，一派繁忙，但是我开始感到一个白人在黑人街区的那种并非完全没道理的恐惧。

我在圣尼古拉斯向北转，走过几个街区来到了喀麦隆夜总会。这是一家像凯尔文·斯莫尔那样的酒吧，租金更便宜，有自动电唱机而不是现场音乐表演。厕所很脏，隔间里有人在急促地吸气，我猜是在吸海洛因。

吧台上的人我一个都不认识，我站着喝了一杯苏打水，看看镜中映出酒吧里面坐着的十来二十个黑人面孔。我突然想到即使现在看到了钱斯，也不知道是他，这晚我不是第一次这样想。我现有关于他的描述可以同在场三分之一的人对得上号，剩下的也有一半差不了多少。我没有看过他的照片，我在警察局的朋友认不出这个名字，如果这是他的姓，那警察档案里也找不出一张黄色纸张来对应他。

两边的人都避开我，我看着镜中的自己，一个面容苍白的男人，穿件没啥颜色的西服，外罩一件灰色风衣。我的西服熨烫过很多次，帽子好像风吹得起。我站在那里，孤零零，站在两块服装广告中间，那上面的人宽宽的肩膀，翻领夸张，毛料扣子。过去皮条客常常在百老汇大道上的菲尔·克隆菲尔德服装店排队买这样的西服，但是现在克隆菲尔德关门了，我不知道他们如今去哪里。也许我应该去找找，也许钱斯有个记账的账号，我可以通过这种方式找到他。

但是现实中人们并不记账，因为他们都是现金交易，他们甚至用现金买车，就这么走进保得金车行，数出百元大钞，开一辆凯迪拉克回家。

站我右边的那人对酒保弯了弯手指。“把它直接倒进杯里，”他说，“让它自己混合出味道来。”酒保在他的酒杯里倒入一量杯轩尼诗和四五盎司牛奶。过去他们叫这种混合酒为白色凯迪拉克，或许现在还是这样叫。

也许我应该试试保得金车行。

也许我应该干脆呆在家里。我的在场制造出了紧张气氛，我可以感到它在这间小屋子的空气里变得越来越浓厚，过不了多久就会有人来问我，我他妈到底以为自己在这里干啥，那我就很难找出话来回答了。

我趁早离开了。一辆无证个体出租车在等待交通灯变换颜色，朝我这边的车门凹陷了下去，一个挡泥板也撞瘪了，我不知道这是否能表明司机的车技，但不管怎样我还是坐了进去。

罗亚尔还提到了西九十六街上的另一个地方，我让出租车在那里放下我。已经过了两点，我有点累了。我又去了另一家酒吧，这里也有个黑人在弹钢琴，这架钢琴听上去有点走音，但也可能是我自己的问题。人群中黑白都有，基本对半，有好多对黑白恋人，但是那些同黑人在一起的白种女人看上去更像是女朋友，而不是妓女。有几个男人穿戴很惹眼，但没有谁有我在向北一英里半见到的皮条客那种全副行头。如果说这屋里有种不管不顾的派头和现钱买卖的氛围，那也比哈莱姆或者时报广场那些夜总会更微妙而不动声色。

我扔了个十分硬币在电话里，拨了旅馆的电话，没有谁留言。那一晚前台值班的是个黑白混血儿，他喝咳嗽药成瘾，但似乎从不影响正常工作。他说不定此刻还在用圆珠笔做《纽约时报》上的字谜。我说，“雅各布，帮我个忙，拨这个号码，找钱斯说话。”

我给了他号码，他重复了一遍，问是否钱斯先生，我说就是钱斯。

“如果他拿起电话呢?”

“你就挂上。”

我走到吧台，差点想要一杯啤酒，但还是改要了可乐。一分钟后电话响了，一个男孩拿起了电话，他看上去像个大学生。他大声问是否有人叫钱斯，没人答应。我一直看着酒保，即使他认识这个名字，也没啥表示，我甚至不能肯定他是否注意到了。

我可以在所去的每个酒吧都玩这一套，或许值得试试。但是我竟然过了三小时才想到这一招。

我还算是个侦探。我把曼哈顿所有的可乐都喝光了，却找不到他妈的一个拉皮条的。等我找到那个婊子养的，我的牙都要烂了。

这里有个自动电唱机，一张唱片到头了，又开始新的一张，是辛纳屈的歌，一刹那触动了什么，让我产生了某种联想。我把可乐留在吧台，叫了辆出租沿哥伦布大道往下城方向驶去。我在七十七街拐角下车，朝西走了半个街区来到普根酒吧。这里的顾客没有那么多超级黑桃王的派头，倒更像青年教父型，但是我反正也不是真的要找钱斯，我要找的人是丹尼男孩·贝尔。

他不在那里。酒保说，“丹尼男孩？他先前在的。你去顶尖酒吧试试，穿过哥伦布大道就是了。他不在这里，就会在那里。”

他果然在那里，坐在很靠后的一张吧台凳子上。我有好几年没见过他了，但是要认出他来不是什么难事。他没有长个子，也没有变得更黑。

丹尼男孩的父母亲都是深色皮肤的黑人，他有父母的相貌特征，却没有他们的肤色。他有白化病，像白老鼠那样没有颜色。他身材纤细，个子很矮，他自称有五英尺二英寸，但我猜他撒谎，自己加了一英寸半左右。

他穿着银行雇员那种三件套条纹西服和白衬衣，我好长一段时间都没见人穿白衬衣了。他的领带有红黑隐条纹，黑色皮鞋擦得铮亮。我从来没见过他不穿西服不打领带，也没见他穿过磨损的皮鞋。

他说，“马修·斯卡德。老天，只要你肯等，早晚能见到所有人。”

“你好吗，丹尼？”

“老了一些，好几年没见了。你住得离这里不到一英里，我们最后一次见面是什么时候？猴年马月的事情了，用句俗话说。”

“你没怎么变。”

他打量了我一阵，“你也没变，”他说，但是声音不那么肯定。他这么一个与众不同的人，说话声音却令人惊讶地很平常，不高不低，没有什么口音。你还以为他会像老早菲利普·莫里斯广告里的强尼那样说话。

他说，“你恰好在这一带吗？还是特地来找我的？”

“我先去了普根酒吧，他们告诉我你可能会在这里。”

“好感动。你这肯定是纯粹的朋友拜访，对吧？”

“不完全是。”

“我们找张餐桌吧，可以叙叙旧，谈谈死去的朋友，不管你来是有什么正经事。”

丹尼男孩经常光顾的酒吧都会在冰箱里放一瓶俄罗斯伏特加，他就喝这个，喜欢冰凉的酒，但不要有冰块在酒杯里晃荡还把酒给冲淡了。我们在后面找了个卡座坐下，一位动作迅速个子矮小的侍者端来了他要的酒和我要的可乐。丹尼男孩低眼看看我的杯子，然后抬眼看着我的脸。

“我最近喝得少了，”我说。

“有道理。”

“大概是吧。”

“适可而止，”他说，“告诉你吧，马修，那些古希腊人什么都知道，适可而止。”

他喝了一半酒，像这样他大概一天能喝八杯，算他一天喝一夸特吧，全都进了他那不超过一百磅的身体，而且我从来没见过酒对他有什么影响。他从来不踉踉跄跄，声音也从来不含糊，就是一个劲地喝。

那又怎样呢？同我有什么关系？

我喝了一口可乐。

我们坐在那里东拉西扯。丹尼男孩的生意——如果那算是生意的话——是提供信息。不管你告诉他什么，他都会深藏在心里。他把杂七杂八的事情凑在一起，通风报信，就这样挣到足够的钱让自己的皮鞋擦得铮亮，酒杯常满。他会让人们互相认识，他费点神，人们有所动作，他自己从中谋点利。他不惹是非，但在很多短期买卖交易中都参与一二，这些买卖大都多少有些违法。我还在当警察时，他是我最好的消息来源之一，是不拿报酬只交换信息的密探。

他说，“你是否记得卢·鲁登科？他们叫他帽子路易，”我说记得。“你听说他母亲的事了吗？”

“她什么事？”

“很好的乌克兰老太太，在东九或十大道那一带的老街区住着，寡居很多年了。大概有七十多岁，也可能快要八十岁了。卢也快要多少来着，五十岁了吧？”

“差不多。”

“没关系。问题是这好心的小老太太有个男朋友先生，一位同她年纪一样大的鳏夫。他一周去她那几个晚上，老太太为他煮乌克兰饭菜，也许还去看个电影，如果能找得到那种没有满屏幕男女干得欢的电影的话。总之有天下午他来了，非常兴奋，因为他在街上捡到了一个电视机，有人把它当垃圾扔了。他说人们都疯了，好好的东西也去扔掉。他很善于修理东西，老太太自己的电视机坏了，这个是彩色电视，有她原来电视机的两倍大，也许他可以帮她把这个修好。”

“然后呢?”

“他插上电源，打开电视机想看看究竟是什么问题，结果电视机炸了。他失去了一只手臂和一只眼睛，那鲁登科老太太，电视机爆炸时正对着她，结果当场把她炸死了。”

“是怎么回事呢？炸弹?”

“你猜对了，你在报上看到过这个报道?”

“我肯定错过了。”

“嗯，是五六个月前的事情了。他们发现有人在电视机里安装了一个炸弹，把它递送给某人，也许是黑帮那一套，也许不是，因为老头只知道自己是在哪个街区捡到的，这能告诉你什么？反正不管是谁收到电视机，都疑心很重，直接把它当垃圾扔了，结果是炸死了鲁登科老太太。我见到了卢，好笑的是他不知道应该生谁的气。‘是这个该死的城市，’他告诉我。‘是他妈的这个该死的城市。’但是这能说明什么问题？你住在堪萨斯中部，龙卷风一来，卷起你的房子，把它摔在内布拉斯加。这是上帝所为，对吧?”

“大家都这么说。”

“上帝在堪萨斯用的是龙卷风，在纽约用的是设了机关的电视机。管他是谁，不管是上帝还是别人，什么材料顺手就用什么。你还要一杯可乐吗?”

“现在不要。”

“我能帮你什么忙?”

“我在找一个拉皮条的人。”

“第欧根尼寻找一个诚实的人。你可选择的范围要大一些。”

“我找一个特别的皮条客。”

“他们都很特别，有些还很挑剔。他有名字吗?”

“钱斯。”

“哦，当然,”丹尼男孩说,“我知道钱斯。”

“你知道我怎么能联系上他吗?”

他皱皱眉，拿起空酒杯，又放下。“他不会老在一个地方呆着,”他说。

“大家都这么说。”

“这是事实。我觉得一个人应该有个老窝，我总在这里或者普根酒吧，你总在吉米·阿姆斯特朗酒吧，至少我最后一次听说时你是在那。”

“我还在那。”

“你看，即使我没见到你，也还是关心你。钱斯，让我想想，今天是星期几，星期四?”

“对，嗯，是星期五早晨。”

“别那么专业嘛。你找他干啥？如果你不介意我问的话。”

“我要找他谈谈。”

“我不知道他这会儿在哪里，但是我可能知道他十八或二十个小时以后会在哪里。让我打个电话，如果那女孩走过来，替我再叫杯酒好吗？也替你自己叫一杯。”

我终于想法吸引了女招待的目光，告诉她给丹尼男孩再来一杯伏特加。她说，“好，您再要一杯可乐？”

我一坐下来就有一阵阵要喝酒的冲动，现在更想了，想到再喝一杯可乐就要吐了，我让她拿杯姜汁啤酒来。她把饮料拿来时，丹尼男孩还在打电话。她把姜汁啤酒放在我面前，伏特加放在他那一边的桌上。我坐在那里，尝试着不去看它，但是双眼没别的地方可安排。但愿他赶快回到桌旁，喝掉那该死的东西。

我一下下地调整呼吸，慢慢喝着我的姜汁啤酒，让我的手离他的伏特加远一点，最后他终于回到了桌旁。“我说对了，”他说。“明晚他会去麦迪逊广场花园。”

“尼克斯球队回来了吗？我以为他们还在巡回比赛呢。”

“不是在主赛场，实际上我想那里会有一场摇滚音乐会。钱斯会去菲尔特拳击场观看周五晚上的拳击赛。”

“他总是会去吗？”

“不总去，但是有个次中量级拳击手名叫基德·巴斯科姆，排在预赛记分卡最前面，钱斯对这年轻人感兴趣。”

“他拥有一点所有权？”

“可能，但也可能仅仅是智识上的兴趣。你笑什么？”

“一个拉皮条的对一个次中量级拳击手有智识上的兴趣。”

“你从来没见过钱斯。”

“没有。”

“他同别人不一样。”

“我感觉到了。”

“问题是，基德·巴斯科姆肯定要参赛，但这并不意味着钱斯一定会在那，不过我觉得他大半会去的。你想同他谈谈，那就买张票去呗。”

“我怎么认出他来呢？”

“你从没见过他？没有，你刚才说过了。如果你看见他，认不出他来吗？”

“在看拳击的观众里认不出他来，如果房间里有一半人是皮条客和拳击手的话，认不出他来。”

他想了想。“你要同钱斯谈话的内容，”他说，“会让他很不高兴吗？”

“希望不会。”

“我的意思是，如果有人指出他来，他会对那人非常恼火吗？”

“看不出为什么会恼火。”

“那么，马修，你要花费的就不是一张票，而是两张票的钱。幸好这只是拳击场里的小型比赛，不是广场花园主场里的名人赛。靠近拳击台的位子应该不会超过十元或十二元，最多十五元，我们俩最多三十元吧。”

“你同我一起去?”

“为什么不? 三十元买票，五十元买我的时间，我相信你的预算能付得起?”

“要花的就得花。”

“很抱歉问你要钱。如果是田径赛，我一分钱都不会问你要，但是我从来不喜欢拳击。这还算好，如果是去看曲棍球赛，我至少会问你要一百元。”

“那有点厉害。你想在那里同我碰头吗?”

“在外面，九点钟，这样我们会有许多空余时间，你觉得怎样?”

“好。”

“我会尽量穿得显眼点，”他说，“让你很容易看到我。”

第四章

不难看到他。他身穿鸽灰色法兰绒西服，鲜红的背心，黑色领带，又换了件白衬衣。他戴了墨镜，黑色镜片配金属框。丹尼男孩总是设法在白天睡觉，他的眼睛和皮肤都吃不消阳光，甚至晚上也要戴着墨镜，除非是在像普根或者顶尖酒吧这样灯光黯淡的地方。多年前他曾经告诉我说希望世界上有个亮度开关，让你可以直接调低一两度。我记得当时我想，威士忌就有这个效果，让光线黯淡，声音低沉，尖角变圆。

我夸他的服装，他说，“你喜欢这件背心？我好久没穿过它了，我想要醒目一些。”

我已经买好了票。靠近拳击台的位子票价是十五块，我买了两张四块半的票，这会让我们坐得离上帝而不是拳击台更近一些。我们凭票进了门，我把票子给前排一位领票员看，塞了一张折叠好的钞票在他手里，他把我们领到第三排的两个座位上。

"我可能会让两位先生换位子，"他说，"但是很可能不会，我保证会让你们的座位靠近拳击台。"

等他走开后，丹尼男孩说，"总有法子，对吧？你给他多少？"

"五美元。"

"结果你只花了十四美元，而不是三十美元。你猜他一晚上能挣多少？"

"像这样的晚上挣不了多少。尼克斯球队或者流浪者足球俱乐部比赛时，他挣的小费可能会是薪金的五倍，当然他可能还要付别人一点费用。"

"大家都有办法，"他说。

"看上去是这么回事。"

"我的意思是每个人都有办法，连我也有办法。"

这是给我的暗示。我给了他两张二十元，一张十元。他把钱放好，然后第一次仔细看着观众席。"嗯，我没看见他，"他说，"但是他很可能只会在巴斯科姆出场时才来。让我到处走走看看。"

"没问题。"

他离开座位，在场内走动。我自己也打量四周，并非想要找到钱斯，而是估量一下观众。有很多人头天晚上可能都在哈莱姆的那些酒吧里呆过，拉皮条的、毒品贩子、赌徒，还有其他在上城从事非法营生的人，大都有女人陪着。还有一些白人黑帮类型的，穿着轻便西服，戴着金首饰，没有带女伴。在不那么贵的座位上坐着样样比赛必定到场的各色人群，黑人、白人和西班牙裔，独自一人、成双结对或者成群结队，吃热狗，用纸杯喝啤酒，聊天开玩笑，偶尔看看场内的比赛。我不时会看见一两张面孔好像直接出自场外赛马赌场，是那种只有赌徒才有的、即将出道百老汇的时髦面孔。但是这样的人不多，现在谁还会为职业拳击赛下赌注?

我转身看拳击场。是两位西班牙裔小伙子，一个白皮肤，一个深色皮肤，小心翼翼的，不想受重伤的样子。在我看来他们像是轻量级，白皮肤的小伙子长手长脚，有很多活动余地，我开始感兴趣了。到最后一轮，深色皮肤那位找到了办法来对付另一位，他动作很漂亮，但是铃声响了，他被判赢了比赛，大部分嘘声来自观众席的一块地方，我猜那些人是另一位小伙子的亲戚朋友。

丹尼男孩在最后一轮时回到了自己的座位。决定胜负几分钟后，基德·巴斯科姆跨进绳索围栏，打了几下空拳。几分钟后，他的对手也进了场地。巴斯科姆肤色非常黑，浑身肌肉，溜肩膀，强健的胸脯。他身上肯定擦过油了，在灯光下闪闪发亮。他的拳击对手是一个从布鲁克林南区来的意大利小伙，名叫维托·卡内利。他腰上略有些脂肪，看上去像个软面团，但是我见过他，知道他是个敏捷的拳击手。

丹尼男孩说，“他来了，中间走道。”

我转过头去看，那位挣了我五美元的领票员正领着一对男女到座位上去。她身高大约五英尺五，金棕色披肩发，皮肤像精美的瓷器。他身高六英尺一二，大概一百九十磅左右，宽肩窄腰，臀部匀称，头发保持自然，剪短而不是留长，皮肤是浓郁的褐色。他身穿骆驼毛运动夹克，褐色法兰绒便裤，看上去像职业运动员或炙手可热的律师或前途远大的黑人企业家。

我说，“你肯定?”

丹尼男孩笑了，“不是你常见的那种皮条客，对吧？我肯定，这就是钱斯。希望你的朋友没有让我们坐了他的位子。”

没坐他的位子。钱斯同他的女孩坐在前排，很靠近中间。他们坐下来，他给了领票员小费，对观众中向他打招呼的人点点头，然后走到基德·巴斯科姆所在的角落，对这位拳击手和他的陪练说了些什么。他们一起拥抱了一阵，然后钱斯回到自己的座位。

“我要走了，”丹尼男孩说，“我真的不想看这两个傻瓜对打，希望你不至于要我介绍你吧?”我摇摇头。“那我就溜出去了，趁残杀还没开始，我指的是赛场上的。他会知道是我指认他的吗，马修?”

“他不会从我这知道。”

“那好，希望还能再帮你……”。

他朝过道走去。他很可能想要喝一杯，但是麦迪逊广场花园的酒吧不会存放冰凉的斯托利伏特加。

播音员在介绍拳击手，大声说出他们的年龄、体重和籍贯。巴斯科姆二十二岁，从未输过，估计卡内利今晚也没法改变他的地位。

钱斯身旁有两个位子空着，我想去那边坐一个位子，但还是待着没动。提醒开场的蜂音器响了，然后敲锣开始第一轮。这一轮打得缓慢而谨慎，两个拳击手都不愿意过分投入。巴斯科姆巧妙地出拳，但是卡内利大部分时间都躲开了。没有谁实实在在地打着谁。

这一轮结束时，钱斯身边的座位还是空着。我走过去，坐在他身边。他非常专注地看着赛场，他肯定注意到了我，但即使如此也没有表现出来。

我说，“钱斯？我叫斯卡德。”

他转过身来看着我，他的眼睛褐色，间杂着金色斑点。我想到我的当事人的眼睛，那种非自然的蓝色。昨晚上我逛酒吧时他去了她的公寓，事先没有打招呼就去了，收了一些钱。早些时候她告诉我了，大约中午时分给我的旅馆打的电话。“我害怕，”她说，“我想，万一他问起你呢，问我一些问题。还好没事。”

现在他说，“马修·斯卡德。你给我的留言服务留过一些话。”

“你没有回电。”

“我不认识你，我不给不认识的人打电话，而且你满城找我。”他的声音深沉有力，听上去经过训练，似乎上过播音学校。“我想看这场比赛，”他说。

“我只需要谈几分钟。”

“比赛时不行，两轮比赛中间休息时也不行。”他皱皱眉头，又松开了。“我想要一心一意看比赛，我买了你现在坐的这个位子，就是为了多点私密空间。”

提醒开场的蜂音器响了，钱斯转过身去，眼睛盯着赛场。基德·巴斯科姆站着，他的助手正在把凳子拖出赛场。“回到你自己的座位上去，”钱斯说，“等比赛结束后我会同你谈的。”

“要赛十轮吗？”

“赛不到十轮的。”

的确没有。在第三或第四轮时，基德·巴斯科姆开始向卡内利进攻，重拳出击，加上几个组合拳。卡内利很敏捷，但是基德年轻、快速、强壮，动作有点让我想起舒格·雷，是姓罗宾逊的那位，不是伦纳德。第五轮时，他右拳迅速击中卡内利心脏的位置，如果我在这个意大利人身上押了注的话，那此时此刻也就认输了。

这一轮结束时，卡内利看上去还很精神，但是那一记拳落在他身上时，我看见了他脸上的表情。所以再一轮之后，等基德·巴斯科姆左手一记勾拳打倒他时，我并不觉得吃惊。他在数到三时站了起来，一直等数到八，接下来基德对他兜头兜脸一阵猛击，就差没用上赛场围栏柱子了。卡内利倒下了，马上又站了起来，但是裁判跳在两人中间，仔细看了看卡内利的眼睛，终止了这场比赛。

那些从来不愿结束一场拳赛的死硬观众发出半心半意的嘘声，卡内利的一位助手坚持说他的拳击手还能继续，但是卡内利自己似乎很高兴这场秀结束了。基德·巴斯科姆手舞足蹈了一阵，向观众鞠躬，然后轻巧地跨过绳索，离开了赛场。

他出去时停下来同钱斯说话，金发的女孩身子往前倾，把一只手放在拳击手亮晶晶的手臂上。钱斯同基德谈了一会儿，然后基德去了更衣室。

我离开座位，走到钱斯和女孩那里。等我到那里时，他们已经站了起来。他说，“我们不留下来看主场赛。如果你打算看的话……”

排在记分卡最前面的是两个中量级选手，一位巴拿马挑战者和一位来自费城南部的黑人小伙子，据说他是个会把对手打残的拳击手，也许是场好赛，但这不是我来的目的，我告诉他我也准备走。

“那你就同我们一起走吧，”他提议。“我附近有个车。”他走上阶梯，女孩在他身旁。有些人同他打招呼，有几人还说基德在场上表现得很好，钱斯没怎么吭气。我跟着他，等我们到了外面，呼吸到新鲜空气，我才意识到在广场花园里面是多么空气浑浊、烟雾腾腾。

到了街上，他说，“索尼娅，这是马修·斯卡德。斯卡德先生，这是索尼娅·亨德里克斯。”

“很高兴见到你，”她说，但是我不相信她。她的眼睛告诉我，在钱斯多少告诉她些什么之前，她暂时不会对我做出判断。不知道她是不是金提到的那位桑妮，那位钱斯带去看球赛的体育运动迷，也不知道如果我在其他场合下遇见她，是否会认出她是个妓女。我在她身上看不出任何确切无疑的妓女特征，但是让她挽着一个皮条客的手臂，也一点都不显得突兀。

我们朝南走了一个街区，朝东走了半个街区，来到一个停车场，钱斯拿了他的车，给了看车人足够的小费，让他以不同寻常的热情对他表示感激。他的车让我感到吃惊，正如先前他的服装和派头让我感到吃惊一样。我本来以为会看到一辆拉客的豪华汽车，有全套定制的颜色、内部装饰和常见的那些无用的花头，但是出现在我眼前的却是一辆小型凯迪拉克赛威，外面银色，里面是黑色皮革。女孩坐在后面，钱斯坐在驾驶座上，我坐在前排他旁边。

这一路很平稳、寂静。车内有股木面清洁剂和皮革的气味。钱斯说，"有个为基德·巴斯科姆召开的庆功会，我把索尼娅送过去，等我们完事之后我再去找她。你觉得这场比赛怎样?"

"我觉得很难说清楚。"

"哦?"

"看上去像事先安排好的，但是把对手击倒那几下看上去又像真的。"

他看我一眼，我第一次看见他闪着金色斑点的眼睛里露出好奇。"你为什么这样想?"

"卡内利在第四轮时有两次先出拳，两次都没有再接再厉，他这样敏捷的拳击手不该有这样的表现。但是第六轮时他试图坚持打完比赛，却没有做到，至少从我的座位上看起来是这样的。

"你自己玩拳击吗，斯卡德?"

“我十二三岁时在青年会总部大楼里打过两场。充气手套、防护面具，每轮两分钟。我太矮太笨拙，从来没有打到过别人。”

“你看比赛眼光倒不错。”

“嗯，我猜是因为我看过很多拳击赛。”

他沉默了一会儿。一辆出租车抢在我们前面，他平稳地刹车，避免撞上，他没有咒骂也没有按喇叭。他说，卡内利本来应该打到第八轮认输的，他本来应该让基德到这时才大显身手，但他也不应该在前几轮占上风，要不然最后击倒他的那一拳看上去就不对了。这就是为何他在第四轮时没有放开打。

“但是基德不知道设了局。”

“当然不知道。他大部分拳赛都是光明正大的，只有今晚，但是像卡内利这样的拳击手对他可能会有危险，为何要冒险让他在这种阶段留下不好的记录呢？他同卡内利比赛可以得到经验，打败他可以得到自信。”我们已经到了中央公园西端，又朝上城驶去。“击倒他的那一拳是真的。卡内利应该在第八轮故意输掉，但是我们希望基德能够让我们早点回家，你也看见他怎么打了，你觉得他怎么样?”

“他有希望。”

“我也这样想。”

“有时他声东击西的假动作做得很好，在第四轮……”

"对的，"他说，"他们在这上面专门训练过他的，问题是他一般都能糊弄过去。"

"嗯，但是他今晚这一招本来不灵的，如果卡内利想要赢的话。"

"是啊，那也许他还是不想要赢的好。"

我们一路谈着拳击，直到一百〇四街，钱斯小心地把车调头，停在一个消防水栓旁。他熄了火，但没有拔出钥匙。他说，"我把索尼娅送上楼就马上下来。"

她自从说过很高兴遇见我之后就没说过一个字，他走到汽车另一边为她打开了车门。那个街区有两幢公寓楼临街，他们走到其中一幢楼的门口，我记下了门牌号码。他不到五分钟就回到驾驶座上，我们又向下城驶去。

过了半个街区我们俩都没有说话，然后他说，"你想找我谈谈，同基德·巴斯科姆没有任何关系，对吧？"

"没关系。"

"我猜也是，那同什么有关系呢？"

"金·达基宁。"

他的眼睛看着路面，我看不见他的表情有任何变化。他说，"哦，她有什么事？"

“她不想干了。”

“不想干？不想干什么？”

“这一行，”我说，“她同你的关系，她想要你同意……断绝关系。”

我们停车等红灯，他一言不发。绿灯亮了，我们又行驶了一两个街区，他说，“她同你什么关系？”

“朋友。”

“这是什么意思？你同她睡觉吗？想要娶她？朋友意思太宽泛了，包括很多内容。”

“这次范围很窄。她就是个朋友，让我帮她个忙。”

“同我谈谈。”

“对的。”

“她为什么不自己同我说？我经常见她，她用不着满城跑来跑去地找我。为什么？我昨天晚上还见过她。”

“我知道。”

“你知道？那她见到我的时候为何一字不提呢？”

“她害怕。”

“怕我？”

“怕你可能不肯让她走。”

“我会打她？让她破相？在她的乳房上灭烟头？”

“大概是吧。”

他又沉默了，车行驶平缓得几乎有催眠效果。他说，“她可以走。”

“就这样吗？”

“还要怎样？我又不是逼良为娼的人。”他说这个词时带上了嘲讽的腔调。“我的女人都是自愿跟着我的，不管她们是否有意志力，没人强迫她们。你知道尼采吗？‘女人像狗一样，你越打她们，她们越爱你。’但是我不打她们，斯卡德，似乎根本没有必要。金怎么会认识你这个朋友？”

“我们有共同的熟人。”

他看了我一眼。“你当过警察，我想是警探吧。你几年前离开的警察局，你杀死了一个小孩，引咎辞职了。”

他说的差不多。我开枪，子弹打偏，杀死了一个名叫埃斯特利塔·里韦拉的女孩。我不认为我离开警察局是因为感到愧疚，其实是这件事改变了世界在我眼中的样子，当警察不再是我想干的事情，我也不再想做一个丈夫和父亲，住在长岛。结果我失去了工作，离了婚，住在五十七街，在阿姆斯特朗酒吧混日子。开枪那件事无疑是导火索，但我觉得方向都已经指给我了，我早晚要走这条路的。

“现在你算是个半吊子侦探，”他接着又说，“她聘了你？”

“多少算是吧。”

“那什么意思?”他没等我来澄清。“我不是对你有意见，但是她在浪费自己的钱，或者说是我的钱，看你怎么想了。如果她想结束我们的安排，只需要告诉我一声就行了嘛。她不需要任何人来帮她说好话。她想要干什么？我希望她不是要回老家去吧。”

我什么都没说。

“我猜她会呆在纽约，但是她还会干这一行吗？我怕这是她唯一会做的生意。她还能干什么？她能住到哪里去？我为她们提供公寓，你知道的，付房租，帮她们挑选衣服。嗯，我猜没谁会去问易卜生娜拉上哪里去找个住处。我猜你住在这里，如果没弄错的话。”

我看看窗外，我们已经到了我的旅馆门口，我先前倒没注意。

“我想你会同金联系，”他说，“如果你愿意的话，可以告诉她说你让我吓得屁滚尿流落荒而逃。”

“我为啥要这样说?”

“那样她才会觉得付出的钱值了。”

“她已经值了，”我说，“我不在乎她是否明白这一点，我只会告诉她你刚才告诉我的话。”

“真的？你可以顺便告诉她我会来看她，我只是好奇，想知道这是否全是她自己的主意。”

“我会告诉她。”

“告诉她，她没有理由要害怕我。”他叹了一口气。“她们觉得自己不可替代，但是如果她知道要找人替代她多么容易的话，很可能会去上吊。斯卡德，她们一车车地来，她们每天每小时地拥到港务局巴士车站准备出售自己，每天都有一大批人认为肯定还有比当女招待或者收银员更好的出路。我都可以开家事务所，斯卡德，接受申请，排队的人会站半个街区。”

我打开了门。他说，“我很高兴，尤其是先前，你看拳击眼力很准。请告诉那个金头发的傻婊子，没有人会去杀死她。”

“我会的。”

“如果你想同我聊天的话，只要给我的留言服务打电话就行。我现在认识你了，会回电话的。”

我下了车，关上门。他等到个空当，调了头，在第八大道又转了个弯，朝上城驶去。那个调头是违法的，他在第八大道左转时又闯了红灯，但是我猜他不怎么在乎。我想不起最后一次在纽约看见警察因为开车违章而给司机吃罚单是什么时候了。有时候红灯亮了之后，你还会看见五辆汽车过街，这些日子连公交车都这么做。

等他转弯后，我拿出笔记本记了一笔。街对面靠近波莉酒吧的地方有一对男女在大声争吵，“你还像个男人吗？”她质问。他给了她一巴掌，她大声咒骂，他又给了她一巴掌。

或许他会把她打晕，或许他俩一周有五天在玩这种花招。你想去劝架，很可能他们两人都会反转来对付你。我还是个新警员的时候，我第一个搭档总是尽可能避免干涉家庭纠纷。有次他正面对着一个喝得醉醺醺的丈夫，却从后面遭到他老婆的攻击。那丈夫打掉了她四颗门牙，她却冲上来保护他，抓个酒瓶砸在救她那人头上，结果他缝了十五针，还脑震荡。他告诉我这个故事时总是用手指摸摸伤疤，你看不到伤疤，被头发遮住了，但是手指立刻就摸准了位置。

“让他们打个你死我活，”他总是说，“哪怕是她自己打电话来哭诉，也会反过来对付你。妈的让他们自己打个你死我活。”

街对面，那女人说了句什么我没听清，男人挥拳几乎把她打趴下，她哭叫着，听上去像是真打疼了。我把笔记本放好，走进了旅馆。

我在大厅里给金打电话，是她的应答机回答的，我正开始留言，她拿起电话，打断了我。“有时我在家也开着应答机，”她解释说，“这样在接电话之前就能知道是谁。自从上次同你说话以后还没有钱斯的音信。”

"我几分钟之前刚刚同他分手。"

"你见过他了?"

"我们坐他的车兜了一阵。"

"你觉得怎样?"

"我觉得他很会开车。"

"我的意思是……"

"我知道你的意思。听说你要离开他，他似乎并没有非常不高兴，他向我担保你用不着怕他。按照他的说法，你根本不需要我做你的卫士，你只需要直接告诉他就是了。"

"对的，他会那么说的。"

"你觉得那不是真话吗?"

"也许是。"

"他说他想听你亲口说，我猜他还想安排一些让你离开公寓的事情。我不知道你是否害怕同他单独见面。"

"我也不知道。"

"你可以锁上门，同他隔着门说话。"

"他有钥匙。"

"你没有链条锁吗?"

"有。"

"你可以用这个。"

“是可以。”

“要我过来吗?”

“不，你用不着过来。哦，我想你要剩下的那一半钱，对吧?”

“等你同他谈过，一切都安排好了之后再说吧。但是如果他来时，你想要身边有个人，我可以过来。”

“他今晚会过来吗?”

“我不知道他什么时候过来，也许他会打电话处理这件事。”

“他可能要等到明天才来。”

“嗯，我可以呆在沙发上不出门，如果你需要的话。”

“你觉得有必要吗?”

“如果你觉得有必要，那就有必要。金，如果你觉得不舒服的话……”

“你觉得我有什么要害怕的吗?”

我想了会儿，回味了一下同钱斯谈话的情形，揣摩着我自己对这件事的反应。“不，”我说，“我不这样想，但是我并不真了解这个人。”

“我也不了解。”

“如果你感到不安的话……”

“不，那很傻。反正也太晚了。我在看有线网的电影，看完就去睡觉。我会把链条锁扣上，这个主意好。”

“你有我的电话号码。”

“对的。”

“万一有事就给我电话，或只要想给我打电话就打，好吗？”

“当然。”

“说这话是让你安心，我觉得你花了一些不该花的钱，但好在那是你偷藏起来的钱，所以可能也没什么关系。”

“绝对没关系。”

“关键是你现在自由了，他不会伤害你。”

“我觉得你说得对，也许明天我可以给你打电话，马修？谢谢。”

“睡一会儿吧，”我说。

我上楼去，想按照我自己的建议去睡一会儿，但是我很紧张，终于放弃了。我起床穿好衣服，走去街角那边的阿姆斯特朗酒吧。我本来想吃点什么，但是厨房关了门，特里娜说如果我想要的话，她能帮我弄到一块馅饼，可是我不想要馅饼。

我想要两盎司波本酒，满满的，再要两盎司放在咖啡里，我想不出还有他妈的什么好理由不喝酒。这不会让我醉，也不会让我再进医院，无法控制地从早到晚酗酒才会进医院，我已经接受教训了。我不能再那样喝酒，那样喝起来不会太平无事的，我也不想。但是临睡前喝一杯同出去痛饮一顿还是有相当大的差别，对吧？

他们告诉你禁酒九十天，你应该在九十天内参加九十场戒酒会，不喝酒，每天一开始就不喝，一天天来，九十天之后你再决定接下来该怎么办。

我最后一次喝酒是星期天晚上，打那以后我去参加过四次戒酒会，如果我今晚不喝酒就上床，那就有五天没喝酒了。

那又怎样呢？

我喝了一杯咖啡，回旅馆的路上在希腊点心店停了停，买了个奶酪卷和半品脱牛奶。我在房间里吃了点心，喝了一点牛奶。

我关灯，上了床。现在有五天了。那又怎样呢？

第五章

我吃早饭时看报纸。克罗纳的房管所警察仍然病危，但是医生说他可能会活下来。他们说可能他会有些瘫痪，也可能会是永久性的。现在还太早，不好说。

在中央车站，有人抢劫了一个流浪的女人，偷走了她三个购物袋中的两个。在布鲁克林的格雷夫森德区，一对父子突然从一辆车上逃跑，看见一所房子就跑进去求助。这对父子有色情犯案被捕记录，报上还说他们同有组织犯罪有关系。追赶他们的人用手枪和一支长枪对他们开火，父亲受了伤，儿子被打死了。刚刚搬进那幢屋子的那位年轻妻子和母亲正在往门厅壁橱里挂衣服，长枪射出的一串子弹穿透房门，把她的头炸去了一大半。

他们在六十三街的青年基督教会每周六天都有中午戒酒会。演讲者说，“我来告诉你们我怎么会到这里来的。有天早晨我醒来对自己说，‘嘿，今天真好，我这辈子从来没感觉这么好过。

我身体健康，婚姻和谐，事业发达，我的情绪也前所未有地好。我觉得应该去参加戒酒会。’”

房间里的人哄堂大笑。他说完后，大家没有一个个轮流发言，你举起手，演讲者就点你。有个小伙子害羞地说他刚满九十天，得到了很多掌声。我也想举手，想着我该说什么。但是我能够想到要谈论的却是格雷夫森德的那位女子，或者卢·鲁登科的母亲被一台捡来的电视机弄死了，可是这两个死亡事件同我有什么关系？我还在琢磨着该说什么好，时间已经过去了，我们都站起身来，说了主祷文。这样也好，反正我也不大可能鼓足勇气举手。

会后我在中央公园走了一阵，太阳终于出来了，是这一周来第一个好天气。我散步了很久，看看孩子、跑步的人、骑车的人和溜冰的人，想要让所有这些健康单纯、精力充沛的人与每日晨报上这个城市的阴暗面对上号。

两个世界是互相重叠的，有些骑车人的自行车可能会被抢去，有些漫步的情侣可能回去发现家里遭劫，有些欢笑的小伙子可能会去拦路抢劫、动刀动枪，有些可能会遭到拦路抢劫或被枪击中、刀捅伤，如果要想理清这些头绪，那会弄得人头疼。

我在哥伦布圆环那里走出公园时，一个身穿棒球衫，有一只假眼睛的家伙纠缠着我要十分钱买一品脱酒。在我们左边没几米处，他的两个同伴正在分享一瓶夜火车牌啤酒，兴致勃勃地看着我们。我本想叫他滚蛋，但却给了他一块钱，让我自己都感到惊讶。也许我不愿意让他在朋友面前丢脸，他忙不迭地谢我，那态度过分讨好令我难以忍受，我猜他看见了我的表情，立刻住了嘴。他走开了，我穿过马路朝家里走去。

没有邮件，只有一个留言让给金打电话。前台本来应该把来电的时间记下，但这里又不是华尔道夫酒店。我问他是否记得电话进来的时间，他说不记得。

我给她电话，她说，“噢，我正在等你电话。你不过来拿我欠你的钱吗?”

“钱斯有回音了?”

“他一小时以前来过了。一切都很顺利。你过来好吗?”

我让她等我一小时，上楼去冲澡、刮胡须。我穿好衣服，觉得不喜欢，又换了一件。正在打领带，突然意识到自己在干什么，我这是在为赴约会而打扮。

我觉得很好笑。

我戴上帽子穿好外套出了门。她住在默里山，在第三大道和莱辛顿大道之间的三十八街上。我走过第五大道，乘了一段巴士，然后朝东走了剩下的一段路。她住的那幢楼是战前建造的公寓大楼，有砖墙面，十四层，大厅有地砖和盆栽棕榈。我告诉看门人我的名字，他通过对讲机呼叫了楼上，确定有人在等我，才指引我电梯在哪里。他的态度显得有些故作漠不关心，我猜他知道金是干哪行的，并且以为我也是嫖客，所以小心翼翼地不露出嘲讽的神态。

我在十二层出了电梯，走到她房门口。我一走近，房门就打开了，她站在门中间，金色的辫子，蓝色的双眼，高颧骨，一时间我觉得她就像刻在维京海盗船头的雕像。“噢，马修，”她说，伸出手臂来拥抱我。她身高恰好同我一样，她给了我一个紧紧的拥抱，我感到了她紧实的乳房和大腿的压力，闻到了她浓烈刺鼻的香水味。“马修，”她说，把我拉进去，关上了门。“老天，太感谢伊莱恩建议我同你联系了，你知道你是什么吗？你是我的英雄。”

“我做的不过是同那个人谈谈而已。”

“不管你做了什么，反正办到了，我只管这个。坐下，放松一会儿。你要喝点酒吗？”

“不，谢谢。”

“喝点咖啡？”

“嗯，如果不麻烦的话。”

“坐下，是速溶咖啡，行吗？我太懒，不愿煮咖啡。”

我告诉她速溶的没关系。我在沙发上坐下，等她冲咖啡。房间很舒服，家具不多，但很诱人。音响轻轻播放着爵士钢琴独奏录音，一只全黑的猫从墙角小心翼翼地看着我，然后消失不见了。

咖啡桌上摆着几种当期杂志：《人物》、《电视节目预告》、《时尚》、《自然史》。音响上方的墙上有一幅装了框的招贴画，是几年前在惠特尼美术馆举办霍普画展的广告。几个非洲面具装饰了另一面墙，一张斯堪的纳维亚小地毯有蓝色和绿色的漩涡状抽象图案，覆盖在白化橡木地板中央。

她端着咖啡回来后，我夸赞她的房间漂亮，她说要能留着这个公寓就好了。“但是从另一个方面来说，”她说，“不能留着也好，是吧？我的意思是如果继续在这里住下去，就总会有人来。你知道的。男人们。”

“当然。”

“再说现在这一切都不是我的，我的意思是，这间屋里唯一属于我的东西是那张招贴画。我去看过那个画展，想带点什么回家。那人那样画孤独，人们在一起，又不在一起，看着不同的方向，它打动了我，真的打动了我。”

“你会住哪里？”

“一个好地方，”她很有信心地说。她坐在沙发上我的旁边，一条修长的腿盘在身下，咖啡杯安稳地放在另一只膝盖上。她身着那天在阿姆斯特朗穿的那件酒红色牛仔裤，搭配柠檬色针织衫，针织衫下似乎什么都没穿。她光着脚，脚指甲像手指甲一样涂成波特酒的那种茶色。她先前穿着室内拖鞋，但是坐下来时甩掉了。

我打量着她蓝色的眼睛、她方形的绿色宝石戒指，然后把目光收回落在地毯上。似乎有人把所有这些色彩放在一起，用把铁丝刷子搅和了一下。

她吹着咖啡，小口喝着，然后身体前倾，把杯子放在桌上。她的香烟在桌上，她点上一支，说，“我不知道你对钱斯说了什么，但你的确让他印象深刻。”

“我怎么看不出来呢？”

“他今早打的电话，说要过来，等他来时，我把门上的链条锁扣着，但我知道用不着怕他。你知道，有时有些事情你就是知道。”

我是知道。那个波士顿掐脖子杀人犯从来就不需要砸开门，他所有的被害者都是开门让他进去的。

她噘起嘴，吐出一股烟柱。“他很和善，他说他没有意识到我不快活，他没有想过要强迫我留下。他似乎觉得有点伤心，我竟然会这么想他。你知道吗，他居然让我感到有些惭愧，让我觉得犯了一个大错，抛弃了一件好事，我会后悔再也回不去了。他说，‘你知道，我从来不会回收一个女孩的，’我想，天哪，我没有后路了。你能想得到吗？”

“想得到。”

“因为他那么会装假，好像我离开了一个了不起的职位，抛弃了我缴纳的企业养老保险金似的。我心想，你算了吧！”

“你什么时候必须搬出去？”

“他说这个月底，我很可能在这之前就走了。收拾东西不费事，家具都不是我的，只有衣服和唱片，还有那幅霍普招贴画。但是你知道吗。我觉得还是就让它挂在那吧，我不需要这样的记忆。”

我喝了一些咖啡，没有我喜欢的那么浓。唱片到底了，接下来是钢琴三重奏。她又说了一遍我给钱斯留下了深刻的印象。“他想知道我怎么恰好会找上你，”她说，“我回答得很含糊，说你是朋友的朋友。他说我用不着聘请你，我只需要直接同他说就行了。”

“很可能的确如此。”

“可能，但我觉得不行。假如我能鼓足勇气的话，我会开始同他说，我们会开始一场谈话，我慢慢地就改了主意，整个事情会被搁置一边，我也会让它一直就这么搁置一边，你知道的，因为还没等我有胆量说出口，他就会有本领让我明白离开他是不行的。他可能不会说，‘喂，婊子，你就在这好好呆着，否则就让你破相。’他可能不会这样说，但反正我会听到他这个意思。”

“你今天听到这个意思了吗？”

“没有，关键就在这里，我没有。”她的手抓紧我的手臂，就在靠近手腕的地方，“哦，趁我还没忘记，”她说。她从沙发上起身时，我的手臂感觉到她的一些重量。她去房间另一头在钱包里摸索，然后回到沙发上，递给我五张一百元的钞票，可能是我三天前还给她的那几张。

她说，“似乎还应该有额外的酬劳。”

“你付得已经足够了。”

“但是你干得太漂亮了。”

她一只手放在沙发背上，俯身向我。我看着她盘在头上的金色发辫，想起我认识的一位女子，一位雕塑家，在翠贝卡有间阁楼。她做了一个美杜莎头像，有蛇形头发，金有同样宽阔的额头和高颧骨，就像简·基恩的雕塑一样。

但是表情不同。简的美杜莎看上去极度失望，而金的脸部表情更难琢磨。

我说，“是隐形吗？”

“什么？哦，我的眼睛？是天然颜色。有点怪，对吧？”

“不同寻常。”

现在我能看懂她的表情，我看见的是期待。

“美丽的眼睛，”我说。

她的大嘴柔软地绽开一个微笑，我朝她靠近一些，她立刻投入我的怀抱，新鲜、温暖和热切。我亲吻她的嘴，她的喉咙，她垂下的双眼。

她的卧室宽敞，阳光灿烂，地板上铺着厚厚的地毯，那张大床还没铺整齐，黑猫在一只擦光印花布面的椅子上打瞌睡。金拉上窗帘，羞怯地看我一眼，开始脱衣服。

我们的整个过程颇为奇特，她的身体妙极了，梦幻一般，她显然无所顾忌地给予，我自己强烈的欲望也令我吃惊，但这几乎纯粹是肉体上的，我的理智奇怪地游离于她的身体和我自己的身体之外，我几乎像是从远处观看我们的动作。

高潮的到来使我们得到宽慰、释放和些许珍贵的愉悦。我离开她的身体，感觉仿佛处身无边无际的荒原，周边全是沙子和干燥的毛刷。突如其来一阵伤感，伤痛涌上我的喉头，我几乎要落下泪来。

这种感觉过去了，不知道如何来的，又如何消散。

她说：“嗯，好了，”她笑着，侧过身来面对我，一只手放在我的手臂上。“刚才很好，马修，”她说。

我穿上衣服，谢绝了再喝一杯咖啡的邀请。她在房门口拉拉我的手，再次感谢我，说一旦搬好家就告诉我地址和电话。我告诉她可以随时给我电话，随便什么理由都成。我们没有亲吻。

在电梯里我想起她说过的话，“似乎还应该有额外的酬劳。”嗯，这么说倒也不错。

我一路走回旅馆，路上停了几次，一次是买咖啡和三明治，另一次是去麦迪逊大街上的教堂。我本来想放五十美元在捐赠钱箱里，却意识到没办法这样做，金付我的钱都是百元钞票，我身上没有足够的小票子。

不知道我为何要捐献收入的十分之一给教堂，也不知道最初怎么会养成这个习惯。这是我离开阿妮塔和孩子们，搬到曼哈顿之后的事情。我不知道教堂拿这些钱干吗，我肯定他们的需求不会比我更大，最近我也曾试过放弃这个习惯。但是只要有钱进手，我总是觉得坐立不安，直到把钱的十分之一给了某个教堂才算安心。我猜这是迷信，因为我觉得一旦开始，就应该一直做下去，否则就会发生可怕的事情。

天知道这没有任何道理，反正可怕的事情总会发生的，不管我是把所有的收入给教堂还是一分钱不给，都会发生。

这次的什一税还要等等。我坐了几分钟，庆幸教堂没人，很安静。我让思绪游移一阵，在那里坐了几分钟之后，一位老年人坐在了长凳的另一头。他闭上眼，似乎陷入深深的沉思。

我好奇他是否在祈祷，好奇祷文是什么，人们能从中发现什么。有时在这个或那个教堂，我会想到要说个祈祷，但却不知道该如何说。

如果有蜡烛可点，我会点支蜡烛，但这是座圣公会教堂，没有蜡烛。

那晚我去了圣保罗教堂的戒酒会，可没法集中注意力听人家发言，不断走神。讨论时，中午戒酒会上的那位小伙子告诉大家他如何坚持了九十天，再次得到了掌声。演讲者说，“你知道九十天之后是什么吗？是第九十一天。”

我说，“我叫马修，我无话可说。”

我早早上床，很快就睡着了，但又不断从梦中醒来，我想要记住梦境，梦却一再从思绪的边缘滑落。

我最后还是起来，出去吃早饭，买了张报纸带回房间。附近步行即可到达的地方有个周日中午戒酒会，我从来没去过那里，只是在会议日程安排上看见过。等我想到要去时，会已经开了一大半，我还是呆在房间里，看完了报纸。

过去喝酒可以打发时间，我总是在阿姆斯特朗一坐就是几小时，喝掺了波本酒的咖啡，不会喝得醉醺醺，只是慢慢一杯接一杯地喝，就这样消磨几个小时。你如果咖啡不加酒也这样喝，那不起作用，就是不起作用。

大约三点钟时我想到了金，我想拿起电话打给她，又停了下来。我们上了床，因为这是她知道如何给予的礼物，也是我不知道如何拒绝的礼物，但这并不等于说我们是情侣，并不意味着我们彼此有任何牵连，无论我们曾经做过什么交易，现在都结束了。

我想起她的头发和简·基恩的美杜莎，想要给简打个电话，我们谈些什么呢？

我会告诉她我已经七天没喝酒了，自从她也开始参加戒酒会之后，我同她就没有过任何联系。人们告诉她要远离同喝酒有关的人、地方和事情，对她来说，我恰好属于这个范畴。我今天没喝酒，我可以告诉她这个，但那又怎样呢？这并不等于她想要见我，因此，也不意味着我想要见她。

有几次晚上我们一起喝酒，过得很快乐，或许我们不喝酒在一起也会很快乐，但或许那也会像是在阿姆斯特朗坐个五小时，咖啡里不掺波本酒。

我甚至找到了她的电话号码，但最终还是没打电话。

圣保罗的演讲者讲了一个委实没底线的故事。他吸海洛因成瘾好几年，戒掉了这个，接下来却成天在小酒馆喝得昏天黑地。他看上去就像曾经见过地狱，而且还记得它长什么样子。

中间休息时，吉姆在咖啡壶那边堵住了我，问我过得怎样。我告诉他过得不错，他问我多久没喝酒了。

“今天是我第七天，”我说。

“天哪，那太好了，”他说，“真是太好了，马修。”

讨论的时候我就在想，或许等轮到我时我也该发发言。我不知道是否会自称酒鬼，因为我不知道自己是不是酒鬼，但是我可以说说这是我的第七天，要不就干脆说我喜欢来这里，好歹说点什么。但是等轮到我时，我还是照往常那样说了。

会后我帮着把折叠椅搬到堆放椅子的地方去，吉姆走上前来，他说，“你知道吗，我们有些人经常在会后去科布角喝咖啡，就是在外面玩玩，吹吹牛，要不你也一起去?”

“嘿嘿，我很高兴去，”我说，“但是今晚不行。”

“那就下次吧。”

“行，”我说，“吉姆，这主意不错。”

我本来可以去的，我并没有任何事情要做。我还是去了阿姆斯特朗，吃了个汉堡和一块奶酪蛋糕，喝了杯咖啡。我在科布角其实也可以这样吃一顿。

嗯，我总是喜欢周日晚上的阿姆斯特朗酒吧。此时人不大多，只有常客。吃完饭后，我把咖啡端到吧台上，同一位名叫马尼的哥伦比亚广播公司技师和一位名叫戈登的音乐人聊了一阵。我甚至都没想到要喝酒。

我回了家，上床睡觉。早上起床时感觉有点忧心忡忡，我把它归于没有记住的梦境的残余。我洗了澡，刮了胡须，那感觉还在。我穿好衣服下楼去，扔了一袋子脏衣服在洗衣房，把一件西服和一条长裤送去干洗，吃了早饭，读了《每日新闻》。有位专栏作家采访了那个在格雷夫森德不幸被子弹击中的女子的丈夫。他们刚搬进那幢房子，那是他们梦寐以求的住所，是他们在体面的街区过上体面生活的机会。但是这两个逃命的匪徒却偏偏找上了他们家。“好像上帝用手指向了克莱尔·里兹克，”专栏作家说。

在《地铁短讯》栏目，我读到两个无业游民为一件在阿斯特广场 BMT 地铁站捡到的衬衣打架，其中一人拿把八英寸的折刀将另一人捅死，死者五十二岁，杀死他的人三十三岁。这样的事情如果不是发生在地铁站台上的话，不知道是否会出现在报纸上。如果他们在包厄里街的廉价旅馆里互相残杀，那根本就不是新闻。

我来回翻着报纸，似乎期待着找到什么，微微的不祥预感仍然挥之不去，我觉得有点宿醉未醒，不得不提醒自己我头天晚上压根没喝酒。我已经八天没喝酒了。

我去了银行，把那五百元报酬存了一部分在银行账户里，余下的换成了十元和二十元的钞票。我去圣保罗想处理掉五十元，但那里正在做弥撒。结果我去了六十三街的青年会总部，听了一个迄今为止最乏味的演讲。我觉得演讲者历数了他从十一岁开始喝的每一杯酒，单调的声音足足讲了四十分钟。

后来我去公园里坐着，从小贩那里买了个热狗吃。大约三点我回到旅馆，睡了一小觉，四点三十分时又出去取了邮件，带着邮件去了街角的阿姆斯特朗酒吧。我买报纸时肯定看了大标题，但是不知为何没往心里去。我坐下来，要了咖啡，看了头版，果然在那里。

那上面写着：应召女郎被割成碎片。

我知道会有侥幸的事情，我也知道不会有什么侥幸。我闭着眼坐了一会儿，双手捏紧报纸，试图凭意志力来改变报道的事情。色彩，她那北欧人的蓝色眼睛，在我紧闭的眼睑后面闪烁。我胸口很闷，喉咙口再次感到了疼痛的抽搐。

我翻到那该死的版面，就在第三版，就像我预料的那样，她死了，那个狗娘养的杀了她。

第六章

金·达基宁死在银河酒店十七层的一个客房里，那是五十年代在第六大道上建造的高楼之一。客房租给一位来自印第安纳韦恩堡的查尔斯·欧文·琼斯先生，他周日晚上九点十五分入住，预付了住一晚的现金，他在此前半小时就已经打过电话预订房间。初步调查结果发现韦恩堡并没有琼斯先生这人，他在入住登记表上填的街道地址似乎也不存在，因此很可能他用了假名字。

琼斯先生没有从房间打电话，也没有任何费用记在酒店账单上。数小时后他离开了，没有费神把钥匙还给前台，而是在门上挂了“请勿打扰”的牌子。客房服务人员谨慎地没有前去打扰，直到周一上午十一点离店时间过后不久，一位清洁女工先打电话给客房，电话无人接，她敲门也无人回答，她这才用自己的万能钥匙开了门。

她撞上了《纽约邮报》记者称之为“难以形容的恐怖情景”。

一位裸体女子倒卧在凌乱床铺下的地毯上，鲜血浸透了床和地毯。该女子死于多处刀伤，法医猜测可能是用刺刀或砍刀不断地又是捅又是割，留下了无数刀痕。凶手把她的脸“砍成一团血肉模糊”，但是一位手脚勤快的记者在达基宁小姐那“位于默里山的豪华寓所”里找到了照片，可以看出凶手对付的是什么样的面孔。照片上金那头与众不同的金发垂在肩上，辫子像冠冕一样盘在头顶。她看上去眼神清澈，光彩夺目，像一位成年的海蒂[①]。

确认身份是基于现场发现的女子的钱包。根据钱包里剩下的钱的数目，警方办案人员排除了金钱是杀人的动机。

真不是开玩笑。

我放下报纸，双手在颤抖，这并没有让我感到很吃惊，我连心都在颤抖。我捕捉住了伊芙琳的目光，等她过来时，我让她给我拿一杯双份波本酒来。

她说，“你肯定吗，马修？”

“为什么不？”

“嗯，你这阵子都没喝酒，你肯定又要开始喝吗？”

我心想，关你什么事情，宝贝？我吸了口气，又呼出来，说，“也许你说得对。”

---

① 著名儿童文学作品中的主角。

“再来些咖啡怎么样？”

“好吧。”

我又看一遍报道。初步检查将死亡时间定在午夜十二点左右，我试着回想当他杀死她时，我在干什么。会后我来过阿姆斯特朗，但我什么时候离开的呢？那晚算是早的，可是等我上床睡觉时也差不多凌晨了。当然死亡时间只是大概估计，所以等他开始挥刀斩断她的生命时，我可能已经睡着了。

我坐在那里不断地喝咖啡，一遍一遍又一遍地反复读那篇报道。

我离开阿姆斯特朗酒吧，又去了圣保罗教堂。我坐在后排长凳上，想要集中思绪，脑海中的画面不断来回碰撞，我两次同金的会面与同钱斯的对话交叉闪现。

我徒劳地放了五十美元在捐赠箱里，点了一支蜡烛，凝视着蜡烛，似乎期待看见有什么东西在火焰中跳跃。

我回到座位上坐下，就这么一直坐着，直到一位说话声音轻柔的年轻神父过来抱歉地告诉我，他们要关门了。我点点头，站起身来。

“您看上去心绪不宁，”他主动说。“有什么办法帮您吗？”

“没有。”

“我时常看见您上这儿来，有时同别人谈谈会好些。”

是吗？我说，“神父，我连天主教徒都不是。”

“不一定要是。如果有什么事情让您不安的话……”

“只是一点噩耗，神父。一位朋友突然去世了。”

“这总是让人难受的。”

我怕他会递给我什么有关上帝的意图神秘莫测之类的话，但是他似乎等着我说什么。我转身出门，在路边上站了一会儿，不知道接下来该去哪里。

现在大概六点半，离戒酒会还有两小时。你可以提早一小时去，闲坐着喝咖啡，同人聊天，但是我从来没有早去过。我有两个小时要打发，却不知该怎么打发。

他们告诉你不要让自己太饿。除了在公园里吃的那个热狗之外，我还没吃过任何东西，但是一想到食物，就立刻一阵反胃。

我走回旅馆，似乎经过的每一处不是酒吧就是卖酒店，我上楼进屋，呆在房间里。

我提早几分钟去戒酒会，有半打人叫着名字同我打招呼。我倒了些咖啡，坐了下来。

演讲者说了个简短的喝酒故事，接着大部分时间都在说四年前他戒酒后发生的事情。他的婚姻完了，小儿子被撞死，司机逃跑了，他很长时间没有工作，发作过几次慢性抑郁症。

“但是我没有喝酒，”他说，“我第一次来这里时你们就告诉我，不管多么糟糕的事情，喝酒只会让它更糟。你们说要想戒酒成功就得不喝酒，哪怕屁股掉了也不喝。说实话，有时我觉得自己不喝酒纯粹是出于固执，那也没关系，反正管用就行。”

休息时我想离开，但我还是倒了一杯咖啡，拿了几块无花果酥饼。我仿佛听见金在告诉我说她非常喜欢甜食，“但一点不会长胖。真是运气好，对吧？”

我吃了曲奇饼干，就像嚼稻草一样，但我还是嚼了一阵，用咖啡冲下去。

讨论时，一位女子滔滔不绝地谈论自己的恋情，她真叫人讨厌，每晚都说同样的事情，我走神了。

我想着，我叫马修，我是个酒鬼，昨晚上我认识的一个女人被杀害了。她聘请我帮忙让别人不要杀她，我告诉她不用担心，她相信了我的话。杀她的人骗了我，我相信了他，她现在死了，我没有任何办法，这件事让我揪心，我不知道该怎么办才好。每个街角都有酒吧，每个街区都有酒类专卖店，喝酒没法让她复活，但是不喝酒也同样没办法，我到底干啥要碰见这种事情，为什么？

我想，我叫马修，我是个酒鬼，我们大家坐在这该死的房间里，没完没了地说些该死的事情，同时外面那些畜生却在互相残杀。我们说不要喝酒，去戒酒会，我们说最要紧的事情就是你没喝酒，我们说这很容易做到，我们说一天天慢慢来，我们在这里像脑残僵尸一样啰里啰嗦，外面的世界却完蛋了。

我想，我叫马修，我是个酒鬼，我需要帮助。

等轮到我时，我说，“我叫马修，谢谢你的演讲，我很喜欢，我今晚还是听大家发言。”

祈祷一结束我就离开了。我没有去科布角，也没有去阿姆斯特朗，我走到旅馆，经过旅馆，走过半个街区去了五十八街的法雷尔酒吧。

这里人不怎么多，自动唱机正在播放托尼·班奈特的唱片，酒保我不认识。

我看着吧台后的酒柜，第一眼看见的是“早年时光”，我要了一杯，不加冰，水另放，酒保倒好酒放在我面前的吧台上。

我拿起酒杯来看着，不知道自己想要看见什么。

我一口喝光了酒。

第七章

这算不了什么，一开始我甚至都没觉得有酒劲，接下来只有轻微的头疼和略感恶心。

嗯，我的身体已经不习惯了。我一个星期没喝酒，上次我整整一星期没喝酒是什么时候？

我不记得了，或许十五年前，或许二十年前，或许更久。

我站在那里，手臂撑在吧台上，一只脚蹬在我身边吧凳下面的横杠上，试图弄明白我究竟有什么感觉。我觉得某件事情不像几分钟以前那么折磨人了，但是另一方面我又奇怪地有种失落感，但究竟是为什么呢？

“再来一杯？”

我刚想点头，又忍住了，摇摇头。“现在不，”我说，“你能给我一些十美分硬币吗？我想打几个电话。”

他给我换了一美元，把投币电话指给我看。我关上电话间的门，拿出笔记本和笔，开始打电话。我花了几十美分来了解谁在负责金的案子，又花了几十美分找负责这案子的人，但是最后我被转到了中城北部警察局。我要求同德金警探说话，一个声音说，“等会，”然后问，“是乔吗？你的电话，”停顿了一下之后，另一个声音说，“我是乔·德金。”

我说，“德金，我叫斯卡德。我想知道关于达基宁谋杀案的事情，你抓住了什么人吗。”

“我没听清你的名字，”他说。

“是马修·斯卡德，我不是想从你这里得到消息，我想给你提供消息。如果你还没抓到那个拉皮条的，我可以给你报个信。”

停顿一会儿之后，他说，“我们还没抓任何人。”

“她有个拉皮条的。”

“这个我们知道。”

“你们有他的名字吗？”

“喂，斯卡德先生……”

“那个拉皮条的名叫钱斯，这可能是名也可能是姓，也可能是个化名。警察局没有他的黄页档案，至少在这个名字下面没有。”

“你怎么会知道黄页档案呢？”

“我从前是警察。你看，德金，我有很多消息，只想全部告诉你，让我先说几分钟，然后随便你问什么问题。”

“行。”

我告诉他钱斯的事情，详细描述了他的长相，又描述了他的汽车，提供了车牌号码。我说至少有四个女孩归他管辖，其中有一位叫索尼娅·亨德里克斯，或许平时也叫桑妮，我描述了她的长相。“周五晚上他把亨德里克斯送到中央公园西大街四百四十四号，她可能住在那里，但更有可能只是去参加一位名叫基德·巴斯科姆的拳击手的庆功会。钱斯对巴斯科姆有些兴趣，也许那幢房子里有人为他开派对。”

他开始提问，但我只顾接着说下去。我说，“星期五晚上钱斯知道了达基宁这个女孩想要脱离关系，星期六下午他去东三十八街见她，说他不反对，他让达基宁月底搬出公寓，那是他的公寓，是他租的房子，把她安置在里面。”

“等等，”德金说，我听见翻动纸张的声音。“租房记录上是大卫·戈德曼先生，达基宁的电话也是登记这个人的名字。”

“你能找到大卫·戈德曼吗？”

“还没有。”

“我猜你找不到，要不戈德曼就是个律师或会计，钱斯借他名字用用。我只想告诉你，钱斯一点也不像任何一个我见过的大卫·戈德曼。”

“你说他是黑人。”

“对的。”

“你见过他。”

“对的，他没有固定的去处，但有几个地方他常去。”我说了几个地方。“我没法找到他住哪里，我猜他对此保密。”

“没问题，”德金说，“我们可以用反向电话簿，你给过我们他的电话号码，记得吗？我们会去查找，用这种方法找到他的地址。”

“那个号码是他的留言服务。”

“嗯，他们会有他的号码。”

“可能。”

“你听上去有些不相信。”

“我觉得他喜欢让别人找不到他，”我说。

“你怎么找到他的呢？你同这一切有什么关系，斯卡德？”

我有点想挂电话，我已经给了他们我知道的事情，不想回答问题。但是找到我比找到钱斯要容易多了，如果我现在挂电话，德金马上就能找到我。

我说，“我星期五晚上见过他，达基宁小姐让我为她斡旋。”

“斡旋什么？”

“告诉钱斯她不想干了，她自己不敢告诉他。”

“所以你去帮她说了。”

“对的。”

“什么，难道你也是拉皮条的吗，斯卡德？她从钱斯的养鸡场转到你那里了？”

我抓紧了电话听筒。我说，“不，我不干这一行，德金，为啥？你老妈要找新的关系户吗？”

“你他……”

“你他妈的嘴放干净点，我把所有事情都一股脑告诉你，我根本用不着给你打电话的。”

他没有吭气。

我说，“金·达基宁是朋友的朋友。如果你想知道我的话，曾经有个警察名叫古吉科认识我，他还在中城北部警察局吗？”

“你是古吉科的朋友？”

“我俩从来不怎么合得来，但是他可以告诉你我不搞斜的歪的。我告诉钱斯她不想干了，他说没问题。第二天他去见她，也这样说。接下来，昨天晚上有人杀害了她。你们还是认为死亡时间是午夜十二点吗？”

“嗯，但那只是大约的时间。他们发现她时已经是十二个小时以后了，你也知道尸体的状况，法医很可能想赶快完事算了。”

“很糟糕。”

“我很同情那个可怜的打扫房间的小姑娘，她从厄瓜多尔来，我猜她是非法移民，几乎不会说一个字的英语，结果撞上这个。”他哼了一声，“你想看看尸体，给我们一个确切的说法吗？你看过就忘不了。”

“你们没有确认身份吗？”

“哦，当然，”他说，“我们对比了指纹，几年前她曾经在长岛城被抓过，街头拉客罪，十五天，缓期执行。从那以后就再没被捕过。”

“那以后她就在房间里接活了，”我说，“接下来钱斯把她安置在三十八街的公寓里。”

“真正是纽约《奥德修斯纪》啊。你还知道什么，斯卡德？如果我需要的话，怎么找到你？”

其余事情我就不知道了。我给了他地址和电话，我们又互相客气了几句，我挂了电话，电话铃响了，我欠了四十五美分，这次通话远远超过了我扔进去那十美分硬币购买的三分钟时间。我又换了一美元，把钱扔进投币口，回到吧台再要了一杯酒。早年时光，不加冰，水另放。

这次味道好些。等酒完全下肚之后，我觉得放松了一些。

在戒酒会上，他们说是第一杯酒让你最后喝醉，你喝了一杯，引发了不可遏制的欲望，你情不自禁地喝了一杯又一杯，结果喝醉了。嗯，大概我不是酒鬼，因为并没有发生这样的事情。我喝了两杯，我比没喝以前好多了，也肯定不想再喝。

但我还是想考验一下自己，我在那站了几分钟，考虑着是否要喝第三杯。

不不，我真的不想再喝，现在这样子正好。

我在吧台上留下一美元，抓起剩下的零钱，走回家去。我经过阿姆斯特朗酒吧，不想进去。我的确没有要停下来喝一杯的愿望。

早晨的《每日新闻》现在应该出来了，我想去街角买份报纸吗？

不，去他的。

我在前台停留了一下，没有留言。雅各布在值班，因吸食了一点可待因①而飘飘然，填着字谜的小方块。

我说，“喂，雅各布，我想谢谢你那天晚上帮忙打那个电话。”

“哦，没关系，”他说。

“太好了，”我说，“真的谢谢你。”

我上了楼，准备就寝。我累了，觉得上气不接下气。有那么

① 一种镇痛剂，有致瘾性。

一会儿，在入睡之前，我又有了那种丢失了什么的奇怪感觉，但是我能丢失什么呢？

我想，七天。你七天没喝酒，第八天大半天也没喝，但是现在失去了，一去不回了。

第八章

第二天早上我买了《每日新闻》，一件新的暴行已经使金·达基宁离开了头版。在华盛顿高地，哥伦比亚大学长老会医院的一位年轻外科住院医生在河边大道遭到抢劫，被枪杀了。他并没有反抗，攻击他的人似乎没有任何理由就杀了他。被害人的妻子二月初就要生第一个孩子。

有关应召女郎被杀的报道登在内页，我读到的消息德金头天晚上都告诉我了。

我到处走了好一阵，中午去了青年会总部，但是坐立不安，别人还在发言时我就离开了。我在百老汇一家小吃店吃了个五香烟熏牛肉三明治，喝了瓶黑啤，午饭时我又喝了一瓶啤酒。八点半我去了圣保罗教堂，在那个街区兜了一圈，没有去地下室的会议室就回了旅馆。我强迫自己呆在房间里，我想喝一杯，可我已经喝了两瓶啤酒，一天两瓶啤酒是我的定量，只要不超过这个量，就不会有麻烦。不管我是早上爬起来就喝，还是睡前喝，在自己房间喝，还是在酒吧喝，独自一人喝还是有伴一起喝。

第二天是周三，我醒得晚，在阿姆斯特朗吃了个迟到的早餐，走到纽约公共图书馆，在那里度过了几小时，然后坐在布莱恩公园，直到卖毒品的人骚扰得我不耐烦才离开。他们完全占领了各个公园，总是认为只有潜在的顾客才会来这里，你都无法在那里读一份报纸而不受到干扰，总有人要卖给你提神的、镇静的、大麻和迷幻药以及天晓得什么东西。

那晚我去参加了三十八街的戒酒会，一位名叫米尔德里德的常客宣布那天是她戒酒的第十一年纪念日，赢得了大家的掌声。她说没有任何秘诀，就是一天一天地不喝酒。

我想，如果我不喝酒就上床，我就有一天了。我决定，管他呢，就这样吧。但是会后我还是去波莉酒吧喝了两瓶啤酒。我同一个伙计聊天，他想请我再喝一瓶，但是我告诉酒保给我来一瓶可乐。我暗自感到得意，知道自己的限度，而且不超过限度。

星期四晚饭时我喝了一瓶啤酒，去了戒酒会，休息时离开了。我在阿姆斯特朗停了一下，但是有什么阻止我在那里要一杯酒，我没有多呆。我感到不安，在法雷尔和波莉酒吧走进走出都没有要酒。波莉酒吧附近的酒类专卖店还开着，我买了五分之一加仑丹特酒带回房间。

我先冲个澡，准备上床。我打开了酒瓶的封口，在水杯里倒了约两盎司波本喝下去，然后睡着了。

星期五我爬起来就喝了两盎司酒，真的感到了酒劲，而且感觉很好。我一整天都没再喝一口。睡前我喝了一杯就睡着了。

星期六我醒来时头脑清醒，不想早上喝酒。想到自己控制得很好，我有点乐不可支。我几乎想去参加一个戒酒会，告诉大家我的秘密，但是我能想象得出大家的反应，那些同情的表情、同情的笑声，我们不喝酒比你圣洁。再说，我能控制酒量并不意味着有理由对别人发表议论。

上床前我喝了两杯，几乎没啥感觉，但是星期天早晨醒来时有点摇摇晃晃，于是我给自己倒了满满一杯酒清醒头脑，为这一天做准备。效果很好，我读了报纸，查看了戒酒会时间安排，发现下午在格林威治村有个戒酒会。我乘地铁去那里，在座的几乎全是同性恋，我趁休息时离开了。

我回到旅馆小睡了一会儿。晚饭后我读完了报纸，决定喝第二杯酒。我倒了两三盎司波本酒在杯里，一饮而尽。我坐下来继续读，但不怎么能集中注意力。我想再喝一杯，但提醒自己当天已经喝过两杯了。

然后我意识到了什么。我早上喝的那杯酒是十二个小时以前的事情，从那时到现在比我头天晚上最后一杯酒到早上间隔的时间还长，所以那杯酒早就离开了我的身体，不应该算作今天喝酒定量的一部分。

这意味着上床前我还能再喝一杯。

我很高兴琢磨出了这件事情，决定先犒劳一下自己，倒上一杯分量足够体面的酒。我把酒倒到离杯口只有半英寸的地方，慢慢地喝着，然后拿起酒坐在椅子上，就像那些杰出人物广告上的模特那样。我清醒地意识到是酒的数量而不是分量才算数，然后突然想到我骗了自己。我第一杯酒，即使算是一杯酒的话，也只有一点点。这么说来，我还欠自己大约四盎司波本威士忌。

我倒了自认为是四盎司的酒，喝光了。

我很高兴地发现这些酒对我没有任何明显影响。我当然没有醉，实际上我很长一段时间都没感觉这样好过，感觉好得在屋里呆不住，我必须出门，找个热闹的地方喝杯可乐或咖啡，不喝酒，因为首先我不想再喝，其次我今天已经喝过两杯了。

我在波莉酒吧喝了瓶可乐，在第九大道一家叫作“小孩手套”的同性恋酒吧喝了一杯姜汁啤酒。有些喝酒的人看上去略有些面熟，我很好奇是否其中有那天下午在格林威治村参加戒酒会的人。

再往下城方向走一个街区，我又想起件事情。我控制酒量已经好几天，在此之前我有整整一个星期没碰那黄汤，这本身就很能说明问题。去他的，如果我有能力限制自己每天只喝两杯，那就足以证明我不需要限制自己每天只喝两杯。我过去喝酒出过问题，我没法否定这点，但显然我已经过了那个阶段。

所以，虽然我的确不需要再喝一杯，我还是可以再喝一杯，如果我想喝的话。实际上我的确想喝一杯，那干啥不喝呢？

我进了酒吧，要了双份波本酒和一杯水。我记得酒保秃头发亮，我记得他倒酒，我记得拿起酒。

这是我记得的最后一件事情。

第九章

我突然醒过来，猛然间有了知觉，而且清醒异常。我在医院病床上。

这是第一个惊吓。第二个惊吓来得迟一些，我发现已经是周三了，星期天晚上我拿起第三杯酒之后就不再记得任何事情。

这些年来我偶然会酒醉失忆一两次，有时会忘记睡前半小时的事情，有时是几小时。

此前我从来没有失忆达两天之久。

他们不想让我走，我是头天晚上入院的，他们想让我在解毒病房呆满五天。

一位实习医生说，“酒精还没有从你的体内完全排除，你出院五分钟不到，街角转个弯就会去买酒喝。”

“不，我不会。”

“你几个星期以前才在这里解过毒，写在你的病历上。我们替你清洗了酒毒，结果你坚持了多久呢？”

我没有吭气。

“你知道自己昨晚上怎么来的吗？你发作痉挛，全身抽搐，从前有过吗？”

“没。”

“嗯，你还会的，如果你再继续喝酒的话，你肯定还会，不是每次都会，但早晚会的。总有一天你会死在这上头，如果你没有先因为别的原因而死的话。”

“别说了。”

他抓住我的肩膀。“不，我要说，”他说，“我为什么不说？我不能既彬彬有礼地照顾你的情绪，又希望阻止你乱来。看着我，听着，你是个酒鬼。你再喝下去就会死。”

我没有吭气。

他什么都想好了。我要在解毒病房住十天，然后再去史密瑟中心呆上二十八天做戒酒康复治疗。他发现我没有医疗保险也没有康复治疗需要的数千美元，就不再提第二个步骤，但仍然坚持我必须在解毒病房住五天。

“我不需要住院，”我说，“我不会再喝。”

“每个人都这样说。”

“我说的是实话，再说如果我不同意留下，你也没办法留我。

你必须让我出院。”

“如果那样的话，你就是违背医嘱出院。”

“就算是吧。”

他看上去很生气，然后耸了耸肩。“随你便，”他轻松地说。“下次也许你会听劝告。”

“不会有下次。”

“噢，会有下次的，会的，”他说，“除非你摔个嘴啃地时恰好靠近别的医院，要不就是还没等送到这里就先死了。”

他们给我拿来的衣服一团糟，被我在街上打滚弄得脏兮兮，衬衣和夹克上还沾了血迹。他们送我进院时我头破血流，他们帮我缝了针，显然我抽筋时弄伤了自己，要不就是更早些时候到处乱闯时弄的。

我身上有足够的钱付清医院账单，这倒是小小的奇迹。

早上下过雨，街上湿漉漉的，我站在人行道上，感到自信心消失殆尽。街对面就有酒吧，我口袋里有钱喝一杯，我知道那会让我感觉好些。

我还是回了旅馆，鼓足了勇气才敢去前台取邮件和留言，好像我做了什么丢人的事情，必须向前台人员道歉似的。最糟糕的是还不知道我迷迷糊糊时都干了些啥。

前台脸上没有表露什么，或许我失忆的大部分时间都在自己房间里独自喝酒，或许我周日晚上离开旅馆后压根就没有再回来过。

我上了楼，排除了后一个假设。显然我周一或周二回来过，因为我喝完了那瓶丹特酒，而且梳妆台上的丹特酒空瓶子旁还有半瓶一夸特装占边威士忌，酒商标签表明是从第八大道的一家店买来的。

我想，嗯，这是第一次考验。你要么喝要么不喝。

我把波本酒倒在水池里，冲干净两个酒瓶，把它们扔进了垃圾桶。

邮件都是垃圾，我全扔了，再看看留言。阿妮塔周一早上打过电话，一位名叫吉姆·费伯的人周二晚上来过电话，留下了电话号码。钱斯昨天晚上和今天早上都打过电话。

我冲个热水澡，冲了很久，仔细刮胡子，穿上干净的衣服。我扔掉从医院穿回家的衬衣、袜子和内衣，把外套放在一边，或许干洗店知道如何处理。我拿起留言，又看了一遍。

我的前妻阿妮塔、杀死金·达基宁的皮条客钱斯，还有一个叫费伯的人。我不认识任何名叫费伯的人，除非他是我在醉得稀里糊涂到处跑时认识的长久失联的老朋友。

我扔掉了留有他号码的纸条，掂量了一阵是跑下楼去，还是麻烦旅馆总机给转个电话。如果我没有倒掉那些波本酒的话，恐怕此时已经喝上一杯了，但我还是下楼在大堂的电话亭里给阿妮塔打了个电话。

对话有点怪怪的，我们小心翼翼彬彬有礼，我们常常会这样。像拳击手打第一轮比赛那样互相兜了会儿圈子之后，她问我为什么打电话。“我只是回你电话，”我说，“抱歉迟了一点。”

“回我电话?”

“有个留言说你周一打了电话。”

停顿了一下，然后她说，“马修，我们周一晚上已经谈过了，你已经回过我电话，你不记得吗?”

我感到一阵凉，好像有人在黑板上用粉笔摩擦了一下。“当然记得，”我说，“但是这个留言条怎么又回到我的留言箱里去了呢？我以为你又打了电话。”

“没有。”

“我大概扔掉了留言条，然后哪个好心的傻瓜把它放回去了，刚刚才给我，我以为是你又打了电话。”

“肯定是这样的。”

“肯定的，”我说，“阿妮塔，那天晚上我和你通话时喝了两杯，记忆有点模糊，你能告诉我谈了什么吗？怕我忘记什么事情。”

我们谈了米基要矫正牙齿，我让她再去听听别人的意见。我告诉她我记得这件事，还有别的吗？我还说了很快就会再寄一些钱，比我最近给的更多，付钱为孩子矫正牙齿没任何问题。我说我也记得这个内容，她说就这些了，当然，我同孩子们也说了话。哦，那当然。就这些了吗？嗯，那么我的记性还没那么坏，对吧？

我挂上电话时在发抖，坐在那里试图回忆她刚才讲述的我们谈话的内容，却完全不记得。从周日晚上喝第三杯酒到在医院醒来之间这段时间一切都是空白，一切的一切，全都不存在。

我把留言条撕成两半，再撕成两半，把碎片放在口袋里。再看另一个留言，钱斯留下了他的留言服务号码。结果我打了中城北区警察局，德金不在，他们给我了他家的号码。

他接电话时听上去有点没睡醒。“等下，让我点根烟，”他说。等他回来时听上去就正常了。“我在看电视，”他说，“结果在电视机前睡着了。你有什么事，斯卡德。”

“那个皮条客在找我，那个钱斯。”

“怎么找你？”

“打电话。他给我留了回电号码，是他的留言服务，所以他很可能在城里，如果你们想要我设个圈套……”

“我们不找他。”

有那么可怕的一瞬间，我以为自己醉酒时已经同德金谈过了，我们两人中有人给另一人打了电话，我却不记得了。但是他接着往下说，我意识到不是这么回事。

“我们把他带到警察局盘问过了，”他解释说。“我们发了一个逮捕令，结果他自己跑来了。带着个精明强干的律师，他自己也相当精明。”

“你们放他走了？”

“我们没有任何证据留住他。从估计的死亡时间前几小时到七八个小时之后这一整段时间内，他都有不在场证据。证据看上去很牢靠，我们找不到任何理由来否定。银河酒店前台办理琼斯入住的人员记不清他的长相，我的意思是他无法肯定登记入住的那人是黑人还是白人，他有点觉得他是白人。你认为把这话告诉区检察官会怎么样？”

“他可以让别人订房间，那些大酒店不会跟踪谁进谁出。”

“你说对了。他可以让别人订房间，也可以让别人杀了她。”

“你猜他是这样干的吗？”

“我不靠猜测挣饭吃，我只知道还没有证据对付那个婊子养的。”

我想了一会儿。“他为啥给我打电话呢？”

“我怎么知道？”

“他知道是我让你找他的吗?”

“我没告诉过他。”

“那他找我干啥?”

“你干吗不自己去问他?”

电话亭里很热，我把门推开一条缝透透气。“也许我会去的。”

“当然。斯卡德? 不要在黑暗的小巷子里同他见面哈，他如果对你怀恨在心的话，你要当心有人背后袭击。”

“是啊。”

“万一他真的放倒了你，死前留个话，好吗? 电视上一直是这样的。”

“我尽量吧。”

“搞得机灵些，”他说，“但也不要太机灵，对吧? 简单一点，让我可以琢磨得出来。”

我扔了个硬币，打了他的留言服务，那个像烟鬼一样声音沙哑的女人说，“八——〇——九——二，您需要帮忙吗?”

我说，“我叫斯卡德。钱斯打我电话，我给他回电。”

她说马上会同他通话，问我要电话号码，我给了她，上楼去躺在床上。

不到一小时电话铃就响了。“是钱斯，”他说，“谢谢你给我回电。”

“我大约一小时之前才收到你的留言，两个留言。”

“我想同你谈谈，”他说，“当面谈谈。”

“行。”

“我在楼下，在你们的大堂里。我们可以在附近喝杯酒或者咖啡，你能下来吗?”

“行。”

第十章

他说，“你还是以为我杀了她，对吧？”

“我怎么想有关系吗？”

“对我有关系。”

我借用了德金的话。“我不靠想挣饭吃。”

我们坐在第八大道附近一个咖啡店靠里面的卡座上，我喝黑咖啡，他的咖啡比他的肤色稍浅一点。我要了个烘烤过的英式松饼，以为我可能该吃点什么，但是却一直没胃口动它。

他说，“不是我杀的。”

“行。”

“我有很充分的不在场证据，有一屋子的人能说出那晚我在哪里，我根本不在那家酒店附近。”

“那很方便。”

“你什么意思？”

“你说是啥意思就啥意思。”

“你想说我可以叫人杀。”

我耸耸肩。坐在他对面，我觉得很焦躁，但是我更觉得疲倦。我并不怕他。

“也许我可以，但我并没有。”

“随你怎么说吧。”

“该死，”他说，喝了一些咖啡。“除了那天晚上你说过的事情之外，她同你还有什么其他关系吗？”

“没有。”

“只是朋友的朋友？”

“对的。”

他看着我，目光像一盏过于刺眼的明灯。“你同她上了床，”他说。我还没答话，他又说，“对，我没说错。她还能怎么谢你？那女人只懂得一种语言，我希望那不是你得到的唯一报酬，斯卡德。希望她没有拿婊子的零碎来付你全部的报酬。”

“我的酬劳是我自己的事情，”我说，“我们之间发生的任何事情都是我自己的事情。”

他点点头。“我只是想搞清楚你究竟什么来头，仅此而已。”

“我没任何来头，也没任何地方可去。我做了件事，人家付够了钱。我的当事人死了，我同它没关系，它同我也没关系。你说她死了，同你没任何关系，也许果真如此，也许不。我不知道，我也没必要知道，我他妈根本不在乎，那是你同警察的事情，我又不是警察。”

“你曾经是。”

“我已经不是了，我不是警察，不是那女孩的兄弟，我也不是提着火剑的复仇天使。你以为我会在乎谁杀死了金·达基宁吗？你以为我会在乎吗？”

“是的。”

我看着他。

他说，“是的，我相信你很在乎，我相信你很在乎是谁杀了她，所以我才来这里找你。”他轻轻地笑了笑。“你看，”他说，“我想聘请你，马修·斯卡德先生。我想要你找出是谁杀了她。”

我过了一会儿才明白他是当真的，然后我竭力劝说他改变主意。我告诉他，如果有任何线索可以追踪杀死金的凶手，警察才是最有机会找到线索、追踪线索的人。他们有权，有人，有本领，有关系，有技巧。我什么都没有。

“你忘了一件事情，”他说。

“哦？”

“他们不会去找，他们自以为已经知道是谁杀了她，他们没证据，所以没办法。可这是他们不肯去试一下的借口，他们不想把自己累死。他们会说，‘嗯，我们知道钱斯杀了她，但是没法证明，所以还是干点别的吧。’天知道他们有很多事情要做，再说即使他们愿意费点功夫，他们要找的也不过是能够钉住我的东西，他们甚至都懒得去想想是否世上还有其他人有理由要她死。”

“还有谁呢?”

“所以要你去找出来。”

“为什么?”

“为了钱，”他说，又笑了笑。“我不会让你白干的，我有很多进账，全是现钱，我可以付很高的报酬。”

“我不是这意思。你为啥想让我调查这案子？你为什么想找到杀人凶手，假设我有机会找到他的话？肯定不是为了让你脱身，因为你根本就没被逮住，警察没有证据，也不大可能会找到证据。如果这个案子没破，一直留在警察局档案里，同你有啥关系?”

他的目光安静、沉稳。“也许我在乎自己的名声呢，”他说。

“怎么会呢？在我看来你的名声大涨啊，如果街上的人知道是你杀了那女孩还没事，其他想要脱身不干的女孩就要好好想想了。即使你同谋杀她没任何关系，你也会很高兴让人把账算到你头上。”

他用食指弹了几下面前的空咖啡杯，然后说，“有人杀了我的女孩，没谁可以做这种事还逃得掉的。”

“她被杀的时候已经不是你的女孩了。”

“有谁知道呢？只有你知，她知，我知。我的其他女孩，她们知道吗？酒吧里和大街上的人知道吗？他们现在知道吗？目前为止世上的人只知道我手下的一个女孩被杀，凶手还逃掉了。”

“这会伤害你的名声吗？”

“反正不会有啥帮助。再说我的女孩害怕了，金被杀，杀她的人还在外面乱窜，万一他再来一次呢？”

“杀掉另一个妓女？”

“杀掉另一个我的人，”他平静地说。“斯卡德，那个凶手是把装满了子弹的枪，我不知道他会对准谁。也许杀死金是有人想找我的麻烦，也许我的另一个女孩是他名单上的下一个。至少我的生意已经遭了殃，我告诉女孩不要去酒店开房，那是新手干的事情，不要接待任何新的嫖客，如果他们看上去有点怪的话。这其实就等于告诉她们把电话线拔了。”

侍者端着一壶咖啡走过来给我们续了杯。我还是没动过面前的英式松饼，融化的奶油已经开始凝结，我让他拿走。钱斯在咖啡里加了奶，我想起同金坐在一起的情景，她喝的咖啡里加了浓浓的鲜奶油和糖。

我说，“为什么找我，钱斯?”

“我说过了，警察不会累死自己的，要让别人为这事儿卖力的唯一办法就是让他挣得到我的钱。”

“还有其他人也自己单干，你还能请到整个侦探事务所，让他们一天二十四小时不停。”

“我从来不喜欢团队活动，情愿一对一。再说，你了解内情，你认识这女人。”

“我不知道这能给我多少动力。”

“再说我也认识你。”

“因为你见过我一次?”

“我喜欢你的风格，这也起了点作用。”

“是吗?你对我唯一的了解是我懂得怎样看场拳击赛，那根本算不了什么。”

“那就有点了不起，但是我还了解更多，我知道你怎么待人处事，我问过了。很多人都认识你，大都说你的好话。”

我沉默了一两分钟，然后说，“也许是个精神变态的人杀了她，他把它弄成像那么回事，也许本来就是那样。”

“周五我才知道她不想再同我的女孩一起干下去了，周六我告诉她没问题，周日有个疯子从印第安纳跑来把她给剁碎了，你以为这是偶然的事情吗?”

“偶然的事情一直都有，”我说，“但是不，我不认为是偶然。”天哪，我觉得好累。我说，“我不怎么想接手这个案子。”

“为啥不?”

我想，因为我什么都不想干，我只想坐在一个黑暗的角落里，让全世界都消失。我想喝一杯，去他妈的。

“你需要钱，”他说。

这是实话，上次那笔酬劳我没怎么派上好用场。我的儿子米基需要矫正牙齿，接下来还有其他事情。

我说，“我要想想。”

“行。”

“我现在没办法集中注意力，我需要点时间来理清头绪。”

“多久?”

几个月，我想。“几小时吧，我今晚给你打电话，是否有个我能找到你的号码，还是我只能给那个留言服务打电话?”

“挑个时间，”他说，“我在你旅馆门口同你见面。”

“这没必要。”

“打电话来拒绝太容易了，我觉得面对面机会更大些。再说，如果答复‘是’的话，我们还需要再谈谈，你需要我先付点钱。”

我耸耸肩。

“挑个时间。”

“十点?”

“在你旅馆门口。”

“行,”我说,“如果现在就答复的话,我会说不。”

“那幸好你还可以等到十点。”

他付了咖啡的钱,我没有同他争。

我回到旅馆,上楼回了房间。我想要理清头绪,却无能为力。我似乎也没法坐下来,我不断从床这头走到椅子那头,再走回来,不知道我为何当时没有直截了当地说不,现在却要受这份折磨,要熬到十点,还要鼓起勇气来拒绝他的提议。

我没有多想自己要干啥,穿上衣帽,去了街角的阿姆斯特朗酒吧。我进了门,不知该要点什么。我走到吧台,比利看见我就摇头,他说,“我不能招待你,马修,太抱歉了。”

我觉得血冲上了脸,很尴尬,也很生气。我说,“你说什么呀?我像喝醉了吗?”

“没有。”

“那究竟为啥要赶我走?”

他避开我的眼睛。“不是我订的规矩,”他说,“我没说这里不欢迎你,咖啡或者可乐或者吃饭都行,你是我们看重的老顾客,可是他们不让我卖酒给你。”

“谁说的?”

“老板说的。那天晚上你在这里时……”

噢，老天。我说，“我很抱歉，比利，说实话，我有几晚的确很糟糕，我都不知道自己来过这里。”

“不用担心。”

上帝，我真想找个地方躲起来。“我很糟糕吗，比利？我惹了麻烦吗？”

“啊哈，要命，”他说，“你喝醉了，知道吗？这种事情也会发生的，对吧？过去我有个爱尔兰房东老太，如果我喝得醉醺醺回家，第二天道歉，她就会说，‘上帝啊，孩子，即使主教大人也会这样的。’你没惹什么麻烦，马修。”

“那……”

“你看，”他说，身子前倾。“我只是重复人家的话，他告诉我，他说，如果那个家伙想醉死，我没法拦他，如果他想来，我也欢迎，但是我不卖酒给他。这话不是我说的，我只是重复人家的话。”

“我理解。”

“如果能由着我的话……”

“反正我不是来喝酒的，”我说，“我来喝杯咖啡。”

“那样的话……”

“那样的话就去他妈的吧，”我说，“那样的话我偏要喝一杯，也不难找到愿意卖一杯酒给我的人。”

“马修，别这样。”

“别告诉我该怎样，”我说，“少对我胡扯。”

我的怒气令我十分爽快，我大步走出酒吧，怒火冲天，站在人行道上琢磨着该上哪里去喝一杯。

有人在叫我的名字。

我回过头，一位身穿军装上衣的家伙正在朝我微笑，我一时还没认出他来。他说很高兴见到我，问我过得怎么样，然后，我当然知道他是谁了。

我说，“噢，嗨，吉姆，我还行吧。”

“去开会吗？我同你一起走。”

“哦，”我说，“嘿嘿，我今晚没办法去，要见个人。”

他只是笑着，我突然想起来了，我问他是否姓费伯。

“对的，”他说。

“你给我的旅馆打过电话。”

“只是想打个招呼，没什么要紧事。”

“我不认识那个姓，否则就给你回电了。”

“是的。你肯定不同我一起去开会吗，马修？”

“要能去就好了。噢，老天。”

他等着。

“我有点麻烦，吉姆。”

“那没啥稀奇，你知道的。”

我不敢看他。我说，“我又开始喝酒了，不知道，我大概有七八天没喝酒，后来又喝上了，开始还好，控制着，然后有天晚上我惹了麻烦。”

“你拿起第一杯酒的时候就惹上麻烦了。”

“我不知道，也许吧。”

“所以我才打电话，”他温和地说。“我猜你可能需要帮助。”

“你知道了？”

“嗯，周一晚上开会时你状态很糟糕。”

“我去开会了？”

“你不记得，对吧？我当时就觉得你失忆了。”

“噢，老天。”

“怎么了？”

“我就这么醉醺醺地跑去了？我醉醺醺地跑去参加戒酒会了？”

他笑了起来。“你弄得听上去像犯了弥天大罪，你以为只有你一个人这样吗？”

我恨不得去死。“但是这很可怕，”我说。

“有什么可怕？”

“我再也回不去了，我再也没脸走进那间屋子。”

“你很不好意思，对吧？”

“当然。”

他点点头。“过去我总是因为醉酒失忆而不好意思，我不想知道发生过的事情，生怕我可能会做错了什么。顺便说说，你还没那么糟糕，你没惹麻烦，也没有语无伦次，你打翻了一杯咖啡……”

“噢，天哪。”

“没有打翻在别人身上，你只是醉了而已。如果你想知道的话，你看上去不像很快活的样子，实际上你看上去很悲惨。”

我终于有勇气说出口，“我最后进了医院。”

“就出院了？”

“今天下午我自己要求出院了，我痉挛发作才进去的。”

“是会这样。”

我们默默地走了一阵。我说，“我无法坐到会议结束，十点钟同别人有个约会。”

“你可以开完大半个会。”

“应该可以吧。”

我觉得几乎所有人都盯着我瞧，有些人同我打招呼，我似乎在他们的问好声中看出了别的含义。其他人一声不吭，我觉得他们在躲着我，因为我喝醉了酒，冒犯了他们。我感到非常不自在，恨不得立即遁形。

别人演讲时我坐立不安，时不时跑去咖啡壶那边。我肯定自己这样不断跑去倒咖啡会引起不满，但却好像无法控制自己。

我时常走神。演讲者是布鲁克林的消防队员，叙述非常生动，可我无法集中注意力。他说在他的消防队人人都是醉鬼，不怎么喝酒的人都被调离了。“队长是个酒鬼，他想让身边都是酒鬼，”他解释道。“他经常说，‘给我足够的酒鬼，我就能扑灭任何火灾。’他说得对。伙计，我们什么都肯干，哪里都肯去，不管什么该死的险都敢冒，因为我们醉得忘乎所以。”

真他妈的令人不解。我一直控制酒量，效果不错，直到控制不住为止。

休息时我在筐里放了一美元，走到咖啡壶那边又倒了一杯咖啡。这次我勉强吃了一块燕麦饼干，讨论开始时又回到座位上。

我时不时走神，但似乎没啥关系。我尽量听，尽量多待一些时间。十点差一刻时我起身，尽量不引人注意地溜出门，却感到大家的眼睛都盯着我，我很想告诉他们我不是去喝一杯，我同别人约好了，是去干正经事。

后来我才想到我本可以待到结束，圣保罗教堂离旅馆只有五分钟路程，钱斯会等我的。

也许我只是想找个借口离开，免得轮到我发言。

我十点钟到了大厅，看见他的车驶过来，我走出门，走下人行道，打开车门，上了车，把门关上。

他看着我。

“那份工作还在吗?”

他点点头。“如果你想要的话。”

“我想要。”

他又点点头，挂上车挡，驶离人行道。

第十一章

中央公园的圆环车道周长几乎整整六英里，我们逆时针开到第四圈，凯迪拉克平缓地行驶着。大部分时间都是钱斯在说话，我拿出了笔记本，不时记两笔。

起先他谈论金，她的父母亲是芬兰移民，在西威斯康星州有个农场，离农场最近的城市是奥克莱尔。他们给金取名姬拉，她从小就挤牛奶，给菜园拔草。九岁时她哥哥就开始性侵她，每晚都到她屋里来，对她动手动脚。

“不过有一次她说是她舅舅，另一次又说是她父亲，所以这种事可能从来没有发生过，只存在她自己的想象中。也许的确发生过，她改了改，让它不要那么逼真。”

高中一年级时，她同个中年地产商好过，他说会同老婆离婚。她收拾了个箱子，两人开车去了芝加哥，在帕尔默酒店待了三天，每餐饭都让人送到房间里来。地产商第二天喝得酩酊大醉，不停地说自己毁了她的生活。第三天他情绪好了些，但是次日早上她醒来发现他已经走了，留张便条解释说他回老婆身边去了，已经付了接下来四天的房费，他永远不会忘记金。除了便条之外，他还留下个信封，里面装着六百美元。

她住满了一个星期，看了看芝加哥，同几个男人睡了觉，其中两人不等她要就给了钱，她也想问其他人要钱，但不好意思开口。她想过回农场去，可是她呆在帕尔默酒店的最后一天遇见了一位住同一酒店的客人，一位来参加某贸易会议的尼日利亚代表。

"这断了她的后路，"钱斯说，"同黑人睡觉，意味着她再也无法回到农场上去，第二天一大早她就搭巴士去了纽约。"

她日子过得一团糟，直到他让她脱离达菲，把她安置在公寓里。她的相貌和举止都容易招徕有钱的主，这很好，因为再也用不着上街去拉客。

"她很懒，"他说，想了下又说，"婊子都懒。"

他手下有六个女人，现在金死了，只剩下五个。他先笼统地谈了谈她们，然后再一个个地说，提供了姓名、地址、电话和个人信息，我做了很多笔记。我们在公园里兜了四圈，他右转，在西七十二街出去，行驶了两个街区，在道旁停了下来。

"等一分钟，"他说。

我留在车内，他在街角的电话亭打电话，没有关闭汽车引擎。我看看笔记，想在我记下的零零碎碎中找出一个固定的模式。

钱斯回到车里，看了看后视镜，灵巧地调了头，虽然是违规行车。“刚查了查留言服务，”他说，“保持联系而已。”

“你应该在车里装个电话。”

“太麻烦了。”

他往东朝下城驶去，到了第二和第三大道之间的十七街上，停在一幢白色砖砌公寓楼前的消防栓旁。“该收钱了，”他告诉我。他又没有关闭引擎，但是这次去了十五分钟才重新出现，他步履轻快地经过穿制服的门房身边，灵巧地坐上了驾驶座。

“唐娜住在这里，”他说，“我同你说过唐娜。”

“诗人。”

“她很兴奋，旧金山一家杂志接受了她两首诗。她会免费得到六份刊登了这两首诗的那期杂志。就这么点稿酬，几份杂志而已。”

我们面前的交通灯转红，他踩了刹车，左右看看，然后缓缓地闯了红灯。

他说，“她有好几次也在付稿酬的杂志上发表过诗歌，有次她拿到了二十五美元，那是最高的一次。”

“听上去这样挣饭吃很难。”

“诗人根本挣不了钱。婊子都懒，但是这位写起诗来一点不懒，为了找到合适的字眼，她一坐就是七八个小时。她总是不断同时往十几个地方寄诗，等一个地方退回，又寄往另一处，她花的邮寄费远远超过他们会付的稿酬。”他沉默了一会儿，然后轻轻地笑了。“你知道刚才我从唐娜那里拿了多少钱？八百美元，这只是过去两天的。当然，也有些日子她的电话一次都没响过。”

“但是平均起来还是很不错。”

“比写诗强多了。”他看着我。“想兜兜风吗？”

“我们不是一直在兜风吗？”

“我们一直在兜圈子，”他说，“现在我带你去见识另一个世界。”

我们驶上第二大道，穿过下东城，驶过威廉斯堡大桥进入布鲁克林，下了桥，转了很多圈，直到我完全没了方向，街边的路牌也没啥帮助，我反正认不出那些街名，但是看到从犹太人街区变成意大利人街区再变成波兰人街区，我多少还是知道在哪。

一条静悄悄的没有灯光的街道两旁都是两户构架的房子，钱斯慢慢停在一幢中间有车库门的三层砖房前，他用遥控器打开了车库门，开进去后关上门。我跟随他上了一层楼，进入一间天花板很高的宽敞房间。

他问我是否知道在哪，我猜是绿点区。“很好，”他说，“我猜你很熟悉布鲁克林。”

“我不大知道这一带，是肉市场出售波兰香肠的广告提了醒。”

“我猜是的。知道我们现在到了谁家吗？你听说过卡齐米尔·利万道斯基医生吗？”

“没有。”

“你没理由知道。他是个老家伙，退休了，坐轮椅，脾气很古怪，不同别人打交道。这地方过去是消防站。”

“我也猜大概是这一类地方。”

“数年前两位建筑师买下这块地方，改造成现在这样子。他们差不多把屋子里面掏空了，重新来过。他们肯定有点钱玩得转，也不怕花钱。看看这地板，看看这些窗缘饰条。”他一边指着细节，一边评论。“后来他们厌倦了这地方或厌倦了彼此，我不知道，结果把这地方卖给了利万道斯基医生。

“他住在这里吗？”

“他压根儿不存在，”他说。他说话的风格不断转换，从黑人贫民区到大学再回到黑人贫民区。“邻居从来没见过老医生，只见过他忠实的黑仆人，只见到他开车进出。这是我的房子，马修，我能带你转一圈吗？”

这地方真不错。顶层有个健身房，有全套举重和锻炼器械，还有桑拿浴和水力按摩浴缸。他的卧室也在同一层，床放置在屋子中间的天窗下，覆盖着毛皮被子。二楼书房里整整一面墙摆满了书，还有一张八英尺的台球桌。

房间里到处都有非洲面具，还零散摆放着一组组非洲雕塑。钱斯不时指给我看某件作品，解释是哪个部落制作的。我提到曾经在金的公寓见过非洲面具。

“这是泊罗社群的面具，”他说，“出自丹部落。我在所有女孩的公寓都放一两件非洲的东西，当然不是最有价值的东西，但也不是便宜货。我没有便宜货。”

他从墙上摘下一个造型相当原始的面具让我仔细瞧，眼眶方形，面部特征全都是标准几何形状，原始状态给人的总体感觉非常有力。“这是多贡人的，”他说，“拿住它，你无法只用眼睛欣赏一件雕塑，手必须参与，拿着用手摸摸。”

我接过面具，比我想象的更重，构成面具的木材肯定非常紧致。

他从一张低矮的柚木桌上拿起电话，拨了个号码，说，“喂，亲爱的，有留言吗？”他听了一会儿，把电话放下。“平安无事，”他说，“我煮些咖啡好吗？”

“如果麻烦就算了。”

他说不麻烦。他边煮咖啡边谈论那些非洲雕塑，解释为何制作这些雕塑的手艺人不认为自己的作品是艺术。“他们做的一切都有具体功能，”他说，“为了守护房屋或者驱邪，或者用于具体部落的仪式。如果一张面具本身不再具有力量，就会被扔掉，有人会再去雕刻一件新的，旧的变成了垃圾，你烧掉它，或者扔掉它，反正没用了。”

他笑了。“后来欧洲人来，发现了非洲艺术，有些法国画家从部落面具获得灵感。现在的情况是非洲有些雕刻工匠整天都在做面具和塑像，出口欧洲和美国。他们遵循老的形式，因为顾客这样要求，但是这很可笑，因为他们的作品没用，不包含任何感情，不真实。你看看它，拿在手里掂掂，再拿真东西比较一下，就立刻知道区别在哪，如果你对这东西有任何感情的话。好玩，对吧？”

“有趣。”

“如果我有便宜货的话，我会让你看看，但是我没有。起先我买过一些，你要犯些错误才会慢慢有感觉，但是我处理掉了那些东西，扔进壁炉里烧掉了。”他笑了笑。“我买的第一件好东西还在，挂在卧室里，是件丹部落面具，泊罗社群。那时我对非洲艺术一无所知，但是我在一家古董店里看见它，对这件面具的艺术完整性产生了共鸣。”他停了下来，摇摇头。“真的，我真的有反应，当时我看着那件光滑的黑木，好像看见了一面镜子，我看见了自己，看见了我的父亲，看见了过去该死的岁月。你知道我在说什么吗?”

“我不大肯定。”

“该死，可能连我自己也不知道。”他又摇摇头。“你猜那些老雕工会怎么想？他们会说，‘去它的，这个疯子黑鬼想拿这些旧面具干啥？他为啥要拿去挂满该死的墙?’咖啡好了。你不加奶和糖，对吧?”

他说，“你谈谈怎么做侦探吧，你怎么着手?”

“四处走走，同人交谈。除非金是恰好被一个疯子杀了，否则她的死会同生活有关系。”我弹了弹笔记本。“关于她的生活，你知道的还是不多。”

“是啊。”

“我会找人聊天，看他们能告诉我什么，也许事情会对应起来，指向什么地方，也许不会。”

“我的女孩会知道同你谈话没问题。”

“那就好。”

“她们不一定了解任何事情，但是万一她们了解的话。”

“有时人们知道一些事情，却不知道他们知道这些事情。”

“有时候他们告诉别人事情，却不知道他们告诉了。”

“也有这种情况。”

他站起身来，把手放在屁股上。“你知道吗，”他说，“我没想过带你到这里来，我想你没必要知道有这幢房子，但是你啥都没说我就把你带来了。”

“房子真漂亮。”

“谢谢!”

“金觉得这房子怎样?”

“她从来没见过，她们都没见过。有个德裔老太太每周来一次打扫房子，让它一尘不染。她是唯一进过这屋子的女人，至少是自从房子归我之后，再说曾经住在这里的建筑师们也不怎么需要女人。这是最后一点咖啡。”

咖啡好极了。我已经喝得够多了，但是这么好的咖啡不喝可惜。先前我夸咖啡好，他告诉我那是牙买加蓝山和烤哥伦比亚黑咖啡豆的混合。他要给我一磅，我说在旅馆房间里不怎么用得上。

我慢慢喝着咖啡，他又给留言服务打了一次电话。他挂上电话后，我说，“你能给我这里的电话号码吗？还是你想保密?”

他笑了。“我不大在这里，你给留言服务打电话要更容易些。”

“行。”

“这个电话号码帮不了你什么忙，连我自己都不知道，我要去翻旧电话账单才知道对不对，你拨这个号码也不会有反应。”

“为什么？”

“因为电话铃不会响，这是专门用来打出去的电话。我把这个地方弄好时，接通了电话服务，安装了分机，让我自己随时都能拿起电话，但我从来没有把电话号码给任何人，甚至没给我的留言服务，没给任何人。”

“然后呢？”

“有天晚上我在这里，我记得是在打台球，该死的电话铃响了，我几乎跳了起来。有人想知道我是否要订阅《纽约时报》。两天以后，我又接到另一个电话，打错了。我意识到我只会接到打错的电话和卖东西的电话，我找了把螺丝刀，房间里兜了一圈，打开每台电话机，里面有个小小的弹片，当电流通过某根电丝时，弹片就会敲响铃声。我索性把所有电话机里的弹片都拆了。有次我用别的电话拨过这个号码，你以为电话铃在响，因为听不出来弹片已经不在了，但是这个屋子里不会有铃声。”

“聪明。”

“也没有门铃。门外有个东西让你按铃，但它没有同任何东西相连。从我搬进来以后，那扇门就没有打开过，你从窗户也看不见什么。这里一切都同防盗系统相连，并不是说在绿点区有很多偷窃，这是个很好的波兰人社区，但是利万道斯基老医生喜欢安全，注重隐私。”

“我猜也是。”

“我不常在这里，马修，但是那扇车库门在我身后一关上，就把全世界都关在外面了。在这里没有什么能碰到我，什么都不能。”

“我很惊讶你带我来这里。”

“我也惊讶。”

我们把同金钱有关的事情留在最后。他问我想要多少，我告诉他要二千五百美元。

他问我那能买些什么。

“我不知道，”我说，“我不按时收费，也不留意到底开销多少。如果后来用出去很多钱，或者时间拖得太长，我可能还会再问你要钱。但是我不会给你寄账单，你不付钱我也不会同你打官司。”

“你做事很不正规。”

“对的。”

“我喜欢这样，当场付现钱，不开收据。我不在乎花点钱，那些女人弄进来很多钱，但开销也很大，租金，经营费用，贿赂。你把个婊子安置在一幢房子里，就要打发这房子里的人。你不可能像其他住户那样在圣诞节只给门房二十美元算数，光每个月就要二十多元，圣诞节要一百元，房子里的其他雇员也一样，加起来是笔大数目。”

“那是肯定的。”

“但还是有很多剩余，我也不花钱去吸毒或者赌博浪费。你说什么？二千五百元？刚才我让你拿起来的那个多贡面具就花了不止两倍这个数，我花了六千二百美元。这年头拍卖行还要收买家百分之十的佣金，加起来是多少？六千八百二十美元，然后还有销售税。”

我没有吭气。他说，“去他的，不知道我想证明什么，大概想证明我是有钱的黑鬼。等一下。”他拿了一卷百元钞票回来，数了二十五张，是用过的钞票，没有连续号码。我不知道他会放多少钱在这房子里，平时身边带多少钱。好多年以前我认识一个放债的大款，他如果口袋里没有装上一万多美元就不肯走出家门，他对此不保密，所有认识他的人都知道他带一大卷钞票在身边。

也从来没谁试过抢他的钱。

他开车送我回家，我们走了另一条路，驶过普拉斯基桥进入皇后区，穿越隧道进入曼哈顿。我们两人都没怎么说话，路上我大概还打了瞌睡，因为他把手放在我肩膀上推醒了我。

我眨眨眼，坐直了身体，已经到了旅馆门前。

“递送到家服务，”他说。

我下了车，站在路边。他等待几辆出租车经过，然后调了头。我看着他的凯迪拉克消失在视线之外。

各种念头在我脑子里打转，像人游泳到筋疲力尽。我太累了，没办法思考，直接上了床。

第十二章

“我同她不怎么熟，一年半以前我在一家美容店里遇见她，一起喝了杯咖啡，从她的话里我琢磨出她不是生来有钱的女人。我们交换了电话号码，有时会打打电话，但从来没有走得太近。大概两个星期前吧，她打电话来说想聚一聚，我有点惊讶，我们好几个月没联系了。”

我在伊莱恩·马德尔的公寓里，地点在五十一街，位于第一和第二大道之间。屋里铺着白色长毛绒地毯，墙上是构思大胆的抽象画，立体音响里播放着轻柔的音乐。我喝了一杯咖啡，伊莱恩喝健怡汽水。

“她要做什么？”

“她说要离开她的皮条客，她想安全脱身，所以才请你介入，记得吗？”

我点点头。“她为什么要来找你呢？”

“我不知道。我觉得她没有很多朋友，这也不是可以同钱斯的其他女孩谈论的事情，再说她可能也不想同一个跟这种生涯完全不搭界的人谈论这事。你知道，她比我年轻得多，可能觉得我是个聪明的老阿姨。”

“你是吗？好吧。”

“不对吗？她多大？二十五？”

“她说是二十三，我记得报上说是二十四岁。”

“老天，真年轻。”

“我知道。”

“还要咖啡吗，马修？”

“我可以了。”

“你知道她为什么要挑我来谈这件事情吗？我觉得是因为我没有皮条客。”她在自己的位子上坐好，两条腿交叉又分开。我记得在这个寓所度过的其他一些时光，我们一人在沙发上，另一人坐在伊姆斯椅子上，同样轻柔的音乐缓和了屋内紧张的感觉。

“你从来没有过，对吧？”

“没有过。”

“大部分女孩都有吗？”

“她认识的都有。我觉得去街上拉客总归都需要的，总要有人在特殊场合下保护你的权益，你被捕时去把你保释出来。如果像那样在公寓里干活，就有点不一样。但即使这样，我认识的大多数妓女都有男友。”

“那同皮条客是一回事吗？”

“噢，不一样。男朋友不会掌管一群女孩，他只不过恰好是你的男友而已，你也不会把钱交给他，但是你给他买很多东西，因为你就是想给他买，如果他手头拮据或恰好有做生意发财的机会，你还给他点现钱，要不就是他需要借点钱，嘿嘿，不是说要你白给他钱。男朋友都这样。”

“像是专做一个女人生意的皮条客。”

“差不多，可是每位女孩都发誓说她的男友不一样，她的恋情不一样，只有谁挣钱谁花钱从来不变。”

“你从来没有皮条客，对吧？也没有过男朋友？”

“从来没有。我请人看过一次手相，看手相的女人很惊讶。‘你有两条头脑线，亲爱的，’她告诉我。‘你的脑子管得住你的心。’”她走过来给我看她的手心。“是这条线，看见吗？”

“看不出哪里不对。”

“笔直的。”她走回去拿了自己那杯汽水，然后坐在沙发上我身边。她说，“我听说金的事情后，马上给你打电话，但是你不在。”

“我没有收到留言。”

“我没有留言，我挂了电话，又打电话给一家认识的旅行社，几小时之后，就坐在去巴巴多斯的飞机上了。”

“你怕自己会在某人名单上吗？”

“那倒不是。我只是猜钱斯杀了她，但不相信他会动手弄死她所有的朋友和熟人。不，我只是觉得该休息一下了。在一个面朝海滩的酒店住上一星期，下午晒晒太阳，晚上小赌一把，听够了钢鼓音乐看够了林波舞，够我坚持很长一阵子了。”

“听上去不错。”

“第二天晚上我在游泳池鸡尾酒会上遇见一个人，他住在旁边那家酒店。非常好的人，税收律师，一年半前离了婚，后来又同个比他小得多的女孩苦苦恋爱了一场，现在他已经不再纠结了，结果居然就碰见了我。”

“然后呢？”

“那一星期接下来的日子我们小小地浪漫了一场，在海滩上长时间散步，潜泳，打网球，浪漫的晚餐，在我的阳台上喝酒。我的阳台对着海。”

“你这里的阳台也可以看见东河。”

“那不是一回事。我们过得很快活，马修，性事美满。我觉得自己很擅长此道，假装害羞，但是我用不着害羞，我就是害羞，然后，我不害羞了。”

“你没告诉他……”

“你开玩笑？当然不会告诉。我告诉他我在画廊工作，修复油画，是自由职业艺术品修复专家。他觉得那实在诱人，问了很多问题。如果我头脑清醒些，应该挑个更加普通的事情来吹吹，那恐怕要好些。但是你看，我就是想要迷人。”

“的确。”

她手放在膝上，看着手。她脸上还没有皱纹，但是手背已经显出年龄。不知道她有多大，三十六？三十八？

“马修，他想在纽约见我。我们没有彼此诉说爱情，不是那样的，但是有种感觉，好像我们会有点什么，可能有所发展，他也想继续下去，看能走到哪一步。他住在梅里克，你知道在哪里吗？”

“当然，在长岛那边，离我原来住的地方不远。”

“那地方好吗？”

“有一部分非常好。”

“我给了他一个假电话号码，他知道我的名字，但是我的电话没有在电话簿上。他没有音信，我也不指望有音信，我不过是想要一个星期的阳光，一点小小的浪漫史而已，我已经得到了。可是有时我想我也可以给他打电话，编个理由说电话号码弄错了，至少在这件事上撒个谎还是没问题的。”

“可能。”

“但那有什么意思？我甚至可以一路撒谎，直到成为他的妻子或女朋友什么的。我可以放弃这套公寓，把我的嫖客联系簿扔到火炉里去，但那有啥意思？”她看着我。“我日子过得很好，钱也存着，我总是把钱存着。”

“而且还投资，”我想起来了。“房地产，对吗？皇后区的公寓楼？”

“不光是皇后区。如果想的话，我现在就可以退休，日子会过得不错。但是我为什么要退休呢？我要个男朋友又有什么用呢？”

“金·达基宁为什么想要退休呢？”

“她想退休吗？”

“我不知道。她为什么想要离开钱斯呢？”

她想了一会儿，摇摇头。“我从来没问过。”

“我也没问。”

“我从来就不明白为啥一个女孩要有拉皮条的，所以如果有人告诉我说她想要摆脱皮条客，我也不需要人家解释。”

“她是否爱上了什么人？”

“金？可能的。但是即使爱上了谁，她也没有提。”

“她是否打算离开纽约城？”

“我没有这种感觉，但是如果她要离开的话，也不会告诉我，对吧？”

“去他的，”我说。我把空杯子放在茶几上。“她肯定是同某个人纠缠在一起了，可惜我不知道是谁。”

“为什么？”

“因为只有这样我才能找出是谁杀了她。”

“你觉得是这样吗？”

“一般都是这样。”

“假如明天我被杀了，你怎么办？”

“我可能会送花圈。”

“说真的。”

“说真的？我会查查住在梅里克的税收律师。”

“可能有好几个，你不觉得吗？”

“可能，但我猜这个月在巴巴多斯度过一星期的不会有太多。你说他住在海滩上，你旁边那个酒店？要找到他不会很难，也不难发现他同你有关系。”

“你真的会这样做吗？”

“为什么不？”

“没人会付你工钱。”

我笑了。“嗯，你同我，我们认识有段时间了，伊莱恩。”

的确如此。我还在警察局那会儿，我们有种安排。她需要警察帮忙时，我帮她一把，无论是同法律有关还是同嫖客有关。而她，我需要她的时候总能得到她。我突然想，那我算是什么呢？既不算皮条客也不算男朋友，但是算什么呢？

“马修，钱斯为什么要聘请你？”

“想找出谁杀了她。”

“为什么？”

我想了想他给出的理由。“不知道，”我说。

“你为什么接下来？”

“我需要钱，伊莱恩。”

“你又不在乎钱。”

“当然在乎。我现在应该开始为老年做准备，我有点看中皇后区那些公寓房子。”

“很好笑。”

“你肯定是个厉害的房东，你来收房租时他们肯定欢天喜地。”

“专门有事务所照看这些事情，我从来没见过房客。”

“但愿你没告诉我这个，你毁了我美妙的幻想。”

“那是肯定的。”

我说，“我为金办完事后，她同我上了床。我去她那里，她付了我钱，然后我们上了床。”

“然后呢？”

“几乎就像给点小费，一种说谢谢你的友好方式。”

“比圣诞节的十美元值点钱。”

“我的意思是，她会这样做吗，如果她同别人有关系？她会不管三七二十一同我上床吗？”

“马修，你又忘了一件事情。”

有一瞬间，她看上去的确像个聪明的老阿姨。我问她忘了什么。

“马修，她是妓女。”

“你在巴巴多斯是妓女吗？”

“我不知道，”她说，“也许是，也许不是，但至少我可以告诉你，当半推半就的追求结束后我们上了床时，我很高兴，因为我终于知道自己在干什么了。我最在行的就是同男人上床。”

我想了一会儿，然后说，“先前我打电话时，你说等一小时，不要马上过来。”

“怎么了？”

“因为有嫖客约好了？”

“嗯，反正不是查水表的人。”

“你需要钱吗？”

“我需要钱吗？这是什么话？我当然收钱。”

“但是没有这个钱你也付得起房租。”

“我不会少吃一餐饭，也不会去穿挂了丝的紧身袜子。你到底什么意思？”

“所以你今天见那家伙，因为你是干这一行的。”

“大概是吧。”

“嗯，是你问我为什么要接下这活的。”

“因为你就是干这一行的，”她说。

“差不多吧。”

她想到什么，笑了起来。她说，“亨利希·海涅死时……那位德国诗人？”

“嗯？”

“他死的时候说，‘上帝会原谅我，这是他的职业。’”

“说得不错啊。”

“用德语来说可能更好。我同人打炮，你当侦探，上帝原谅。”她垂下眼睛。“但愿他会原谅，”她说，“等轮到我走投无路时，希望他没有在巴巴多斯度周末。”

第十三章

等我离开伊莱恩家时，已经天黑了，下班高峰时段交通十分拥挤，天又在下着毛毛细雨，汽车几乎在爬行。我看着庞大的车流，琢磨着是否某辆车里坐着伊莱恩的税收律师。我想着他，试图猜测当他发现她给了假电话号码时，会有什么反应。

如果他真愿意的话，总能找到她。他知道她的名字，虽然电话公司不会泄露她没有登记在电话簿上的号码，但要找人帮他查个号码并不需要很大的面子。如果那样还不行，通过她的酒店找到她也不难。他们可以告诉他伊莱恩的旅行社是哪家，他找来找去总归能找到她的地址。我做过警察，自然而然会想到这些事情，但是别人不能这样找出线索吗？我觉得并没有那么难。

也许发现她的号码是假的，他觉得受到了伤害，也许知道了她不想见他，他也就死了心。但是难道他不会首先认为可能是偶然出错吗？他可能会试着找找，可能会猜测无法拨通的号码同她给的号码只差一两个数字。那他为何不继续找下去呢？

或许他根本就没打过电话，根本就不知道那是个假号码。或许他在乘飞机回到老婆孩子身边去的路上就把电话号码扔在了盥洗室。

或许他偶尔会惭愧地想到那位艺术品修复专家还守在电话机旁等他的电话呢，或许他会懊悔过于仓促，不该急着扔掉她的号码。也许他时不时能同她约会个一两次，她没有理由要知道老婆孩子的事情。去他的，她说不定还很高兴有人能让她暂时摆脱一下油彩和松脂呢。

我回家的路上在一个点心店吃了三明治和汤，喝了咖啡。《邮报》上有篇匪夷所思的报道。皇后区有只狗，主人不在时总是乱叫，两个邻居因此吵了好几个月。头一天晚上主人遛狗时那畜生在邻居屋前的树下撒尿，邻居恰好看见，从楼上窗子用弓箭射狗。狗主人跑回家拿了把二战留下的瓦尔特 P38 手枪，这时邻居也拿着弓箭跑出屋来，狗主人开枪把他打死了。邻居八十一岁，狗主人六十二岁，两人在小颈地[1]这里毗邻而居已经有二十多年了。报上没有提到狗的年龄，但是有张照片，一位便衣警官

① Little Neck，皇后区一地名。

用狗绳牵着它。

中城北区警察局离我的旅馆有几个街区，我晚上九点多去那里时还在滴滴答答下着雨。我在前台停了一下，那位留着小胡子、头发吹得蓬松的小伙子指引我上楼。我上了一层楼，找到了警探室。有四位便衣坐在桌旁，还有几位在房间另一头看电视。我进门时关押栏里的三个黑人注意了一下，发现我不是他们的律师，就没了兴趣。

我走向最近的办公桌，一位正在用打字机写报告的秃头警察抬起头来，我告诉他我同德金警探有约，另一张桌旁的警察抬起头来看着我，“你肯定是斯卡德，”他说，“我是乔·德金。”

他握手用力过猛，几乎像是在比试谁更像男人。他挥手让我坐在一把椅子上，自己也坐下，在一个盛得满满的烟灰缸里捻灭香烟，又点上一支。他靠在椅子里看着我，浅灰色的眼睛不露声色。

他说，“外面还在下雨吗？”

“下下停停。”

“悲惨的天气。你想喝点咖啡吗？”

“不用了，谢谢。”

“我能帮什么忙？”

我告诉他，我来看看关于金·达基宁凶杀案，他是否有什么能告诉我。

“为啥?”

“我答应别人要查查这案子。”

“你答应别人要查查这案子? 你的意思是你找到个客户?”

“可以这么说吧。”

“是谁?”

“我不能告诉你。”

他下巴肌肉动了动。他三十五岁左右，略有些超重，所以看上去有点老相。他一头深褐色几乎近于黑的头发还一根不少，往后梳得平平的，他应该问楼下那家伙借吹风机用用才是。

他说，“这你不能隐瞒，你没有从业执照，即使有，也不属于保护证人信息。”

“我倒不知道我们在法庭上嘛。”

“不在法庭，但是你来求我帮忙……”

我耸耸肩。“我不能告诉你客户的名字，他对抓住杀死女孩的人感兴趣，就这么回事。”

“他觉得聘请你，就能快点抓住那人。”

“显然是这样。”

“你也这样想?”

“我只想我需要挣钱活命。”

“老天，”他说，“谁不要活命？”

我的话说对了路，我不再构成威胁，只是个要装装样子、弄几块钱用用的人。他叹了口气，拍拍桌面，起身去房间另一头摆放着一排文件柜的地方。他身体健壮，腿有点打弯，袖子卷起，领口敞开，走起路来像个水手摇摇摆摆。他带回来一个马尼拉纸折叠式文件夹，扔在椅子里，在文件夹中找到一张照片挑出来放到桌上。

“这里，”他说，“好好欣赏一下吧。”

那是张五英寸宽七英寸长的光面黑白照片，但是如果我事先不知道的话，根本无法辨认出金来。我看着照片，强忍着不呕吐，迫使自己继续往下看。”

“真是费了好多功夫，”我说。

“他捅了六十六刀，医生说可能是把大砍刀。你愿意数数吗？我不知道他们怎么数的，我打赌那比我的工作要更糟糕。”

“到处是血。”

“谢天谢地你看的是黑白的，彩色的更糟。”

“可以想象。”

“他砍到了动脉，这样就会喷血，弄得满屋子都是。我从来没见过那么多血。”

“他自己肯定也弄得满身都是。”

“不可避免。”

“那他怎么出得来，没有被任何人注意到呢?”

“那天晚上很冷。假如他穿了大衣，就会把大衣披在其他衣服外面。”他抽着烟。“或者他用刀捅她时什么都没穿，反正她光着身子，或许他也不想穿得太正经。接下来他只需要冲个澡就行，他有的是时间，那有个漂亮的浴室，干吗不用?”

“浴巾用过吗?”

他看着我，灰色的眼睛仍然不可捉摸，但我在他的态度中感觉到了一点敬意。“我不记得见到任何弄脏了的浴巾，”他说。

“我猜你不会注意到这种事情，当时房间里那种场面。”

“但是应该会有记录。”他翻着文件。“你知道他们怎么做的，给所有东西拍照，所有可能会成为证据的东西都被装袋，贴上标签，登记在册，然后送到仓库里去。但是等到有人要着手调查案子时，却没人找得到这些东西。”他把文件夹关上，身子前倾。“你想听听吗？两三个星期前，我姐姐给我电话，她同丈夫住在布鲁克林米德伍德那一带，你对那地方熟悉吗?”

“过去挺熟悉。”

“嗯，可能那时候比现在好些，现在也没那么糟糕，反正整个城市都是个大粪缸，所以相比之下也没那么糟。她打电话来说回家发现房子被盗了，有人进了屋，偷走了一台手提电视机、一台打字机和一些珠宝。她打电话问我该如何报警，该给谁打电话等等。我首先问她是否有保险，她说没保险，他们觉得不值。我告诉她那就算了吧，别报警，你只会浪费时间。”

“她说如果不报警，怎么抓得住那些贼呢？结果我给她解释说没人有时间来调查一件失窃案。你填写一份报告，报告存档，但你不会去四处查找是谁干的这事。当场抓住盗贼是一回事，但是调查，去他的，那不是头等要紧的事，没人有时间管这种事情。她说好，她能理解，但是假如他们恰好找到了失窃的东西呢？如果她从来没报告过失窃，怎么可能把东西归还给她呢？然后我必须告诉她这整个系统就是一团糟，这边仓库里全是我们找到的失窃的东西，文件夹里全是人家填写的失窃报告，报告小偷盗走的东西，可是我们没法把东西归还给合法的失主。我说了又说，我不想用这来烦你，但我不相信她最后听进去了，因为大家不想相信事情有这么糟糕。”

他在文件夹中找到了一张纸，皱皱眉，念出声来，“一条浴巾，白色。一条手巾，白色。两条洗面巾，白色。没说是否用过。”他抽出一叠照片，迅速翻过。我在他身后看着，是金·达基宁被杀的那个房间的照片，有些照片上有她；摄影师记录了谋杀现场，差不多拍摄了酒店房间的每一寸地方。

一张浴室照片显示架子上没有用过的毛巾。

“没有用脏的毛巾，”他说。

“他带走了。”

“啊？”

“哪怕是在沾满血的衣服上再罩个外衣，他也必须洗个澡。现在少了毛巾，至少每种毛巾应该有两条，一家星级酒店的双人房间不会只给一条浴巾和一条手巾。”

“他为啥要带走呢？”

“可能用来包砍刀。”

“他一开始就应该有盒子装刀，用个袋子什么的把它带进酒店，那为啥不能再同样带出去呢？”

“他的确可以这样。”

“为啥要用脏毛巾包起来呢？就算他洗个澡，再擦干，想把砍刀包起来再放进盒子，也有现成的干净毛巾，他干啥不用干净毛巾，非要塞条湿毛巾在包里呢？”

“你说得对。”

“多想也是浪费时间，”他说，用照片敲打着桌面。“但我应该注意到少了毛巾，这是我应该想到的事情。”

我们一起看了一遍卷宗。法医报告没有什么出乎意料的，死亡原因是多处刀伤引起大出血，导致失血过多，我猜可以这么说吧。

我读了证人询问报告，逐件看过放在命案卷宗里的所有表格和纸张，却很难集中注意力。我感到闷闷的头疼，还不断走神。看到一半德金让我自己去翻余下的档案，他点上一支香烟，回去继续打字。

我看到实在看不下去之后，关上卷宗，把它还给德金，他放回了文件柜，回来时又去咖啡机那绕了一下。

“我两杯都放了奶油和糖，”他说，放一杯在我面前。“也许你平时不喜欢这样。”

“没关系，”我说。

“现在你知道了我们知道的事情，”他说。我说谢谢他。他说，“你告诉我们那个皮条客的事情，省了我们时间和精力，我们欠你人情。如果你能为自己弄几个钱，为啥不呢?”

“你们接下来会怎么办?”

他耸耸肩。“我们按照正常程序调查，一条条追踪线索，收集证据，直到有东西可以向检察官办公室报告。”

“这话听上去像事先的录音。”

“是吗?”

“乔，然后呢?”

“噢，老天，”他说，“咖啡很糟糕是吧?”

“还行吧。”

“老早我以为是杯子的问题，有天我带了自己的杯子来，用瓷器而不是泡沫塑料来喝咖啡，不是很稀奇的瓷器，就是咖啡店会给你的那种普通瓷器杯子，你知道我指什么。”

“当然。”

“用真正的杯子喝起来也是一样糟糕。我自带杯子来的第二天，正在写一份逮捕某个人渣的报告，不小心把他妈的杯子推到桌子外面砸碎了。你要去什么地方吗？”

“没有。”

“那我们下楼去，”他说，“我们去街角。”

第十四章

他带我转过街角，在第十大道上向南走了一个半街区，到了一家酒馆，位于某幢房子的最边上。我没看清酒馆名字，也不能肯定是否有名字，或许可以称它为戒酒前站。两位身穿廉价外套的老头坐在吧台旁默默喝着酒，一位四十来岁的西班牙裔站在吧台另一头，喝着八盎司一杯的红葡萄酒，边看报纸。酒保骨骼粗壮，穿着T恤和牛仔裤，正在看一台黑白电视上的什么节目，声音调得很低。

德金和我在一张桌旁坐下，我去吧台买酒，他要双份伏特加，我自己要了姜汁啤酒。我把酒和饮料端过来，他看了一眼我的姜汁啤酒，但没有吭气。

也可以是中等度数的苏格兰威士忌加苏打，差不多颜色。

他喝了一些伏特加，说，“噢，老天，这才好些，真的好些。”

我没有吭气。

“先前你问我们接下来该怎么办，难道你自己不知道答案吗?”

“也许吧。”

“我告诉我姐姐再去买台电视机，买台新打字机，门上多挂几把锁，但不要费神给警察打电话。我们拿达基宁怎么办?我们没有怎么办。”

“我猜是这样。”

“我们知道谁杀了她。”

“钱斯?”他点点头。“他的不在现场证据看上去很充足。”

“哦，牢不可破，无懈可击，但那又怎样呢?他还是可能杀了人。那些他说同他在一起的人都是会为他撒谎的人。”

“你觉得他们在撒谎?”

“不，但我也不会发誓说他们没有。反正他还可以请人杀，我们已经谈过了。”

“对的。”

“如果是他杀的，他也脱身了，我们没法找出那个不在现场证据有什么漏洞。如果他请别人，我们也没法找出他请了谁。除非我们运气好，有时也有这种事情，你知道的，好运气突然落在你头上。某个家伙在酒吧里说漏了嘴，有对他不满的人把消息传出去，突然一下子我们知道了先前不知道的事情。但即使有这种好事，要把案子搞明白也还差得远。再说，我们也不想把自己累死。”

他说的话并不稀奇，但却有种令人心灰意懒的意味。我端起姜汁啤酒，看着它。

他说，“一半的工作是知道机会在哪里，趁有机会的时候处理案子，让其他的随风而去。你知道这个城市的谋杀率是多少吗？”

“我知道一直在飙升。”

“就是啊，每年都增长，所有犯罪数量在上升，除了有些不那么严重的犯罪统计数字在下降，那是因为人们已经懒得报警，就像我姐姐的失窃案。你回家的路上被抢，他不过是拿了你的钱而已嘛，去他的，干啥要大惊小怪弄得好像是全国性大案一样。你活着就好，回家去感谢上帝吧。”

“那金·达基宁……”

“去他妈的金·达基宁，”他说，“某个小婊子从一千五百英里之外跑来卖春，把钱给个黑鬼，有人把她剁碎，谁去管啊。我是说干啥她不呆在那该死的明尼苏达？”

“威斯康星。”

“我是想说威斯康星，她们大都从明尼苏达过来。”

“我知道。”

“过去谋杀率大概是一年一千起，五个区加起来一天三起，那似乎已经很高了。”

“足够高了。”

“现在已经加倍了。”他身子朝前倾。“可这不算什么，马修。大部分人命案都是老公老婆之间的事情，或者两个朋友喝酒，一人枪杀了另一人，第二天甚至都想不起来。这个比例从来不变，从来如此，变的是陌生人之间的谋杀，凶手同被害者根本不认识，就是这个比例让你知道住在某个地方有多危险。如果你只计算陌生人谋杀案，如果你把其他案子拿掉，把陌生人谋杀案数目做成图表，那线条会直冲云霄。”

“昨天在皇后区有个家伙拿出把弓箭，”我说，“结果隔壁的家伙用把‘点三八’手枪杀死了他。”

“我也读到了，因为狗把屎拉在不该拉的地方什么的?”

“就这类事吧。”

“嗯，那不会进入图表，这是两个熟人之间的事情。”

“对的。”

“但都是一回事。人们不断互相残杀，甚至都不停下来想一想就直接动手。你离开警察局有多久了？好几年了？我想说的是，现在比那时糟糕多了。”

“我相信。”

“我说真的。现在外面是丛林，所有畜生都带了枪，每个人都有枪。你知道街上有多少人揣把家伙走路吗？那些遵纪守法的公民现在都必须有把枪自卫，所以他弄把枪，不定哪天就杀了自己或者杀了老婆或者杀了隔壁邻居。”

“杀了隔壁那个拿把弓箭的人。”

“管他是谁吧，但是有谁会去告诉他不要带枪呢？”他拍拍肚子，他的警用左轮手枪别在腰带下。“我必须带着它，”他说，“这是规矩，但是我告诉你，我也不会不带枪在外面走，那样我会觉得自己好像光着身子。”

“我过去也这样想，你习惯了带枪。”

“你什么都不带？”

“不带。”

“你不担心吗？”

我又去吧台要了酒和饮料，伏特加给他，姜汁啤酒给我自己。我端回桌上时，德金一口气喝光了酒，叹了口气，像瘪了的轮胎。他拳起双手点了根香烟，深吸一口再吐出来，好像急匆匆要摆脱它。

“这个该死的城市，”他说。

没有希望，他说，接着告诉我它多么没有希望。他历数了整个刑事司法系统发生的变更，从警察局到法庭再到监狱，解释没有一个环节是正常运作的，统统一天天变得越来越糟。你没法逮捕个人，没法治他的罪，最终也没法让那婊子养的呆在牢里。

“牢里都挤满了，”他说，“所以法官不愿意判长期徒刑，假释委员会也早早放人。检察官让那些家伙减少罪行指控，结果他们辩诉来辩诉去把好好的案子弄得什么都不是。法庭时间表排得太满，法庭又小心翼翼保护被告的权益，搞得你差不多需要有张那家伙当场作案的照片才能定罪，而且还可能翻案，因为你未经允许拍了他的照片，侵犯了他的权益。再说警力也不够，警察局现在比十二年前少了一万人，街上少了一万警察！”

“我知道。”

“坏蛋多了一倍，警察少了三分之一，你难道还不明白为啥走在街上不安全吗？你知道什么原因吗？市里破产了，没钱养活警察，没钱维持地铁运行，什么都没钱。全国到处都漏钱，全都去了那个什么沙特妈的阿拉伯。那些混蛋全都拿骆驼来换凯迪拉克，而这个国家却快要完蛋了。”他站起来，“轮到我买了。”

“不，我去买。我有地方开销。”

“对，你有个客户。”他坐了下来。我端回第三轮酒，他说，“你喝什么？”

“只喝姜汁啤酒。”

“嗯，我觉得看上去像是。干啥不来杯真的？”

“这些日子我喝得少。”

“哦，是吗?”他灰色的眼睛盯着我，斟酌着我的意思。他拿起酒杯，喝了大约一半，哨一声把酒杯放在磨损的桌面上。“你的主意好，”他说，我以为他指姜汁啤酒，但这时他已经换了话题。“辞职，不干了。你知道我想要什么？我只想再做六年。”

“那时你就有二十年了?”

“那时就有二十年了，”他说，“那时我就可以拿退休金，就可以滚他妈的蛋了。离开这个工作，离开这个粪缸城市，去佛罗里达、得克萨斯、新墨西哥，去个温暖干燥清净的地方。不去佛罗里达，我听人说到过佛罗里达，到处是他妈的古巴人，犯罪率同这里一样，何况所有毒品都从那里来的，那些疯狂的哥伦比亚人。你了解哥伦比亚人吗?”

我想到了罗亚尔·沃尔德伦。“我认识的一个人说他们还行，”我说，“他说你只要不骗他们就行。”

“用你的屁股打赌你不敢骗他们。你读到过那两个长岛城女孩的报道吗？大概是六七个月前的事情了，两姐妹一个十二岁，一个十四岁。他们在一个停业加油站的里屋发现这两姐妹，手绑在身后，每人头上都被用小口径武器打了两枪，我猜是把‘点二二’手枪，但那有啥关系?”他喝光了剩下的酒。“事情有点蹊跷，同性无关，没有任何关系，是一种死刑判决，但谁会去一本正经地处死两个十来岁的姐妹呢？”

“结果事情自己有了眉目，因为一个星期以后，有人闯进她们家枪杀了她们的母亲，我们在厨房里发现她时炉子上还烧着晚饭。你看，这一家是哥伦比亚人，父亲从事毒品交易。除了走私翡翠之外，倒卖毒品是那地方的主业。”

“我还以为他们种很多咖啡呢。”

“那可能只是装装样子。我讲到哪里了？关键是父亲一个月后也在哥伦比亚的那个啥首都死了。他不知招惹了谁，逃跑了，最后他们在哥伦比亚找到了他，但在这之前先弄死了他的老婆孩子。你看，哥伦比亚人就这德性，他们玩的规矩不一样，你同他们过不去，他们不光弄死你，还要灭你全家，不管小孩什么年龄，全都一样。你如果有狗有猫养几条热带鱼，也全都会死光。”

“老天。”

“黑手党总还是顾忌家人的，他们安排攻击时甚至会考虑到别让你的家人亲眼目睹，现在这些罪犯却要杀光全家人，厉害吧？”

“老天。”

他用手掌撑着餐桌，站起身来。“我来请这一轮，”他宣布，“我不需要某个皮条客来为我花钱买酒。”

他回到桌旁，说，“他是你的客户，对吧？钱斯？”我没有回答，他说，“去你的，你昨晚上同他见过面，他想要见你，现在你有个不愿说出名字的客户。一加一等于二，对吧？”

“我没法教你怎么做加法。”

“你就说我没说错吧，他是你的客户，为了谈话方便，你反正也不算泄密。”

“行。”

他身子前倾。“他杀了她，”他说，“那他为啥还要请你来调查呢？”

“也许他没杀她。”

“噢，当然是他杀的。”他挥挥手否定了钱斯无罪的可能性。“她说要离开他，他说好，结果第二天她就死了。算了吧，马修，如果这不是有预谋，那是什么？”

“那我们再回到你先前的问题。他为啥要聘请我呢？”

“也许是为了转移目标。”

“怎么转移？”

“也许他以为我们会以为他是无罪的，否则他不会聘请你。”

“但你根本没有这样以为。”

“没有。”

“你觉得他真会这么想？”

“我怎么知道一个吸毒成瘾的黑鬼皮条客会想些啥？”

“你觉得他吸毒成瘾？”

“他总要有地方花那些钱，对吧？又不是要为乡村俱乐部付会员费，或者在慈善舞会上搞个包厢。让我问你件事。”

“问吧。”

“你觉得说他没杀金，这有可能吗？他没设个计策让别人来杀她？”

“我觉得有可能。”

“为啥？”

“至少他聘请了我，也不是为了转移目标，我们刚才说的目标是什么？你已经说不会有任何目标，你已经打算结案，着手其他事情了。”

“他不一定会知道啊。”

我没有理睬这一点。“换个角度想想，”我说，“假设我从来没给你打过电话。”

“打什么电话？”

“我打的第一个电话。假设你不知道她要离开自己的皮条客。”

“如果我们没有从你那里知道，也会从别的地方知道的。”

“从哪里？金死了，钱斯不会自动告诉你们什么信息，我也不肯定世上还有谁知道这件事。”除了伊莱恩，但我不会把她扯进来。“我不相信你会知道，反正不会当时就知道。”

"那又怎样呢?"

"那你怎么猜得出是谁杀的人呢?"

他没有马上回答。他看看几乎空了的酒杯，两道直直的皱纹出现在他的前额，他说，"我明白你的意思。"

"你会怎么着手呢?"

"你打电话之前，我们会猜是个变态。你是否知道现在不能这样叫他们了？一年前有个部门主管还因此离了职，从那以后我们不再叫他们变态，从那以后叫 EDP。"

"什么是 EDP?"

"情绪失控者。那些中央大街[①]的混蛋没啥事可干了，全城都累得屁颠颠，疯子比水果蛋糕里的果仁还多，结果我们最要紧的事情竟然是不能随便称呼他们，我们不能伤害他们的感情。不，我会猜是一个变态干的，某个新式开膛手杰克，电招一个妓女，邀请她过来，把她剁成碎片。"

"如果是变态干的呢?"

"你知道接下来的事，我们会希望找到一点实物证据。在这种情况下，指纹没什么用场，酒店天天换一批客人，房间里藏着

---

① Centre Street，位于曼哈顿，是纽约市政厅和其他一些法院与政府机构所在地。

无数指纹，你都不知该从哪里开始。要是有个大血手印就好了，你知道那是凶手的，但我们没那么好的运气。”

“即使你有……”

“即使运气好，单单一个指纹也不管用，除非找到嫌疑犯。你不可能拿单单一个指纹去华盛顿查证。他们总是说，最终会给你查证的，但是……”

“他们这样说了好多年。”

“从来没兑现的事，也许哪天会，但那时我已经做满六年，已经在亚利桑那州了。除非有能解决问题的实物证据，否则就只好等那个疯子再动手，你再有几个命案，有同样的法医报告，早晚他会出岔子，你抓住了他，然后你把他同银河酒店房间里的指纹比对一下，你就破案了。”他喝光了酒。“然后他坦白从宽变成过失杀人，最多三年就出来了，结果他又去杀人，但是我不想再说这些了，说实话我真是不想再说了。”

我又买了一轮酒。先前就算花皮条客的钱买酒有顾忌，现在也烟消云散了，反正先前的顾忌也是喝这酒喝出来的。已经看得出来他喝得醉醺醺了，但你要知道如何看才能知道他是否喝醉。他眼睛浑浊，整个举止都有些呆头呆脑，自顾自滔滔不绝。这是典型的醉鬼聊天，两个喝得醉醺醺的人彬彬有礼地轮流各说各的。

如果我也像他那样一杯接一杯地喝酒，就不会注意到这些。但是我没喝酒，头脑清醒着，酒精打倒了他，我觉得我们之间的距离拉长了。

我想继续谈论金·达基宁，但是谈话老跑题，他想谈论纽约一切不对头的地方。

“你知道问题在哪里，”他说，身子往前倾，压低了声音，好像现在酒吧里除了我俩之外还有别人似的，其实就只剩下我俩和酒保了。“我告诉你问题在哪里，是黑鬼的问题。”

我没有吭气。

“还有西班牙裔，黑人和西班牙裔。”

我说还有黑人和波多黎各警察，他马上滔滔不绝。“听着，你还别说，”他说，“有个家伙同我搭档好久，名字叫拉里·海恩斯，也许你认识他……”我不认识。“……他很好，我会拿命来信任他，切，我真的拿命来信任他。他像炭一样黑，警察局内外我都从来没有碰见过比他更好的人。但是这同我刚才说的事情没关系。”他用手背擦擦嘴。“喂，”他说，“你乘过地铁吗？”

“有时会乘。”

“操，谁都不会自愿去坐地铁，光看地铁也知道整个纽约市啥样，设备成天坏，车厢脏得要命，全是涂鸦，一股尿骚味，执勤的警察拿犯罪一点办法都没有，但我要说的是，操，我坐上地铁，四下看看，你知道我在哪吗？我在他妈的外国。”

“你什么意思？”

“我的意思是周围全是黑人、西班牙裔或者东方人，现在又有这么多新的中国移民进来，另外还有韩国人。现在韩国人是正宗的公民，在全市开了那么多好得很的蔬菜超市，他们每天工作二十个小时，把小孩送去上大学，但这些都还是同一类事情。”

“哪一类事情？”

“噢，去他的，听上去无知和偏执，但是我没办法。这里过去是白人的城市，现在，有些日子我觉得自己是唯一的白人了。”

沉默的时间有点长。然后他说，“他们如今也在地铁里抽烟了，你注意到了吗？”

“注意到了。”

“过去从来没这种事，有人也许会拿把斧头劈死自己的父母，却不敢在地铁上点烟。现在连中产阶级也点起烟来了，吞云吐雾，就是最近几个月的事情。你知道怎么开始的吗？”

“怎么呢？”

“记得一年前吗？有个家伙在纽约到新泽西的地铁上抽烟，一位乘警叫他灭了烟，那小子掏出枪来把警察打死了，记得吗？

“我记得。”

“就是这样开始的。等你读了这篇报道，不管你是谁，是警察还是普通市民，都不会忙着去告诉过道那头的家伙掐灭那该死的香烟。所以如果有几个人点上烟，没人说什么，就会有更多的人这样做。如果连失窃这么要紧的案子去报警都是浪费时间，那有人在地铁上抽根烟谁还会去多管闲事？你停止执行一项法规，人们就会停止尊重这项法规。”他皱皱眉。“但是想想那个乘警吧，谁喜欢那种死法？不过是叫个家伙掐灭香烟，砰，就这样死了。”

不知不觉间我已经告诉他鲁登科的母亲被炸弹炸死了，因为她的朋友带回家一台不对头的电视机。就这样我们交换着恐怖故事，他说有位社工被骗上一栋廉租房的屋顶，遭到多次强奸后被扔下去摔死了。我讲了我读到过的事情，某个十四岁的小孩被另一个同龄孩子枪杀，两人并不认识，杀人的孩子硬说被害者嘲笑了他。德金告诉我一些虐童案，儿童最后都死了，还有个男人闷死了女朋友的婴儿，因为他不耐烦每次两人一起去看个电影都要付钱请人照看孩子。我提到了克利夫兰的那个女人，在往衣橱里挂衣服时被乱枪射死。我们的谈话有一种“看谁更厉害”的腔调。

他说，“市长以为他能对付。死刑，把那黑色的大电椅弄回来。”

“你觉得能成吗？”

“毫无疑问公众想这样。它至少在一个方面起到了作用，你不能说没起作用。你烤死一个混蛋，至少知道他无法再来一遍。去他的，我会投票赞成。把电椅弄回来，在电视上现场转播他妈的死刑，做些广告，挣点钱，多雇几个警察。你知道会怎么样吗？”

“会怎样？”

“我们要死刑，不是为了杀人犯，是为普通市民。外面每个人被杀的可能性都比杀人犯上电椅的可能性要大，我们每天都有五起，六起，七起死刑。”

他提高了声音，连酒保也在听我们聊天了，我们让他的注意力离开了电视节目。

德金说，“我喜欢那个电视机爆炸的故事，不知为啥先前我不知道。你以为自己什么都听说了，但总是有些新鲜事情，对吧？”

“我猜是的。”

“在这城市有八百万个故事，”他拖长声音说。“你记得那个节目吗？几年前电视上放过的。”

“我记得。”

“八百万个故事，”他说，“你知道这城里有什么吗？这个该死的光屁股操他妈的屎尿罐子里有些什么？有八百万种死法。”

我把他弄出了那个地方，在外面清冷夜晚的空气中他沉默了。我们绕了几个街区，最后到了警察局那条街。他的车是用了几年的水星，角上有点撞坏，牌照号上有个前缀告诉别的警察这是警用车，不能给罚单。有些更有经验的无赖也能认出这是警察的车。

我问他是否能开车，他不怎么在意这个问题，他说，“你是谁？警察？”然后意识到这句话很荒唐，笑了起来。他抱着打开的车门作支撑，笑得上气不接下气，随着车门晃来晃去。“你是谁，警察？”他说，咯咯笑着。“你是谁，警察？”

这种情绪就像电影中急闪的镜头那样转瞬即逝，他马上又变得严肃起来，似乎清醒了，眯起眼睛，下巴像条斗牛犬那样翘起来，“听着，”他说，声音低沉而硬邦邦。“别那么自命不凡，明白吗？”

我不知道他在说啥。

“你个道貌岸然的混蛋，你不比我好到哪里去，你个婊子养的。”

他把车倒出来，开走了。在我能看到的范围之内，他似乎开得还行，我希望他不必开远路。

第十五章

我直接走回了旅馆。酒类专卖店已经关门，酒吧还开着，我没怎么费劲就过了店门，也抵挡住了五十七街假日酒店两旁站街妓女的招呼和诱惑。我对雅各布点点头，确认没有我的电话后就上楼去了。

道貌岸然的混蛋，我的确比这好不到哪里去。他醉得很厉害，有着一个过于暴露自己的醉鬼自我防卫性的好斗姿态。他的话没任何意思，对任何同伴都会这样说，对着夜色也会这么说的。

但是这些话仍然在我脑子里徘徊不去。

我上了床，却无法入睡，又爬起来点上灯，拿着笔记本坐在床边。我看了一些先前记下的笔记，又记下一两点我们在第十大道酒吧的谈话。我又写了一点笔记，就像猫咪玩耍一卷线团，等思绪达到某个程度，反馈越来越少，同样的想法反复折腾时，我才放下笔记本。我拿起一本老早买的平装书，但是看不下去，我反复读着同一段话，却不明白什么意思。

这么多个小时以来我第一次想喝一杯，我很焦虑不安，想改变这种状况。离旅馆只有三家店门的地方有个小吃店，冰柜里装满了啤酒。啤酒又从来没有让我醉得不省人事。

但是我没有动。

钱斯没有问我为什么要为他工作，德金认可了钱是说得过去的动机，伊莱恩相信我这样做因为我是干这一行的，就像她接待嫖客和上帝宽恕有罪之人一样。这些都对，我需要钱，如果我还做点事情的话，侦探就是我做的事情，几乎可以算是我的职业。

但我还有另外一个动机，或许是更深层的动机。寻找杀死金的人，我可以有事干，就不用喝酒了。

至少有段时间可以吧。

我醒时太阳已经出来了，等我冲完澡刮好胡须走上街的时候，太阳又不见了，藏在一堆云里。这一整天太阳都时有时无，好像管太阳的不想尽心尽力似的。

我吃了一点早饭，打了几个电话，然后走到银河酒店。那位给查尔斯·琼斯登记入住的职员不当班。我在档案里读到过他的证词，并不真指望还能从他那里得到更多的信息。

一位大堂副理让我看了琼斯的入住登记卡片，他在标注“姓名”的一栏端端正正地写了“查尔斯·欧文·琼斯”，在“签名”栏用大写字母写着“C. O. 琼斯”。我把这一点指给大堂副理看，他说这种不合规范的事情很常见。“人们会在一栏写下全名，另一栏写个缩写名，”他说，“随便哪种都是合法的。”

“但这不是签名。”

“为什么不是？”

“他写得端端正正。”

他耸耸肩。“有些人什么都写得端端正正，”他说，“这家伙打电话预订房间，预付了现金，在这种情况下我不会让员工对个签名表示疑问。”

我想说的不是这个，引起我注意的是琼斯故意避免留下笔迹，我觉得这很有意思。我看着他端端正正写下的全名，发现自己在思忖，查尔斯这个词的前三个字母也是钱斯名字的前三个字母。[①] 这个，究竟意味着什么呢？为什么要去寻找出办法来绞死我自己的雇主呢？

我问琼斯先生过去几个月是否住过这家店。“过去一年都没有，”他告诉我。“我们在电脑里保留过去的登记信息，按字母排

① 查尔斯的英文是 Charles，钱斯是 Chance。

列，有个警探已经核对过了。如果没有其他问题的话……”

“其他客人有多少用大写字母签名的？”

“我不知道。”

“假如你能让我看看过去两三个月的入住登记卡的话。”

“找什么？”

“像这个家伙一样端端正正写字的人。”

“噢，真的不行，”他说，“你知道要牵涉到多少张登记卡吗？这个酒店有六百三十五个房间。……先生。”

“斯卡德。”

“斯卡德先生，一个月就有一万八千张。”

“如果你的客人住一晚就走的话。”

“平均住三晚。即使这样，一个月也有六千张登记卡，两个月就有一万二千张。你知道要看这一万二千张卡片需要多久吗？”

“一个人一小时大概可看几千张，”我说，“因为只要看看签名是手写还是大写就行，那只不过需要几小时而已。我可以做，或者你找个员工来做也行。”

他摇摇头。“我没有权力这样做，”他说，“真的不行。你是普通公民，又不是警察，即使我想合作，我的权力也有限。如果警察提出正式要求的话……”

“我知道我是在求你帮忙。”

“如果是我能帮得上的忙……”

“这有些强人所难，”我继续说，“我肯定会付钱的，为浪费的时间和造成的不便付钱。”

在小一点的酒店这很管用，但这里我是在浪费时间，他甚至都没有意识到我是在提出要给他贿赂。他再次说如果警察代我提出要求的话，他很高兴帮忙。这次我没有再吭气。我问是否能借用琼斯的登记卡，让我有时间复印一下。

“哦，我们这里就有复印机，”他说，很高兴终于能帮上忙。“等一下。”

他回来时拿着复印件，我谢谢他，他问是否还有其他事情，语气听上去很肯定不会有其他事情。我说想看看她死去的房间。

“但是警察已经全都看过了，”他说，“房间现在处于过渡阶段，地毯换过，墙也重新粉刷了。”

“我还是想看看。”

“真的没什么可看，今天有工人在那里，油漆工走了，但是我想铺地毯的……”

“我不会妨碍他们的。”

他给了我一把钥匙，让我自己上去。我找到了那个房间，庆幸自己有当侦探的本领。门锁着，铺地毯的人似乎去吃午饭了。旧的地毯已经撤走，新地毯铺了三分之一，其他卷在一旁等待铺上去。

我在那里停留了几分钟，同那人告诉我的一样，真的没什么可看了。房间里没有金的痕迹，也没有家具。墙上有崭新的涂料，浴室擦得铮亮。我在屋里走着，像个心理咨询师那样试图通过指尖来探测颤动，但是如果说有任何颤动的话，那我也没有察觉。

窗户开向大街，视线被其他高楼立面隔断，从两幢高楼的缝隙之间能够瞥见远处城区的世贸大厦。

她有时间看看窗外吗？琼斯先生事前或者事后看过窗外吗？

我乘地铁进城，是一辆新车，车厢内黄色、橘黄色和棕褐色的图案很悦目，涂鸦的人已经把它糟蹋得很厉害，在每一处都抹上了无法辨认的字迹。

我没有看到任何人抽烟。

我在西第四大道出站，朝南再朝西走到莫顿街，弗兰·谢克特有个小公寓在一幢四层楼的褐色沙石建筑顶层。我按了门铃，门开了，我进入门厅。

楼道里充满了各种味道——底层的烘烤味道，楼梯半道上的猫味，顶层毫无疑问的大麻味。我觉得你简直可以根据一幢楼房楼道里的气味来画出它的剖面图。

弗兰在寓所门口等我。她留着短短的鬈发，淡棕色，围绕着圆圆的孩儿脸，翘鼻子，噘起的嘴唇，金花鼠那样鼓鼓的面庞。

她说，“嗨，我是弗兰，你是马修，我能叫你马修吗？”我说当然，她把手放在我的手臂上，领我进屋。

屋内大麻的味道浓得多。这是个一室寓所，蛮大的一间房，一面是狭长的小厨房，家具包括一把帆布折叠椅，靠枕沙发，一些塑料牛奶箱搭成架子放书和衣服，一张大水床上铺着人造毛被。水床上方墙上有张装在框里的招贴画是室内景，画着火车头从壁炉里钻出来。

我谢绝了酒，要了一听健怡苏打，拿着它坐到了靠枕沙发上，感觉沙发比看上去更舒服。她坐了折叠椅，估计比看上去也更舒服。

“钱斯说你在调查金的事情，”她说，“他说你想了解什么就告诉你什么。”

她的声音有种上气不接下气的小女孩味道，我不能肯定是否有装的成分。我问她了解金的什么事情。

“了解得不多。我见过她几次，有时钱斯会同时带两个女孩出去吃饭或看戏，我大概就这样见过了所有的女孩。我只见过唐娜一次，她独往独来，好像消失在空气里似的。你见过唐娜吗？”我摇摇头。“我喜欢桑妮，我不能肯定我俩是否算是朋友，但她是我唯一会打电话聊天的人。我一周会给她打一两次电话，要不就是她打给我，聊聊天。”

“但是你从来不给金打电话?”

“噢，不，我连她的电话号码都没有。”她想了想。“她眼睛很漂亮，我闭上眼也能想象出她眼睛的颜色。”

她自己的眼睛很大，介于棕色和绿色之间。眼睫毛非常长，我觉得可能是假的。她个子矮小，是拉斯维加斯合唱团通常会称为小马的那种身材，身穿褪色李维斯牛仔服，袖口卷起，热辣辣的粉红色毛衣紧绷绷地罩在她丰满的胸脯上。

她不知道金打算离开钱斯，觉得这个消息很有趣。“嗯，我能理解，”她想了一会儿说，“他并不真的在乎她，你知道，你不想永远同一个不在乎你的人呆在一起。”

“为什么说他不在乎她呢?”

“你就是会注意到这种事情的。我猜他很高兴有金在身边，她又不惹麻烦，还能挣饭，但是他对她没有感情。”

“他对其他人有感情吗?”

“他对我有感情。”

“还有其他人吗?”

“他喜欢桑妮，大家都喜欢桑妮，同她在一起很好玩，我不知道他是否关心她。还有唐娜，我肯定他不在乎唐娜，但我想唐娜也不在乎他，我觉得双方都只是在做生意。唐娜，我觉得唐娜谁都不在乎，我不认为她知道世上还有其他人。”

“鲁比怎样？”

“你见过她吗？”我没见过。“嗯，她有点，你知道，异国风情，所以他会喜欢。玛丽·卢非常智性，他们一起去音乐会什么的那一套，例如林肯中心，古典音乐，但这并不等于他对她有感情。”

她咯咯笑了起来，我问她有什么事情这么好笑。“噢，我突然想到我是那种典型的傻妓女，以为自己是皮条客唯一最爱。但是你知道吗，他只有同我在一起才自由自在，他可以到这里来，脱掉鞋，诉说一番。你知道什么是缘分吗？”

“不知道。”

“嗯，同轮回有点关系。我不能肯定你是否信这些。”

“我没怎么想过。”

“嗯，我也不知道是否信，可有时候我觉得钱斯同我在另一生里彼此相识，并不一定是情人或夫妇这一类事情，我们可能是姐妹，也可能他是我父亲或我是他母亲，我们甚至可能是同性，因为性别在另一生也可以变换。我的意思是我们也可以是姐妹什么的，反正什么都可以，真的。”

电话打断了她的推测。她去房间另一头接电话，背朝我站着，一只手支在屁股上。我听不见她的话，她谈了一会儿，然后捂住听筒，朝我转过身来。

“马修，”她说，“我不想催你，但是你知道我们要谈多久吗？”

“不久。”

“我可以告诉别人一小时后过来吗？”

“没问题。”

她回过身去，低声结束了谈话，挂了机。“那是我的一个常客，”她说，“他是个好人，我告诉他一小时后过来。”

她重新坐下，我问她在搭上钱斯之前是否就有这个寓所，她说没有，她同钱斯在一起有两年八个月了，此前在切尔西同另外三个女孩合租个更大的地方。钱斯把这个公寓全都安排好以后，她只需搬进来住就行了。

“我只是把家具搬过来了，”她说，“除了水床，那是早就在这里的。我处理掉了原来的单人床。我还买了这幅玛格丽特招贴画，面具也是原来就有的。”先前我还没有注意到这些面具，要转过身来看，那是我身后墙上一组三个严肃的黑木雕塑。“他懂这些东西，”她说，“是什么部落制作的等等，他懂这一类事情。”

我说这个公寓同它要派的用场不大般配，她皱了皱眉，有点困惑。

“大部分从事这一行的女孩都住在有门卫的楼房里，”我说，“有电梯什么的。”

“哦，对的，我刚才没明白你的意思，对的，的确如此。”她露出欢快的笑容。“这里有点不一样，”她说，“上这儿来的嫖客，他们不认为自己是嫖客。”

“你的意思是……？”

“他们自认为是我的朋友，”她解释说。“他们觉得我是个住在格林威治村的脾气古怪的女孩，的确如此，他们是我的朋友，也的确如此。我的意思是，他们上这儿来睡一觉，这也是事实，但他们在按摩院里也可以找女人睡觉，那更快更容易，而且不吵不闹不麻烦，对吧？但是他们可以上这儿来，脱掉鞋子，抽点大麻，这里是格林威治村一个色眯眯的安乐窝，我的意思是你要爬上三段楼梯，然后在水床上滚个被单。我的意思是，我不是婊子，我是女朋友。我不收费，他们给我钱，因为我要付房租，你知道，我是个穷困潦倒的格林威治村女孩，想当演员，但永远不可能当得成。我当然不是这样的，可我反正也不怎么在乎。我每周还是去上几次舞蹈课，每周四跟埃德·科文斯上个表演课。去年五月我还在翠贝卡连着三个周末参加演出，我们演出易卜生的《我们死人再生时》，你相信吗，竟然有我的三个嫖客来看戏？”

她谈论着这个戏，然后开始告诉我她的主顾除了给钱外，还给她带礼物。“我从来不用买酒，实际上我还拿它送人，我自己又不喝酒，我也好久没买过大麻了。你知道谁有最好的大麻吗？华尔街的那些家伙。他们买一盎司，我们抽一点，他们会把剩下的留给我。”她对我闪动着长长的睫毛。“我有点喜欢抽大麻，”她说。

“我猜是的。”

“为什么，我看上去飘飘然了吗？”

“气味。”

“哦，对的。我闻不到，因为我一直在这里，但是如果我出去再回来，哇！就像我有个朋友养了四只猫，她硬说没有气味，但是那个气味可以让你晕过去，只不过她习惯了而已。”她换了个坐姿。“你吸过大麻吗，马修？”

“没有。”

“你不喝酒又不吸毒，那太好了。我再给你一瓶健怡可乐？”

“不用了，谢谢。”

“你肯定吗？如果我快吸一支大麻，你在意吗？就是放松一下。”

“请便。”

“因为待会有个家伙要过来，这能让我情绪好点。”

我告诉她我不在乎。她从火炉上方一个架子那取了个装大麻的小塑料袋，手卷了一支烟，动作很娴熟。“他很可能也要吸，”她说，又卷了两支。她点上一支，把东西放回去，回到折叠椅上。她把那支大麻吸完，边抽边东拉西扯地谈着自己的生活，最后摁灭了烟蒂，放在一旁。她的举止没有因为吸了大麻而有明显变化，也许她一整天都在吸，我上门时就已经飘飘然了，也许她就是不会显示出毒品的作用，就像有些会喝酒的人喝酒没反应一样。

我问钱斯来看她时是否也抽过大麻，她笑我居然会想到这个。“他从不喝酒，从不吸毒，同你一样，嗨，你是这样认识他的吗？两人同去一处不是酒吧的地方消遣？要不就是你俩认识同一个不卖毒品的人？”

我好歹还是把谈话扯回金身上。如果钱斯不在乎金，那金可能会在同什么人谈恋爱吗？

“他不在乎金，”她说，“你知道吗，我是他唯一爱的人。”

我能在她的谈话中感觉到大麻了，她的声音没有变，但是联想变了，思绪随着大麻烟雾的轨迹变动。

“你觉得金是否有个男朋友？”

“我有男朋友。金有嫖客，所有其他女孩都有嫖客。”

“如果金有个特殊的什么人……”

“当然，我能猜得到，有个不是嫖客的人，那是她要离开钱斯的原因。你是这个意思吗？”

“有这可能。”

“于是他杀了她。”

“钱斯？”

“你疯了吗？钱斯才没有在乎到会去杀她。你知道要找个人来替代她有多快吗？切。”

“你的意思是男朋友杀了她？”

“当然。”

“为什么？”

“因为他被逼急了。她离开钱斯，就这么来了，准备从此过上幸福生活，但是他要那干啥？我的意思是他有老婆，有工作，有家，在斯卡斯代尔有房子……”

“你怎么知道得这样清楚？”

她叹了口气。“我只是瞎猜而已，宝贝，我只是对着黑板乱扔粉笔头而已。你还想不到吗？他是结了婚的人，遇见金，爱上一个妓女，还让她爱上你，好刺激，这样一来你还免费得到服务，但是你不想让任何人把你的生活搅得翻天覆地。她说，嗨，我现在自由了，该扔下你的老婆了，我们可以一起跑去看日落，但他更愿意在乡村俱乐部的露台上看日落，想就一直这样下去。接下来你知道，她死了，他回了拉奇蒙特。”

"一分钟以前还是斯卡斯代尔呢。"

"管他什么地方。"

"那他会是谁呢？弗兰？"

"男朋友？我不知道，随便什么人都可以。"

"一个嫖客？"

"你不会爱上嫖客。"

"她会上哪里去遇见一个男人呢？会遇见哪种男人呢？"

她费劲地想着这件事，耸耸肩，放弃了。我们的谈话没有再进一步。我用了一下她的电话，然后在电话机旁的簿子上写下我的名字和电话号码。

"万一你想起什么事情，"我说。

"那我会给你打电话的。你要走了吗？肯定不再喝杯饮料了吗？"

"不，谢谢了。"

"嗯，"她说。她走过来，用手背掩住一个懒洋洋的哈欠，从长长的睫毛下看看我。"嗨，我真的很高兴你能来，"她说，"任何时候你想找个伴，都可以给我打电话，好吗？就是做个伴，聊聊天。"

"肯定的。"

"我会喜欢的，"她温柔地说，走上前来踮起脚尖，令我吃惊地在我脸上吻了一下。“我真的会喜欢，马修，”她说。

下楼梯走到一半时，我笑了起来。她那么快就切换成婊子的状态，分手时温暖真诚，她多么擅长这一套啊。难怪那些玩股票的人不在乎爬这么多楼，难怪他们会去看她如何尝试做个演员。去他的，她还真是个演员，演得还不错。

走了两个街区，我还感觉得到她印在我脸上的热吻。

第十六章

唐娜·坎皮恩的公寓位于东十七大街一幢白色砖房的十楼，起居室窗户朝西。我到达时，时有时无的太阳正好露面，阳光满屋，到处都是植物，全都绿油油地生长茂盛，地板上、窗台上有植物，窗上吊挂着植物，整个屋子所有窗台上和桌子上都放着植物。阳光透过植物帘幕，在暗色镶木地板上投下精致复杂的图案。

我坐在一把藤条椅上，喝着黑咖啡，唐娜侧身坐在一张四英尺宽带靠背的长凳上，她告诉我，那曾经是教堂里的长凳，材质是英国橡木，詹姆斯二世时期，或有可能是伊丽莎白时期，因年代久远而发黑，被三四个世纪以来虔诚的屁股磨平了。德文郡的某个牧师决定重新装修教堂，结果最后她在大学广场某个拍卖行买到了这张小长凳。

她有着长圆形的面庞，高而宽的前额，尖尖的下巴。同这张长凳很般配。她皮肤苍白，似乎唯一见到的阳光就是这些穿过植物帘幕的阳光。她身穿一件挺括的白色衬衣，小圆领，配灰色法兰绒百褶短裙，黑色长筒袜，脚上是鹿皮尖头拖鞋。

她鼻梁长而窄，嘴唇小而薄，额前有清楚的美人尖，暗褐色的披肩发笔直地梳在后面，眼睛下有黑圈，右手两个手指都被烟熏黄了。她没涂指甲油，没戴首饰，没有明显的化妆，不漂亮，但却具有一种中世纪气质，几乎可算得上是美人。

她不像任何我见过的婊子。她的确看上去像位诗人，或者是我认为的诗人应该有的样子。

她说，“钱斯说让我同你充分合作，她说你想找出谁杀死了冰雪皇后。[①]”

“冰雪皇后？”

“她看上去像一位选美王后，后来我知道她来自威斯康星，就想到她那种健康的靠牛奶养大的天真无邪，像个有皇后气派的挤奶女工。”她温柔地一笑。“那是我的想象在说话，我并不真认识她。”

“你见过她的男友吗？”

“我不知道她有男友。”

---

① Dairy Queen，是一家连锁冰淇淋店。

她也不知道金曾经计划离开钱斯，她似乎觉得这个消息很有趣。她说，“我不知道她是出还是进？”

“你的意思是？”

“她是来还是去？只是个强调哪是重点的问题。我刚到纽约时，我是进来，虽然离开了自己的家和家乡，但那是次要的。后来我同丈夫分手，是出去。离开的行为比目的更重要。”

“你结过婚吗？”

“三年。嗯，一共三年。同居了一年，结婚两年。”

“那是多久以前的事情？”

“四年？”她想了想。“今年春天就五年了。虽然形式上我仍然算已婚，我懒得去离婚。你觉得我应该离婚吗？”

“我不知道。”

“也许应该了断这件事情。”

“你同钱斯在一起多久了？”

“快要三年了，为什么？”

“你看上去不像这类人。”

“难道还有什么类别吗？我觉得我同金不大像，既没有皇后气派，也不是挤奶女工。”她笑了。“我不知道哪是哪，但是我们就像上校夫人和朱迪·奥格雷迪一样。”

“本质上是姐妹？”①

她看上去有点惊讶，我居然知道她引用的话。她说，“我离开丈夫以后住在下东城，你知道诺福克街吗？位于斯坦顿同利文顿之间。”

“不大知道。”

“我很熟悉。我曾经住在那里，在附近打些零工，在洗衣房工作，餐馆里打台子，商店里做店员。有时我辞去工作，有时工作辞去我，钱从来不够用。我痛恨住的地方，后来开始痛恨我自己的生活，想给我丈夫打电话，让他请我回去，让他照顾我。我一直想着这事，有次我给他打电话，但是却占线。”

于是她几乎是偶然地开始出售自己。街区那头有个店主经常来找她，有次她不由自主地脱口而出，“喂，如果你实在想操我，那给我二十美元行吗？”他很狼狈，嘟囔着说不知道她是妓女。“我不是妓女，”她告诉他，“但是我需要钱。而且我对这事很在行。”

她开始每周做几次生意，从诺福克街搬到附近更好的街区，然后又搬到九街，汤普金斯广场东头。她不用工作了，但是还有

---

① 这两句台词连起来正好构成吉卜林的诗句：上校夫人和朱迪·奥格雷迪，本质上是姐妹。其中朱迪·奥格雷迪是一个妓女的名字。

其他麻烦事要对付。她挨过一次揍，遭过几次抢，于是又想到给她前夫打电话。

然后她遇见了一位住在同地段，在某个中城按摩院工作的女孩。唐娜在那里试了试，喜欢那里的安全感，有人在前面对付任何想要找麻烦的人，工作本身是机械性的，冷冰冰的几乎像个诊所。几乎所有的生意都是动手或动嘴，她自己的肉体没有遭到侵入，除了纯粹的肌肤相亲这一事实之外，没有其他与人亲密的幻觉。

开始她觉得这不错，自认为是性技术人员，某种理疗师。然后事情开始变得对她不利起来。

“那地方有种黑手党的气氛，”她说，“你能在窗帘和地毯上嗅出死亡的气息。这变得越来越像一份工作，有固定的工作时间，我乘地铁来回，这令人揪心——我喜欢这个词——把诗意揪得一点不剩。”

于是她辞职了，重操自由生涯，后来钱斯找到了她，就一切都妥帖了。他把她安置在这个公寓里，这是她在纽约第一个像样的住处。他告诉别人她的电话号码，帮她抵挡了所有的麻烦，她的账单有人付，寓所有人打扫，什么都有人做好，她只需要琢磨如何写诗，把诗作寄给杂志社，电话铃声响起时态度亲热迷人就行了。

“钱斯把你挣的钱都拿走了，”我说，“你不担心吗？”

“为什么要担心？”

“我不知道。”

“反正又不是真正的钱，”她说，“钱来得快去得也快，否则那些毒品贩子早就是证券交易所的老板了，但是这种钱怎么来就怎么去。”她腿一甩，在教堂长凳上坐直了身体。她说，“反正我什么都有了，我不想别人打扰，只想要个像样的住处，有时间做自己的事情，我指的是写我的诗歌。”

“这我知道。”

“你知道大多数诗人是怎么对付的吗？他们教书或者做份呆板的工作，或者吃诗歌饭，到处朗诵、演讲、写课题计划申请基金，去认识该认识的人，拍该拍的马屁。我从来不想做这些破事，我只想写诗。”

“金想要做什么？”

“天知道。”

“我觉得她同某人有关系，我猜她就是为这被杀的。”

“那我是安全的，”她说，“我同谁都没关系，当然你可以说我同人类有关系，你觉得这会让我遭遇不测吗？”

我不明白她想说什么。她闭着眼，说，“‘任何人的死亡都伤害我，因为我与人类相关，”约翰·多恩说的。你知道她怎么同别人有关系，同谁有关系吗？”

“不知道。”

“你觉得她的死亡伤害到了我吗？不知道我是否同她有关系，我不认识她，不算真的认识，但我还是写了首有关她的诗。”

“我能看看吗？”

“可以。但是我不知道这能告诉你什么，我也写过有关北斗星的诗，可你如果真的想要知道关于北斗星的事情，还是得去找天文学家，不能找我。诗歌从来同它貌似相关的事情无关，你知道。诗歌只同诗人有关。”

“我还是想要看看那首诗。”

这似乎让她很高兴。她的书桌是老早那种卷盖式书桌的现代版，她走过去，几乎立刻找到了她要找的东西。这首诗用无铱粒钢笔书写在道林纸上。

“我打字出来投稿，”她说，“但我喜欢看它们这样写在纸上。我自学了艺术书法，拿本书照着写，学起来没那么难。”

我读着这首诗：

用牛奶沐浴她，让白色液体流淌下

牛奶的洗礼纯真，

能弥合最小的裂痕

在转瞬即逝的阳光下。拿起她的
手，告诉她没关系，
别为泼洒的牛奶哭泣。用
银色枪支抛洒种子。用研钵
磨碎她的骨头，在她
酒瓶砸碎在脚下，让绿色玻璃
在她手上闪光。就这样吧。
让牛奶流淌。
让它流淌，流淌进古老的草丛。

我问她是否能抄在我的笔记本上，她的笑声轻松愉快。“为什么？难道这能告诉你是谁杀了她吗？”

“不知道它能告诉我什么。如果我留着它的话，也许能发现它告诉了我什么。”

“如果你发现了它的意思，”她说，“希望你能告诉我。不过这有些夸张，我其实有点知道自己想说什么。但是别费神去抄它了，你可以把这张纸拿去。”

“别傻，这是你的底稿。”

她摇摇头。“还没写完，还需要再琢磨，我想把她的眼睛也写进去，如果你见过金，肯定注意过她的眼睛。”

“是的。”

“起初我想把蓝眼睛同绿玻璃对比，这是一开始就有的意象，可是等我写的时候，眼睛却消失了。我想它们在先前的草稿里出现过，后来却没有了。”她笑了。“一眨眼就没了。我留下了银色、绿色和白色，却把眼睛忘了。”她手放在我肩上，看着这首诗。“有多少，十二行？我觉得应该有十四行，十四行诗的长度，哪怕诗行不规则。我也不肯定是否该用裂痕，也许不押韵更好些，用抽搐、深渊什么的。”

她继续说着，与其说是同我聊天，不如说是自言自语，谈论着该如何修改这首诗。“不管怎样，你留着吧，”最后她说。“离完稿还差得远。好玩，自从她被杀以后，我甚至都没有看过它一眼。”

“你是在她死以前写的吗？”

“百分之百。我也从来不认为这算写完了，尽管我用钢笔抄写了一遍。我经常会这样抄写草稿，这样更容易看出什么行什么不行。如果她没有被杀的话，我本来还会继续写这首诗的。”

“为什么不写了呢？吓住了？”

“我被吓住了吗？也可能是吧。‘这种事我也可能碰上，’但是当然我不相信，就像肺癌一样，只有别人才会得这种病。‘任何人的死亡都伤害我，’金的死亡伤害到了我吗？我觉得没有。

我不相信自己也像多恩那样同人类关系很深，不像他说的那么深。”

“那你为什么把这首诗放在一边了呢?”

“我没有把它放在一边，我把它忘在一边了。这有点咬文嚼字，对吧?”她想了想。“她的死改变了我对她的看法，我想继续写这首诗，可不想把她的死牵扯进来。我已经有足够的颜色了，不再需要血的颜色。”

第十七章

我坐出租来唐娜位于东十七街的住处，现在又坐出租去金位于三十七街的那幢楼。付钱给司机时我才想起还没来得及去银行，明天是星期六，所以整个周末钱斯给的钞票都会在我手上，除非某个打劫的运气好。

我塞给门房五块钱，算是减轻一点负担，让他给我金寓所的钥匙，撒个谎说我是房客的代理人。有了这五块钱，他很愿意相信我的话。我乘电梯上楼进了她的公寓。

先前警察已经来仔细检查过这个地方，我不知道他们找什么，也不知道他们找到了什么。德金让我看的档案里那页纸没说啥，但是没人会把看到的一切都写下来。

我不知道来这里的警官看到了什么，也不能肯定他们拿走了什么。有些警察会洗劫死人，认为理所当然，但这并不意味着他们在其他事情上也是非常不老实的人。

警察见过太多的死亡和龌龊事情，为了继续处理这些事情，他们只能把死人不当人。我记得自己第一次如何帮忙把一具尸体从一个廉价旅馆房间搬走，这人吐血死了，在那躺了好几天才被人发现。一位老警员和我把尸体塞进尸袋里，下楼的时候，我的同伴让袋子一路磕碰着每一个台阶。如果他拖的是一袋子土豆，恐怕也会更加小心些。

我现在还记得旅馆的其他房客怎样看着我们，我也记得同伴清点了一遍死人的东西，把他那点现钱全部拿起来，仔仔细细算好，然后同我平分。

当时我不想拿。“放进口袋里，”他告诉我。“你不拿的话，钱会去哪里？别人会拿的，要不就归了州政府。纽约州政府要这四十四块钱干啥？放进口袋里，给你自己买块香皂，把你手上那可怜虫的臭味洗掉。”

我把钱放进了口袋。后来，我自己也开始把尸体在台阶上磕磕碰碰，也清点和平分死人留下的零钱。

总有一天会轮到我，我也会是那个装在尸袋里的人。

我在那里呆了一个多小时，查看了抽屉和壁橱，并不知道我到底要找什么，也没有找到什么。即使她有过一个小黑本上面记满电话号码，是传说中应召女郎的法宝，那也被别人拿去了。我没有理由认为她一定有这么个本子。伊莱恩有，但是弗兰和唐娜都说她们没有。

我没有找到任何毒品或吸毒用品，这本身不说明任何事情。警察可能会顺走这些东西，就像会拿死人的钱一样，钱斯如果发现任何随便乱放的违禁品，也可能会收拾好，他说过在她死后来过一次这个寓所。但是我看到他留下了那些非洲面具，它们从墙上对我瞪着眼，看守着住宅，等待着钱斯将来会安置在金这个住所的随便哪位急切的婊子。

霍普展览的招贴画仍然挂在音响上方，这也会留给下一位房客吗？

到处都有她留下的痕迹，我翻检她衣橱抽屉和壁橱里的衣服时都闻到了她的气味。她的床没有铺好，我抬起床垫看看床下，无疑别人在我之前也看过，我什么都没找到，又把床垫放回去，她香水的辛香气味从皱巴巴的床单中散发出来，充满我的鼻孔。

我在起居室里打开一个壁橱，看见了她的皮外套、其他的衣服和外套，还有整整一架子葡萄酒和烈酒。有五分之一加仑“野火鸡”吸引了我的目光，我发誓舌尖上尝到了这种高酒精浓度波本浓郁的香味，感觉到它刺激我的喉咙，一股热流涌进我的肠胃，温暖顷刻间扩散至脚尖和手指。我关上橱门，走到房间另一头，在沙发上坐下。我并不想喝酒，好几个小时都没想到要喝口酒，但是猛然间看到一瓶酒却使我猝不及防。

我回到卧室，梳妆台上有个珠宝盒，我翻检了一遍，有许多耳环，几条项链，一条真假难辨的珍珠，几只手镯，包括一只很诱人的象牙手镯，镶嵌的东西看上去像黄金。还有个花哨的班级纪念戒指，威斯康星州奥克莱尔的拉福利特高中。戒指是金质的，里面刻着 14K 字样，感觉沉甸甸，大概值点钱。

谁会得到这些东西呢？她留在银河酒店的手袋里还有些现钱，据她的卷宗记载，有四百美元和一些零钱，这些最后可能会交给她在威斯康星的父母。但是他们会乘飞机来拿她的外套和毛衣吗？他们会拿走裘皮外套、高中班级纪念戒指和象牙手镯吗？

我呆了段时间，做了一些笔记，终于没有再次打开起居室壁橱就走了出去。我乘电梯到大厅，对门卫招招手，对一位刚进门的房客点点头，那是位老妇人，牵着一只短毛小狗，狗绳上镶着水钻。狗冲我叫着，我突然想起金的小黑猫不知怎么样了，我没有看见这小东西的踪影，浴室也没有猫砂盆，肯定是有人把它带走了。

我在街角叫了辆出租，在旅馆门前付车费时发现口袋里还有金的钥匙，同我的零钱在一起，我忘了把它还给门卫，他也没想到问我要。

有一条我的留言，是乔·德金的，他留下了警察局的电话号码。我给他打电话，他们说他出去了，但还会回来。我留了名字和电话号码。

我回到房间，感到紧张疲乏。我躺着，却根本无法休息，没法让大脑松弛下来。我又下楼去，吃了奶酪三明治、土豆条和咖啡。在喝第二杯咖啡的时候，我从口袋里拿出唐娜·坎皮恩的诗，诗里有什么想要引起我的注意，但我想不出那是什么。我重读了一遍，不理解诗的含义；就算它有任何实际意义。但是似乎有某种因素在向我招手，想要唤起我的注意，可我脑子坏了，就是琢磨不出来。

我去了圣保罗教堂，演讲者用无所谓的闲聊口吻讲了一个可怕的故事。他的父母都死于酗酒，父亲是急性胰腺炎，母亲是酒醉自杀，两个兄弟和一个妹妹病死了，另一个痴呆弟弟住在医院。

“戒酒几个月之后，”他说，“我开始听人们说到酒精怎样杀死脑细胞，担心自己受到了严重的脑损伤。我去找我的辅导员，说了自己的想法。‘嗯，’他说，‘也许你脑子受了一些损伤，这有可能，但我要问你，你是否记得这些戒酒会是从哪天到哪天？你是否随便就能找到开会的地方？’‘是的，’我说，‘这些都没问题。’‘嗯，那么，’他说，‘你那些有用的脑细胞都还在。’”

休息时我走了。

德金又给旅馆前台留了电话，我马上给他打电话，他又不在。我留下名字和电话号码，上楼去了。我正在重读唐娜的那首诗时，电话铃响了。

是德金。他说，“嗨，马修。我只想说希望昨晚没有给你留下错误的印象。”

“什么印象?”

“哦，就是笼统的事情，”他说，“有时整个事情会让我倒胃口，你懂我的意思吗？我需要发泄一下，喝得太多，胡说八道。这不是我的习惯，但有时就是会这样。”

“是啊。”

“大部分时间我都喜欢这份工作，但有些事情会让你倒胃口，你尽量不去多想这些事情，但时不时我就要把这些混账事情全倒出来。希望后来我没有太出格。”

我让他宽心，他没做错什么事情。不知道头天晚上的事情他记得多少，他喝了那么多，足以失忆，但并非所有人都会失忆，或许他只是有点糊涂，现在不大放心，怕我对他的牢骚满腹有看法。

我想到了比利的房东说的话。“没事，”我说，“就是主教也会这样的。”

“嘿，我要记住这个，就是主教也会这样，可能真是这样。”

“很可能。”

“你的调查有点着落吗？找到了什么吗？”

“很难说。”

“我知道你的意思。如果我能帮忙的话……”

“还真有事情要你帮忙。”

“哦？”

“我去了银河酒店，同一位副经理聊了会，他给我看了琼斯先生签名的入住登记卡。”

“那个有名的琼斯先生。”

“上面没有签名，名字是工整地写出来的。”

“描出来的。”

“我问是否能翻检前几个月的登记卡，看看是否还有其他工整书写的签名，同琼斯的对比一下。他说没有权让我这样做。”

“你应该塞给他几块钱。”

“我试过了，他甚至都不明白我的意思，但你可以让他把那些卡片拿出来。他不肯帮我的忙，因为我没有官方身份，但是如果一个警官这样要求，他马上就会答应的。”

他有一阵没吭气，然后问我是否觉得这会有什么结果。

“可能会有，”我说。

“你认为那人以前也曾经在这家酒店待过吗？用其他名字？”

“有可能。”

“但没用他自己的真名，否则他就会草写签名，而不会装样子了。所以假如的确有这么一张登记卡，假如我们运气好恰好撞上的话，最后也会发现那只不过是这婊子养的用了另外一个化名，我们还是不会比现在更清楚他是谁。”

“既然说到这里，还有另外一件事情你也可以帮忙。”

“什么事？”

“让同一个地段其他酒店也核对一下他们过去六个月或者一年的入住登记表。”

“要核对什么呢？字迹工整的登记卡？算了吧，马修，你知道那要花费多少人力吗？”

“不是字迹工整的登记卡，让他们核对是否有叫琼斯的客人。我说的是同银河价格类似的时髦酒店，大多数都会像银河酒店那样把入住登记存入电脑，他们找出琼斯的登记信息只需要五到十分钟，当然必须是有拿着警徽的人要求他们才行。”

“那样你能得到什么呢？”

“你拿出有关的登记卡，查找姓琼斯的客人，也许名字的首字母是 C 或 CO，然后你比较字迹，看是否能找到他。如果你能找到点东西，就会知道接下来该找什么，你不用我来告诉你有了线索该怎么办。”

他再次沉默。“我不知道，”他终于说。“听上去很玄乎。”

“也许是吧。”

“我来告诉你我怎么想的，我觉得这根本就是在浪费时间。”

“不会浪费多少时间，也不是那么玄乎，乔。如果你心里没有了结这个案子的话，你本来是会去追查的。”

“这我倒不知道。”

“你当然会的，但是你觉得那是雇用的杀手或者变态。如果是雇用的杀手，你想就这么了结，如果是变态，你想等他第二次作案。”

“我不会那么过分。”

“你昨晚上已经那么过分了。”

“昨晚上是昨晚上，天哪，关于昨晚上我已经解释过了。”

“不是雇用的杀手，”我说，“也不是个变态恰好挑上了她。”

“你听上去好像挺肯定似的。

“有点肯定。”

“为什么？”

“没有哪个雇用的杀手会那样发疯的。他用砍刀捅了她多少下？六十下？”

“我想是六十六下。”

"那就是六十六下。"

"也不一定就是砍刀，反正是类似砍刀的东西。"

"他让她脱了衣服，然后就这么杀了她，弄得满墙都是血，他们只好重刷一遍房间。你什么时候听说过职业杀手会这个样子?"

"谁知道一个皮条客会雇用什么样的畜生?也许他让那个人故意弄得血淋淋，狠狠地杀，杀鸡给猴子看。谁知道他心里想些啥?"

"然后他又聘请我去调查这件事情。"

"我承认这听上去有点怪，马修，但是……"

"也不会是个疯子。当时是杀疯了，但他不是个想找点刺激的变态。"

"你怎么知道?"

"他非常谨慎，签名的时候工工整整地写，还拿走了脏毛巾。这个家伙小心翼翼地避免留下任何物证的痕迹。"

"我还以为他是拿毛巾包裹砍刀呢。"

"那又何必?他把砍刀洗过以后就可以放回盒子里，像拿进来时一样。如果他真的想包砍刀的话，也该用干净毛巾。如果他不是怕别人找到他洗澡用过的毛巾，就不会把毛巾带走了。但是毛巾会留住些东西——头发、血迹——他知道自己可能会是嫌疑犯，因为他知道会有什么把他同金联系在一起。”

“我们不能肯定那些毛巾弄脏了，马修，我们不知道他是否洗了澡。”

“他剁碎了她，弄得满墙都是血，你相信他会不洗澡就跑出去吗?”

“大概不会。”

“你会把湿毛巾带回家做纪念吗？他有理由的。”

“好吧。”他停顿了一会儿。“变态也可能会不愿意留下证据。你说他是认识金的人，有理由要杀她，可你也不能肯定。”

“他为啥要让她去酒店呢?”

“因为他在那里等着，带着他的小砍刀。”

“他为啥不带着他的小砍刀去她在三十七街的住宅呢?”

“却反过来让她应召上门?”

“对的。今天我一直在同妓女们聊天，她们不愿意应召上门，因为路上要花时间。她们当然也会，但一般都是让打电话的人自己上她们家，告诉他说家里要舒服得多。她很可能也会这样，但他就是不肯。”

“嗯，他已经付了酒店房钱，想要把钱挣回来。”

“去她那里不是一回事吗?”

他想了一下。“她有门卫，”他说，“也许他不想经过门卫身边。”

“但是他经过了整个酒店大堂，填了入住登记卡，还同前台工作人员说了话。也许他不想经过那个门卫，因为门卫曾经见过他，否则门卫可比整个酒店要容易对付得多。”

“这有点瞎扯，马修。”

“我只能这样想。有人做了一连串不合常理的事情，除非他认识这女孩，有理由要杀她。他也许情绪不稳定，因为脑筋完全正常的人一般不会去用砍刀乱剁人，可他也不光是随便挑个女人就杀的变态。”

“你怎么知道？是男朋友？”

“这一类吧。”

“她同皮条客分手，告诉男朋友她自由了，结果他慌了？”

“我在朝这方面想，是的。”

“拿把砍刀发疯乱剁？这怎么同那个决定要乖乖呆在家里陪老婆的人挂得上号呢？”

“我不知道。”

“你的确知道她有个男朋友吗？”

“不，”我承认。

“那些入住登记卡，查理·O. 琼斯[①]以及所有其他别名，假设他还有其他别名的话。你觉得会是线索吗？”

---

① 即前文中提到的查尔斯·欧文·琼斯，这里用的是昵称。

“可能会。”

“我要的不是这种回答，马修。”

“那好，答案是不。我不认为那会是什么线索。”

“可你还是认为值得去查一下。”

“我本来就准备自己动手查找银河酒店入住登记卡的，”我提醒他。“花我自己的时间，如果那家伙肯帮忙的话。”

“我们可以去查查登记卡。”

“谢谢，乔。”

“尸检发现她喉咙和食道里有精液，你注意到了吗?”

“昨晚我在卷宗里看到了。”

“他先让她吹喇叭，然后用童子军的砍刀把她剁烂，你还猜那是个男朋友?”

“精液也可能是前一次性接触留下的，她是个妓女，接触很多人。”

“我想也是，”他说，“你知道，他们现在可以确定精液的类型了，不是像指纹那样，更像是血型，是有用的间接证据。但是你说得对，以她的生活方式来看，即使精液类型对不上，也不能排除某人。”

“即使对得上，也不一定就是某人。”

“对，但是他妈的那肯定会让他头疼一阵子。如果她抓伤他就好了，在手指甲里留下一点皮什么的，那就有用了。”

“你不可能事事如意。”

“那是肯定的。如果金同他口交，你指望她会在牙齿缝里留下一两根毛。麻烦的是她太斯文了。”

“的确有点麻烦。”

“我的麻烦是我开始相信的确有个案子好破，在彩虹那一端可以捉住个杀人犯了。我有满满一桌子破事来不及处理，结果你还让我又掺和到这件事情里去。”

“想想如果破了案，那你看上去会多么有面子啊。”

“光荣属于我哈？”

“总要有人认领嘛。”

我还要给另外三个妓女打电话，桑妮、鲁比和玛丽·卢。我的笔记本上有她们的电话号码，但是我今天已经同婊子聊得够多了。我给钱斯的留言服务打电话，让他给我回电。这是周五晚上，也许他在广场花园观看两个男孩互殴，或者他只有在基德·巴斯科姆打拳击时才去？我拿出唐娜·坎皮恩的诗来重新读了一遍，眼前浮现的诗中所有的颜色都蒙上了一层鲜血，动脉喷涌的鲜血从鲜红变为铁锈色。我提醒自己唐娜写这首诗时金还活着，那为何我会在她的字里行间感觉到厄运来临的意味呢？她察觉到了什么吗？还是我自己无中生有？

她没有提到金头发的颜色，除非阳光算是填补了这方面的空白。我看见那些金色的发辫盘在她头上，想到了简·基恩的美杜莎。我不假思索地拿起电话，拨了个号码。我好久没打这个电话了，但记忆犹存，就像魔术师硬要把一张纸牌塞给别人那样。

电话铃响了四次，我刚准备挂电话时听见了她，声音低沉，有点上气不接下气。

我说，“简，是马修·斯卡德。”

“马修！不到一小时前我还想到了你。等我一分钟，我刚进门，让我脱下外套……你怎么样？真高兴听见你的声音。”

“我很好，你呢？”

“噢，过得很好，一天天地过。”

我们小小地寒暄一阵。“还去参加那些戒酒会吗？”

“嗯嗯，我刚开会回来。你怎么样？”

“还不错。”

“那就好。”

今天是周几？周五？周三，周四，周五。“我有三天没喝了，”我说。

“马修，那太好了！”

有什么好？“是啊，”我说。

“你去参加戒酒会了吗?”

“算是参加了吧，我还不能肯定是否准备好了。”

我们聊了一会儿。她说也许哪天在某个会上碰见，我说有可能。她差不多有六个月没喝酒，已经演讲过几次了。我说什么时候听听她的故事会很有意思。她说，“听故事? 天哪，你就在故事里面。”

她刚刚重拾雕塑。她开始戒酒以后把它搁置了，很难让泥土听她使唤，但她还是继续工作，试着逐渐调整，首先保持头脑清醒，让生活的其他方面自己慢慢恢复。

我怎么样? 嗯，我说，我手头有个案子，在帮个熟人调查一件事情。我没有详细讲，她也没有追问。谈话慢了下来，有几次停顿，我说，“嗯，我只是想打个电话，问声好。”

“我很高兴你打了电话，马修。”

“也许哪天我们会碰上。”

“那就太好了。”

我挂上电话，想起在她位于里斯彭那德大街的阁楼上一起喝酒的情景，酒在我们的血液里发挥魔力，我们变得温暖亲昵，那是多么甜蜜美好的夜晚啊。

在戒酒会上你总听见人们说，“我不喝酒时最糟糕的日子也好过醉酒时最好的日子。”大家都像波多黎各人放在车窗前的塑料玩具狗一样点头。我想起那晚同简在一起，再看看我自己牢房一般的小房间，想弄明白究竟为何那一晚比其他夜晚都好。

我看看表，酒类专卖店都关门了，但是酒吧还会继续营业几个小时。

我呆着没动。外面有警车拉着警报驶过，声音逐渐消失，时间一分钟一分钟地过去，我的电话铃响了。

是钱斯。“你在干活，”他称赞说。“有人向我报告了。女孩合作得不错吧？”

“她们表现很好。”

“有点着落吗？”

“很难说。一点点发现线索，也不知道是否能拼凑在一起。你从金的房间里拿了什么？”

“只拿了点钱。为什么？”

“有多少？”

“几百元。她把钱放在梳妆台抽屉里，不是秘密藏钱的地方，就是她平时放钱的地方。我四处翻了一下想看看她是否有些私房钱藏在什么地方，但是什么都没有。你没有找到任何存折或者保险箱的钥匙吧？”

“没有。”

“或者钱？反正谁找到归谁，我只是问问。”

"没有钱。你就拿了这些吗？"

"还有一幅我同她在夜总会的合影。想不出有什么理由要把它留给警察。为啥问？"

"只是想知道。你在警察抓你之前就去过了吗？"

"他们没有抓我，是我自己送上门去的。是的，我先去的，至少是在他们去之前，要不那几百块钱也留不住了。"

也许，也许不。我说，"你拿走了猫吗？"

"猫？"

"她有只小黑猫。"

"对，她有的。我根本没想到小猫，没有，我没拿猫。如果我想到的话，就会放点猫粮在外面。为什么，猫不在了吗？"

我说是的，猫砂盆也不在了。我问他去公寓时小猫是否在，可是他不知道，他没注意到有猫，也根本没有找猫。

"你知道，我动作很快，五分钟进出的时间，小猫就算在我脚边蹭，我也不会注意。那有啥关系，又不是猫咪杀了她。"

"不是。"

"你不会以为她把小猫带到酒店去了，对吧？"

"她干啥要那样？"

"我也不知道，伙计。不知道我们干啥要谈论一只小猫。"

"肯定有人拿了猫，除了你以外，肯定还有人在她死后去了她家，把猫带走了。”

“你肯定今天小猫不在吗？小动物看见陌生人来会害怕，会躲起来。”

“猫咪不在那。”

“也许警察来时它跑了，门一打开，小猫跑了出去，再见了，猫咪。”

“我从来没听说过小猫还会自带猫砂盆跑路的。”

“也许邻居拿了，听见猫叫，不想让它饿着。”

“邻居有钥匙吗？”

“有些人会同邻居交换钥匙，怕万一被锁在外面。要不就是邻居问门房要了钥匙。”

“可能的确如此。”

“肯定是。”

“我明天去问问邻居。”

他轻轻吹了声口哨。“你追查每一件东西，对吧？连猫咪这样的小东西也不放过，就像狗看见骨头一样。”

“活就是这么干的，屁跑敲。”

“什么意思？”

“去跑腿敲门，”我说，拼写给他看。“是‘屁颠屁颠地跑腿，一家家敲门’的缩写。”

“噢，我喜欢这个，再说一遍?”

我又说了一遍。

“‘屁颠屁颠地跑腿，一家家敲门。’我喜欢。”

第十八章

周六是敲门的好机会，一般都是这样，因为比平时有更多人在家。这个周六天气不好，不会吸引大家出门。阴沉沉的天上下着小雨，冷风扑面，夹带着雨。

纽约的风有时很奇怪，高楼似乎切断了风，放了个螺旋桨在里面，就像英国人打台球，风在不同的街区朝不同的方向乱吹乱撞。那个上午和下午，风似乎总是迎面吹过来，我转过街角，风也跟着我转弯，总是扑面而来，把一阵阵雨浇在我身上。有时我觉得风让我振奋，有时我又拱肩缩背，诅咒这风这雨，骂我自己不该在风雨里面跑。

第一站是金的住所。我对门卫点点头，手上握着钥匙走过他身边。我过去没见过他，相信他也同样不认识我，但他没有质疑我是否有权来这里。我乘电梯上了楼，开门进了金的公寓。

也许我想确定猫咪仍旧不在，否则我没有别的理由要进门。

至少在我看来，公寓还像我上次离开时一个样，我哪里都找不到小猫和猫砂盆。我一边想着，一边查看了厨房。橱柜里没有罐头猫粮或盒装猫粮，没有一袋袋的猫砂，没有给猫咪用的防泼洒猫粮碗。我在公寓里闻不到任何猫的气味，开始怀疑是否我自己关于猫咪的记忆有误。然后，我在冰箱里发现了半罐"猫咪穿靴"牌猫粮，用个塑料盖子盖着。

怎么样？我想，伟大的侦探终于找到了一条线索。

不久之后，伟大的侦探还找到了一只猫咪。我在过道里走来走去，敲敲别的房门，并非所有人都在家，管他是否下雨的星期六。有人在家的三户邻居根本不知道金养过一只猫，更别说知道它如今在哪里。

我敲开的第四家门属于一位名叫爱丽丝·西姆金斯的小个子妇女，她五十来岁，说话很警觉，直到我提起金的猫咪。

"哦，豹子，"她说，"你来找豹子，我知道会有人来找的。进来好吗？"

她让我在一张软垫椅子上坐下，端来一杯咖啡，抱歉说屋里堆满了家具。她告诉我她丈夫去世了，她从郊区的房子搬来这个公寓居住，已经处理掉了很多东西，但不该留下太多家具。

"这里就像个障碍赛场地一样，"她说，"我又不是刚搬进来，我在这里都住了差不多两年了，但是反正又不真着急，所以就天天拖啊拖的。”

她从邻居那里听说了金的死讯，第二天早上在办公室坐在桌前时，想到了金的猫咪。谁来喂它呢？谁来照看它呢？

“我等到吃午饭的时间，”她说，“因为我觉得自己并没有疯到会上班时跑出办公室，唯恐一只猫咪多挨一个小时的饿。我喂了猫，清理了猫砂盆，换了水。晚上从办公室回来后，又去看了看猫，显然没有人来照看它。晚上我一直想着这可怜的小东西，第二天早上我去喂它时，决定还不如让它暂时在我这呆着。”她笑了。“它似乎适应了。你觉得它会想她吗？”

“我不知道。”

“我觉得它也不会想我，但是我会想它的。我从来没养过猫，几年前我们养过狗。我不会想养只狗，城里不行，但猫似乎没有任何麻烦。豹子的爪子已经拔掉了，不会抓坏家具，虽然有些家具我倒希望它能抓抓，这样我就不得不处理掉它们了。”她轻轻地笑了。“恐怕我把她公寓所有的猫粮都拿走了，我可以都拿来给你看。豹子现在躲在什么地方，但是肯定能找到它。”

我告诉她我不是来找猫的，她愿意的话可以留着猫咪。她很惊讶，但显然松了口气。但是如果我不是来找猫的，那我来干什么呢？我简单解释了一下我的工作，她思忖着我的话，我问她怎么进的金的家。

“哦，我有钥匙。几个月前我给了她一把我家的钥匙，我出城去，想要她帮我浇花，我回来不久，她就给我一把她的钥匙。我不记得为什么了，是想让我喂豹子吗？我真的不记得了。你觉得我可以给它改个名字吗？”

“您说什么？”

“我不大喜欢猫的这个名字，但不知道改个名是否合适。我不相信它认得这个名字，它只认得电动开罐器的嗡嗡声，宣布开饭了。”她笑了。“T. S. 艾略特写过，每只猫都有个秘密名字，只有猫自己知道。所以我猜无论我叫它什么名字，它其实都无所谓。”

我把话题转向金，问她俩关系有多亲密。

“不知道我们是否算朋友，”她说，“我们是邻居，好邻居，我有她家的钥匙，但我不能肯定我们是否算朋友。”

“你知道她是妓女吗？”

“我想我是知道的。一开始我以为她是模特儿，她有那种相貌。”

“是啊。”

“但是后来我慢慢地猜到她真正的职业是什么，她从来不提，我想大概正是因为她不谈自己的工作，我才会去猜她是干啥的。然后还有个黑人经常来看她，后来不知怎么的我就猜出他是给她拉皮条的。”

“她有男朋友吗，西姆金斯太太？”

“除了那个黑人以外？”她想了想，她正想着，一条黑带子从地毯上闪过，跳上了沙发，又跳了一下，不见了。“你看见了吗？”她说，“它根本不像只豹子。我不知道它像什么，但就是不像豹子。你刚才问她是否有男朋友？”

“对的。”

“我正这么想，她肯定有什么秘密计划，因为上次我们聊天时她暗示过……她要搬走了，生活会变得更好。当时我还以为她是在做白日梦。”

“为什么？”

“因为我以为她的意思是她会同那个皮条客跑去看夕阳，最后皆大欢喜白头偕老，只不过她不会对我直说，因为她从来没有老老实实告诉过我她有个拉皮条的，她是个妓女。我知道拉皮条的会告诉一个女孩说其他女孩都不重要，等存够了钱就一起离开，在澳大利亚买个牧羊场，或者这一类不着边际的事情。”

我想到了莫顿街的弗兰·谢克特，她相信自己同钱斯上辈子就有缘分，接下来有无数个生命轮回等待着他们。

“她准备离开皮条客，”我说。

“为了别的男人？”

“我就是想了解这件事情。”

她从来没见过金同哪个特定的人在一起，从来没注意过那些上她家来的男人。反正这些人晚上很少来，她解释说，她自己白天又在上班。

“我以为她自己买的裘皮外套，”她说，“她非常自豪，好像有人给她买似的，但是我以为她有点不好意思，因为不得不自己买衣服，所以想要隐瞒。我打赌她肯定有个男朋友，看她炫耀那件外套的劲头，好像那是男人送的礼物，但她没有明着这么说。”

“因为是秘密的关系。”

“是的。她很自豪有这裘皮外套，很自豪有那些珠宝。你说她要离开拉皮条的，是因为这个才被杀吗？”

“我不知道。”

“我尽量不去想她是被杀的，也不想她怎么被杀，为什么被杀。你是否读过一本书叫作《沃特希普荒原》？”我没读过。“书中有一群半驯化的兔子，那里食物很充足，因为有人会给兔子投食，差不多像兔子天堂似的，只不过喂它们的人会时不时弄些圈套，抓些兔子大吃一顿。那些活下来的兔子从来不提圈套的事情，也从来不提那些被杀的兔子。它们心照不宣地假装圈套压根不存在，它们死去的同伴也从来没有存在过。”她说话时看着旁边，现在眼睛落在我身上。“你知道吗？我觉得纽约人就像这些兔子一样。我们住在这里，因为这个城市为我们提供文化、就业机会这一类东西。等这个城市杀死我们的朋友和邻居时，我们视而不见。哦，我们会读到那些事情，会谈论个一两天，然后眨眨眼就忘记了，否则我们就必须做点什么，但是我们无计可施，要不就得搬走，但是我们又不想搬走。我们就像那些兔子，对吧？”

我留下了电话号码，告诉她想起任何事情都可以打电话，她说好。我乘电梯去大厅，但是到了大厅后，我呆在电梯里，又重新回到第十二层。我找到了那只黑猫，但这并不意味着再去敲几家门就是浪费时间。

但我的确是在浪费时间。我同六七个人谈了话，可什么都没了解到，只知道他们和金都互不搭界，有个人甚至都不知道有邻居被杀了。其他人知道这件事情，但知道得不多。

等我把门都敲完了之后，发现自己又来到金的公寓门口，手上拿着钥匙。为什么？因为壁橱里那五分之一加仑“野火鸡”吗？

我把她的钥匙放在口袋里，走了出去。

戒酒会日期安排表显示离金的住处几个街区之外有个中午的会议，我走进去时，演讲者刚说完，乍一看，我还以为她是简，再看一眼，发现并不真像。我倒杯咖啡，在后面找了个位子坐下。

房间里坐满了人，烟雾腾腾。讨论似乎集中在该项目的精神层面，我不大清楚那到底是什么，听见的话也都没有让我明白。

但是有个家伙的发言还不错，他是大高个，喉咙像掺满了沙子。“我到这里来挽救自己的身体，”他说，“结果发现身体同灵魂相关。”

如果周六是敲门的好日子，那去拜访妓女也同样是好日子。周六下午嫖妓并非闻所未闻，但毕竟不多见。

我吃了点中餐，然后乘莱辛顿大道地铁线去上城。车厢里人不多，我正对面坐着个黑小子，身穿粗呢夹克，厚底靴，抽着烟。我想起同德金的谈话，想叫那小子把烟灭了。

天哪，我想，少管闲事，让他去吧。

我在六十八街下车，朝北走了一个街区，朝东走了两个街区，鲁比·李和玛丽·卢·巴克分别住在对街的两幢公寓楼里。鲁比在西南角，我先去她家，因为先走到这里。门卫通过对讲机通知我来了，我同个花店送花的伙计一起乘电梯上去。他抱着一大捧鲜花，电梯里充满了花香。

我一敲门，鲁比就打开了门，冷静地笑着，带我进屋。房间装修简单，但很有情调。家具很新潮，中性，但是其他物件给这地方一种东方情调——中国地毯，一组装在黑色漆器画框中的日本版画，一个竹制屏风。这些还不足以使这个地方充满异国情调，但是鲁比自己就异国风味十足。

她个子很高，虽然还没有金那么高。她身材窈窕，穿一件黑色丝质上衣，裙子开衩很高，走动时露出一点大腿，更衬托出身姿婀娜。她让我坐在椅子上，问我喝什么，我不由自主地说要茶。她笑了笑，端着两杯茶回来。我注意到是立顿茶，天知道我指望会是什么茶。

他父亲有一半法国血统，一半塞内加尔血统，母亲是华人。她出生在香港，在澳门住过一段时间，然后经巴黎和伦敦来到美国。她没告诉我年龄，我没问，也猜不出来。她可能二十岁或四十五岁，或这中间的任何年龄。

她同金见过一次面。她并不知道金任何事情，对其他女孩也都不怎么熟悉。她自己同钱斯在一起有段时间了，觉得他们之间的安排很妥当。

她不知道金是否有男朋友。为什么一个女人要同两个男人牵扯在一起？那她岂不是要给两个男人钱？

我说金同男友可能是另外一种关系，他可能会送她礼物。她似乎对这个想法有点不解，我是指一个顾客吗？我说那也有可能。但顾客并不是男友，她说。顾客只是一连串男人中的一个，你怎么可能对一个顾客有任何感情呢？

街对面，玛丽·卢给我倒了一杯可乐，摆出一盘奶酪和饼干。“这么说你见过龙女士了，”她说，“印象深刻，对吧？”

“这还是比较低调的说法。”

“三个种族混血造就了一位超群出众的女人。但是叫人吃惊的是，你打开门，却没人在家。你过来一下。”

我走到窗旁她的身边，朝她指的方向看去。

“那是她的窗户，”她说，“你可以从这里看见她的家，你会以为我们是很好的朋友，对吧？猜我们会串个门，借杯糖或者抱怨经前紧张什么的，对吧？”

“但事实并不是这样？”

“她总是彬彬有礼，但永远心不在焉，这女人就是同人不搭界。我认识很多去过那里的嫖客，也介绍过很多生意给她。例如有的家伙会说他对东方女孩有幻想，或者我会干脆告诉某人我认识个女孩，他可能会喜欢。你知道吗，这是世上最安全的事情，他们会很感激，因为她长得很美，有异国情调，我猜她对如何滚床单也很在行，可他们几乎从不再回去，他们去一次，很高兴去过了，但是不会再去。他们会把她的电话号码给其他朋友，但自己不会再打电话。我肯定她很忙，可是我打赌她不懂一个固定的嫖客是啥样，我打赌她从来就没有过。”

她是个身材纤细的女人，黑发，比一般人高些，五官端正，一口整齐的牙齿，头发梳在后面盘成一个“髻”，我猜这是她们的叫法。她戴着金属边框眼镜，镜片淡琥珀色。发式和眼镜加在一起给她一种很严肃的感觉，她并非没有意识到这种效果。“等我摘下眼镜，放下头发，”后来她说，“看上去就会温柔许多，远远没有那么令人畏惧。当然，有些嫖客就是想要看上去令人畏惧的女人。”

关于金，她说，“我不怎么了解她，我对她们都不怎么了解。好一个团队！桑妮是好脾气的派对女孩，她觉得当个妓女地位突然上升了很多。鲁比有点像成人患了自闭症，对别人漠不关心。我肯定她藏着私房钱，总有一天会回澳门或者塞得港，开家鸦片馆。钱斯大概知道她藏私房钱，也很明智地不去管她。”

她把一块奶酪放在饼干上递给我，自己也拿了点，喝着红酒。“弗兰是《奇妙小镇》[1] 里出来的迷人傻妞，我叫她乡下白痴。她自欺欺人简直达到艺术高度了，肯定要抽一吨大麻才能维持自己营造的幻觉。再来点可乐?”

“不了，谢谢。”

---

① 《奇妙小镇》(*Wonderful Town*)，一出音乐剧。

“你确定不想来杯红葡萄酒吗？或者酒精度数更高的什么东西？”

我摇摇头。收音机里播放着舒缓的背景音乐，是某个古典音乐电台。玛丽·卢拿掉眼镜，呼了一口气，用张纸巾擦着镜片。

“至于唐娜，”她说，“她是婊子队伍里的埃德娜·文森特·米莱[①]，我觉得诗歌对她的作用同大麻对弗兰的作用是一样的。她写一手好诗，你知道的。”

我身边带着唐娜的诗，把它拿给玛丽·卢看。她读这几行诗的时候，额头上出现了直直的皱纹。

“还没写完，”我说，“她还需要再润色。”

“我不懂诗人如何知道什么时候算写完了，绘画也是一样。他们怎么知道什么时候该停下来呢？这让我感到困惑。这首诗是关于金的吗？”

“是的。”

“我不懂诗的意思，但这里肯定有些什么，她的确想表达些什么。”她想了一会儿，脑袋像只鸟儿那样歪着。她说，“我大概以为金是婊子的典型，是来自中西部北边冷若冰霜的金发美女，

① 埃德娜·文森特·米莱（Edna St. Vincent Millay，1892－1950），美国著名女诗人，曾获普利策奖。

就是天生该挽着个黑人皮条客过一辈子的那种女人。”

“为什么不呢?”

“不完全肯定。我感到震惊，但并不觉得意外，我大概本来就觉得她不会有好下场，会暴毙。不一定会被谋杀，但会是生活的某种牺牲品，例如自杀什么的，或者是被毒品加酒精这样不敬鬼神的生活方式害死。并非她喝得太多，或吸毒，就我所知。大概我想到的是自杀，但是谋杀也一样，对吧?让她从生活中消失。因为我想不出她怎么能就一直这么混下去，等那种吃玉米长大的天真劲儿从她身上消失，她就没办法对付了。我也想不出她能找到什么出路。”

“她想离开。她告诉钱斯她要离开。”

“你确实知道吗?”

“是的。”

“他什么反应?”

“他说随她自己做决定。”

“就这样?”

“显然如此。”

“然后她就被杀了，有什么关系吗?”

“我觉得应该有关系。我认为她有个男友，男友就有关系。我认为金就是为了他才想离开钱斯，而且他也是金被杀的原因。”

“可你不知道他是谁。”

“不知道。”

“有线索吗?”

“现在还没有。”

“嗯，我没办法帮到你。我不记得最后一次见她是什么时候了，我也不记得见过她眼睛因为真爱而闪闪发亮。但是这也合情合理，是一个男人让她这样，她可能的确需要另一个男人来把她弄出去。”

然后她开始告诉我她自己是怎么进入这一行的，我没想过要问她，但也不得不听她说。

在索霍区西百老汇大街一个画廊的开幕式上，有人把钱斯指给她看，当时他同唐娜在一起，把他指给玛丽·卢看的那人说他是皮条客。她多喝了一两杯现场提供的廉价葡萄酒，胆子大了起来，走上前去自我介绍，说要写一篇关于他的报道。

她算不上作家，当时她同一个在华尔街做些蹊跷买卖的人住在西九十四街。那人离了婚，还有点爱着前妻，他的几个熊孩子每到周末就过来，结果两人不了了之。玛丽·卢做点自由编辑，兼职一份校对工作，在一份女权主义月报上发表过几篇文章。

钱斯同她见面，请她吃饭，结果变成了他盘问她。她在喝鸡尾酒时意识到自己想同他上床，冲动更多源自好奇而非性欲。饭还没吃完，他就建议她别写那表面文章，要就来真的，写个妓女生涯内部真实报道。他说她显然入了迷，既然入迷，何不趁机做趟一股脑儿的买卖，干它几个月，看接下来会有什么结果。

她把他的建议当作开玩笑。饭后他送她回家，并没有同她调情，对她的投怀送抱视而不见。接下来几个星期，她老想着他的提议，她自己生活中的一切似乎都不如意。她同别人的关系已经走到了尽头，有时觉得自己仍旧同情人呆在一起，是因为懒得出去找地方住而已。她的事业已经走入死胡同，没有令人满意之处，挣的钱也不够生活。

"写本书，"她说，"写本书突然变得无比重要。莫泊桑从太平间弄了点人肉吃下去，为了准确地描述人肉的味道，难道我不能做一个月的应召女郎，写本有关这个题材的最佳作品么?"

一旦她接受了钱斯的建议，一切都有人安排好。钱斯让她搬出西九十四街的住所，把她安置在现在的地方。他带她出门，炫耀她，带她上床，在床上教她该怎么做，她觉得十分新奇和兴奋。她经历过的其他男人在这方面总是默不作声，指望你知道他们心里想什么。她说，连嫖客也不大愿意说自己想要什么。

开头几个月她还老想着自己是在为写本书做研究，每次有嫖客离开后，她都做笔记，写下自己的印象。她写日记，与自己做的事情和当前的身份保持距离，采用记者的客观态度，就像唐娜用诗歌和弗兰用大麻一样。

当她意识到卖淫本身就是目的时，经历了一阵情感危机。她过去从没想过自杀的问题，但现在却有一个星期徘徊在自杀的边缘。卖淫这件事并不意味着她该给自己贴上婊子的标签，这是她暂时做的事情，写书虽然只是她从事这一行的借口，但是说不定哪天她真会想写本书。反正也没啥关系，她的日子过得挺愉快，唯一让她不安的是她想象自己会一辈子这样下去。但那是不可能的，等时机到来，她会毫不费力地离开，就像当初随随便便就进入这一行那样。

“所以我就是这样保持冷静的，马修。我不是妓女，我只是‘干妓女这一行’。你知道，别人还有更糟糕的生活几年的方式。”

“那是肯定的。”

“我现在有很多时间，很多物质享受，读很多书，看电影，逛博物馆，钱斯喜欢带我去音乐会。你知道盲人摸象的故事吗？一个盲人抓住尾巴，以为大象长得像条蛇，另外一个摸到大象的身体，以为它像堵墙。”

“那又怎样呢？”

“我觉得钱斯就是大象，他的女孩是盲人。我们每人都看见不同的人。”

“你们家里都有非洲雕塑。”

她的是个约三十英寸高的雕像，小小一个人手里抱着一捆枝条，脸和手由蓝红两色珠子编成，身体其他部分覆盖着小贝壳。

“我家的守护神，”她说，“这是喀麦隆巴图姆人的祖先，是宝贝[①]贝壳。全世界的原始社会都用宝贝贝壳做交换货币，那是部落社会的瑞士法郎。你看见它的形状吗?”

我走过去看了看。

“像女阴，”她说，“所以男人自然而然就用它买和卖。你还要点奶酪吗?”

“不，谢谢。”

“再来杯可乐?”

“不。”

“嗯，”她说，“如果你还需要什么，尽管告诉我。”

---

① 宝贝（cowry）是一种腹足动物，壳光滑明亮，生长于暖海中。

第十九章

我离开她那幢楼时，一辆出租恰好停在楼前让客人下车。我上了车，告诉司机旅馆的地址。

司机那一侧挡风玻璃上的雨刷坏了，他是白人，可贴在外面行驶许可证上的照片却是个黑人。有个标识警告说，禁止抽烟，司机过敏。出租车里有股浓浓的大麻味。

“一个屁也看不见，”司机说。

我靠后坐着，舒舒服服地享受这段车程。

我在大厅里给钱斯打了电话，上楼去自己房间。大约十五分钟后他给我来电。“屁跑敲，”他说，“告诉你，我好喜欢这个词。今天敲了很多家门吗？”

“有几家。”

“然后呢？”

“她有个男朋友，给她买礼物，她炫耀给别人看。”

“给谁看？给我的女孩看？”

“不，正是这一点让我肯定她想保密。是她的邻居提到这些礼物。”

“结果是邻居拿了猫咪吗？”

“对的。”

“屁跑敲，果然有效果哈。你从一只丢失的猫咪开始，结果找到了一条线索。什么礼物？”

“裘皮和一些首饰。”

“裘皮，”他说，“你指的是那件兔皮外套？”

“她说是养殖貂皮。”

“染色兔皮，”他说，“我给她买的那件外套，带她去购物，付的现钱，那是去年冬天的事。邻居说是貂皮，去她的，我倒想卖给邻居几件这样的貂皮，给她个好价钱。”

“金说是貂皮。”

“对邻居说的？”

“对我说的。”我闭上眼睛，想象着她在阿姆斯特朗酒吧坐在我桌旁的情景。“说她穿着牛仔服到纽约来，现在穿上了貂皮，但是如果能回到从前，情愿用它换回牛仔服。”

他的笑声从电话线那头传过来。“染色兔皮，”他斩钉截铁地说。“可能比她下巴士时穿的那身破烂值钱，但不是一笔巨款，也不是什么男朋友给她买的，是我给她买的。”

“那么……”

“除非我是她所讲的男朋友。”

“我猜那也有可能。”

“你还说到首饰，她所有的首饰都是假的，伙计。你见过她珠宝盒里的首饰吗？没啥值钱的东西。”

“我知道。”

“假珍珠，高中纪念戒指，唯一的好东西是我给她的，也许你看到了那个手镯？”

“大概是象牙？”

“真正的象牙，老象牙，镶在黄金做的铰链和搭襻上。没多少金，但金子就是金子，你知道。”

“你给她买的？”

“花了一百美元。在店里要卖三百，也许更多，如果你想找到这种好东西的话。”

“是偷来的？”

“反正我没发票，卖给我的那个家伙从来没说过是偷来的，只说要卖一百美元。我去拿照片的时候应该把它也拿走的。你看，我喜欢才买的，然后给了她，因为我没办法戴，我觉得在她手腕上会挺好看，也的确如此。你还是以为她有个男朋友吗？”

“我想是的。”

“你听上去没那么肯定了，要不就是你听上去累了，你累了吗？”

“是的。”

“敲了太多门。这个男朋友除了买那些根本不存在的礼物之外，还会做什么？”

“他会照应她。”

“嗯，去他的，”他说，“是我在照应她，伙计，我不就是成天在照应那个女孩吗？”

我在床上躺下来，穿着衣服就睡着了。我敲了太多的门，同太多的人聊过，本来我还要去见桑妮·亨德里克斯，我给她打电话说会去找她，但是却睡了个午觉。我梦见血，有个女人在喊叫，我满身大汗地醒来，嘴里有股金属味。

我冲了澡，换了衣服。我核对了一下笔记本里桑妮的号码，在大厅里拨了电话，但没人接。

我觉得松了口气，看看手表，朝圣保罗教堂走去。

演讲者说话轻声细语，他有着男孩般的面孔，淡棕色的头发前面有点秃了，起先我还以为他可能是位牧师。

结果他是个杀人犯。他是同性恋，有天晚上喝得神志不清，用把菜刀捅了情人三四十下。他平静地说自己对这件事情记忆很淡，因为他一阵糊涂一阵清醒，手里拿着刀清醒过来，心里一阵惊恐，然后又沉入黑暗。他在阿提卡监狱坐了七年牢，出来后有三年没喝酒。

听他说话令人不安。我不能肯定自己对他的感觉是什么，我不知道他活着，出狱了，我该高兴还是沮丧。

休息时我去找吉姆聊天。也许这是我对发言的反应，也许我心里老想着金的死，但是我开始谈到所有的暴力，所有的罪行，所有的凶杀。“这让我很烦，”我说，“一拿起报纸就读到某个该死的事情，真烦。”

“你知道那个旋转木马歌谣吗?‘医生，我一动就疼。’‘那就别动!’”

“然后呢?”

“所以你就不要再拿起报纸。”我看他一眼。“我是当真的，”他说，“那些报道也让我烦，关于世界形势的报道也一样，好消息他们不会登在报上。有天我突然想到，要不就是别人提醒了我，并没有什么法律规定我必须读这些垃圾。”

“就是不去管它。”

“为何不?”

“这是鸵鸟的做法，对吧？眼不见为净?”

“也许，但是我的看法有点不同，我觉得没必要为自己无能为力的事情发疯。”

“我没办法忽略这种事情。”

“为什么不能?”

我想到了唐娜。“也许我同人类有关系。”

“我也一样，”他说，“我到这来，我听，我说，我不喝酒，我是这样同人类发生关系的。”

我又要了一些咖啡和几块曲奇饼干。讨论时，大家都忙着告诉演讲者他们有多么赞赏他的诚实。

老天，我可不这样想。我的目光移到墙上，他们在墙上挂着标语，写着一些警句，什么“简单生活”、“轻松应对”之类。像吸铁石一般牢牢吸引住我目光的标语则说“上帝的恩惠无所不在”。

我想，不，去你妈的，我喝醉酒神志不清时也没有变成杀人犯，别跟我谈什么上帝的恩惠。

等轮到我时，我什么都没说。

第二十章

丹尼男孩高高举着他那杯俄罗斯伏特加，这样就能看见光透过来。“纯净、清澄、精准，”他说，斟酌着用词，一字字地发音，“最好的伏特加就像刀片，马修，是熟练外科医生手中锋利的柳叶刀，不会割得毛毛糙糙。”

他把酒杯倾斜，吞下一盎司左右的纯净清澄。我们在普根酒吧，他穿着件带红色条纹的海军蓝西服，条纹在酒吧昏暗的灯光里几乎难以察觉。我喝加青柚的苏打水，后来再要饮料的时候，一位脸上长满雀斑的女侍者告诉我说这饮料名叫利克水。我觉得我点这款饮料时从来没说过这个名字。

丹尼男孩说，“再重复一下，她叫金·达基宁，对吧？金发高个子，二十来岁，住在默里山，两周前在银河酒店被杀。”

“不到两周。”

“对的。她是钱斯的女孩，有个男朋友，你想找的是男朋友。”

“对。”

“不管谁给你提供线索，你都付钱是吗？给多少？”

我耸耸肩。“几美元吧。”

“就像一张账单似的？五百块？多少美元？”

我又耸耸肩。“我不知道，丹尼，要看信息本身，看它的来龙去脉。我没有百万美元在手上玩，但也不是不名一文。”

“你说她是钱斯的女孩。”

“对的。”

“两个多星期前你在找钱斯，马修。然后你带我去看拳击赛，就是为了让我给你指出他来。”

“对。”

“几天之后，你的金发大美女的照片就登在报上了。你找过她的皮条客，现在她死了，你又在找她的男朋友。”

“那又怎样呢？”

他喝完剩下的伏特加。“钱斯知道你在干啥吗？”

“他知道。”

“你同他谈过了？”

“谈过。”

“有趣。”他把空酒杯举起眯眼看着，毫无疑问是在查看纯净度和精确度。他说，“你的客户是谁？”

“这个保密。”

“真好笑，打探消息的人自己从来不愿意提供消息。没问题，我可以四下问问，在一些地方放放风声，你是想这样吗？”

“我是想这样。”

“你知道这个男朋友什么事情吗？”

“例如？”

“例如他是老还是年轻，精明还是老实，已婚还是单身？他是否走路上学，是否吃中饭？”

“他可能送过她礼物。”

“这缩小了范围。”

“我知道。”

“嗯，”他说，“我们只能试试了。”

的确是只能试试。会后我回到旅馆，发现有留言，让我打电话给桑妮，留下了先前我打过的电话号码。我从大厅的电话亭给她打电话，但没人接。她没有答录机吗？她们如今不是都有答录机吗？

我去了自己的房间，但没法待下去。我不累，睡午觉后已经不那么累了，开会时喝的那些咖啡让我很烦躁，坐立不安。我看了一遍笔记，再读了一遍唐娜的诗，突然想到我很可能在寻找别人早已知道的答案。

警察工作中常常会有这种情形。找出答案最容易的办法就是问知道答案的人，问题在于很难琢磨出谁是知情者，谁是掌握了答案的人。

金会同谁倾诉呢？不是同我聊过的那几个女孩，也不是她在三十七街的邻居，那么是谁呢？

桑妮？可能，但是桑妮没有接电话。我又试了一遍，通过旅馆总机拨的电话。

没人接。那就算了，我反正也不想在接下来的一小时内又去同个妓女一起喝姜汁啤酒。

他们一起做什么呢，金同她从未露面的朋友？如果他们所有时间都关着门滚床单，誓言永远相爱，却没有同任何旁人说过话，那可能会有些棘手。但是也许他们曾经一起出门，也许他曾经在某个圈子里炫耀过她，也许同别人谈到过她，别人又告诉了其他人，也许……

我呆在旅馆房间里是找不出答案的。去它的，今晚没那么糟糕，开会时雨就停了，风也小了些，该出去跑跑，坐几趟出租，花点钱。我还没把钱放进银行，或捐给穷人，或寄回在塞奥西特的家，那还不如花掉一些呢。

所以我现在就来花钱了。普根酒吧可能是我去的第九个地方，丹尼男孩贝尔可能是我聊过的第十五个人，有些地方我上次找钱斯时去过，有些没有去过。我试过格林威治村的餐厅，默里山和海龟湾的酒吧，还有第一大道的单身酒吧。离开普根酒吧后我还是这样逛着，时不时花点小钱坐个出租车，要杯饮料，一再重复同样的谈话。

没人知道任何事情。如果你这样像个傻瓜似的跑腿，那还是抱着希望的。说不定等你说完那套话，同你谈话的人会转过身去指着说，“就是他，这就是她的男朋友，角落里那个大个子。”

事情几乎从来不会这样。但是如果运气好，你说的话会被人传出去，虽然在这该死的城市可能有八百万人，可大家这样互相传话速度之快还是令人惊讶。如果我的方法对路，没多久这八百万人中就会有好些人知道那死去的妓女有位男朋友，有个叫斯卡德的人正在找他。

一连两个出租车司机都拒绝去哈莱姆。有法律规定他们必须去，如果一个规规矩矩的乘客要求去纽约五区的任何地方，司机都必须带他去。我懒得提什么法律条款，自己走一个街区去乘地铁还更容易些。

地铁站是区域站，站台萧条，售票员坐在防弹售票亭，锁着门。不知道她坐在里面是否感觉安全，纽约出租车有厚厚的塑料玻璃挡板保护司机，可是我扬招的出租车司机照样不愿意去上城，管他有没有挡板。

不久前有个售票员在这样的亭子里发作心脏病，心脏救护人员没法进入紧锁的亭子来救他，结果那个可怜虫就死在里面。但是，我想这种售票亭保护的人还是超过了害死的人。

当然，亭子没能保护A线地铁布罗德通道站的两位妇女。两个年轻人对告发他们不买票跳过闸口的售票员心怀不满，在灭火器里装满汽油喷在售票亭里，点了根火柴。售票亭爆炸，两个女子都烧焦了。又多了一种死法。

那是一年前登在报上的消息，当然没有法律规定我必须读报纸。

买好车票，车来了，我乘车去上城。我去了凯尔文·斯莫尔酒吧和莱辛顿大道上的几个地方，在一家牛排店遇见了罗亚尔·沃尔德伦，同他聊了聊，像同所有人一样。我在第一百二十五街上喝了杯咖啡，又走到圣尼古拉斯街，在喀麦隆俱乐部的吧台喝了杯姜汁啤酒。

玛丽·卢家的塑像就来自喀麦隆，是祖先的塑像，覆盖着宝贝贝壳。

我没有在酒吧看见熟悉到可以谈天的人。我看看手表，已经晚了，纽约酒吧星期六晚上提前一小时关门，三点而不是四点关门，我从来不明白为什么。也许可以让那些喝得太多的人多点时间清醒，第二天好去教堂。

我招呼酒保，向他打听晚打烊的酒吧，他只是朝我看看，面无表情。我不由自主地拍了他一下，说我在找金的男朋友的消息，虽然明知我不可能从他那里打听到什么，但至少我传递了消息。他会听见我说的话，我两边的人也会听见，他们都会告诉别人，就是这样起作用的。

“恐怕我帮不了你，”他说，“无论你在找什么，都不该找到上城这么远来。”

我猜这家伙跟着我出了酒吧，我没有注意，虽然我应该注意。你本来就应该注意这种事情。

我在街上走着，心里乱七八糟想着事情，从金的男朋友到杀死情人的那个演讲者，等我感觉到有人靠近，已经没有时间做出反应了。我刚要转身，他的手紧紧抓住了我的肩膀，把我推到巷子口上。

他直接冲着我来，他比我矮一两英寸，但是他那黑人健壮的个头弥补了这两英寸的不足。他大概十八、二十或二十二岁，留着两撇八字胡，一边脸上有道烧伤的疤痕。他身穿飞行员夹克衫，口袋带拉链，腿上套着紧绷绷的黑色牛仔裤，手里还拿把枪对着我。

他说，“你个混蛋，操你妈的混蛋，把钱给我，你个混蛋，钱拿出来，全都拿出来，不拿你就死定了，你个混蛋。”

我想，我为何不去银行呢？为何不留些钱在旅馆呢？天哪，这下米基的牙齿矫正不成了，圣保罗教堂也拿不到他们的十分之一了。

明天也活不成了。

“混账白人婊子养的，肮脏的混蛋。”

他会杀了我，我去口袋里掏钱包，盯着他的眼睛和他扣在扳机上的手指，心里很清楚这一点。他在铆足劲头，他吸饱了毒，不管我有多少钱，他都会觉得不够。他想的是弄一大票，超过两千美元，可是无论我有多少钱，我都死定了。

我们在一个宽约五英尺的小巷里，其实是两幢砖房之间的空隙。一盏街灯的光线照射进小巷，照亮我们四周十或十五英尺之外。地上的垃圾被雨水淋湿了，是些纸片、啤酒罐和破瓶子。

死在这里不错，这种死法也不错，一点都不稀奇，被个强盗枪杀了，街头犯罪，报尾某个版面里小小一段话。

我从口袋里掏出钱包。我说，“拿去吧，我的东西你都拿去吧，别客气，”心里知道这远远不够，知道无论是五美元还是五千，他都会杀了我。我把钱包递过去，手抖着，把钱包掉在地上。

“对不起，”我说，“真对不起，我来捡起来，”我弯下腰去捡钱包，希望他也会朝前弯下身来，猜他一定会。我弯下膝盖，并拢双脚，心想，现在！我猛地直起身来，头用力撞向他的下巴，同时拍了一下他的枪。

枪响了，在这封闭的空间声音震耳欲聋。我以为自己肯定被打中了，但却没有任何感觉。我抓住他又猛推了一下，死命撞他，他倒在身后的墙上，眼神呆滞，手里松松地握着枪，我踢了他手腕一下，枪飞了出去。

他离开墙，眼神杀气十足。我左手虚晃一下，右手击中他的肚子。他呻吟了一声，弯下腰来，我抓住这婊子养的，一只手扯住他的尼龙飞行夹克，另一只手揪住头发，迅速跨了三步，猛地把他往墙那边一拖，他的脸撞在墙上。我松开手，他像个被剪断绳子的木偶一样倒下来，趴在小巷的地上。

我的心怦怦跳着，好像一口气跑了十层楼，喘不过气来。我靠在砖墙上，大口喘气，等警察来。

根本没有人来。这里有打斗喧闹声，见鬼，有人放了一枪，但是没人来，也不会有人来。我看着这个如果有可能一定会杀了我的年轻人，他张大嘴躺在那，门牙从牙根折断，露在外面，鼻子撞平了，贴在脸上，鲜血直涌。

我检查了一下，肯定自己没有受伤。我知道有时你中了一枪，当时会没有感觉，震惊和肾上腺素会麻醉疼痛感。但是他没有打中我。我检查了身后的墙壁，在砖头上发现一个新的弹孔，子弹在墙上钻了个洞再反弹出去的。我琢磨了一阵我站的地方，估计他开枪时准星离我不太远。

现在该怎么办？

我找到钱包，把它放回口袋，又四下找寻，找到了那把枪，是把“点三二”口径左轮枪，一个弹膛里留着空弹壳，其他五个还有子弹。他拿这把枪杀过别人吗？他看上去很紧张，所以我可能是他本来会杀的第一个人。但是也许有人在扣动扳机前就是会紧张，就像有些演员上台前总是焦虑一样。

我跪下来搜查了他身上，他一个口袋里有把弹簧小折刀，袜子里还插了把刀。没有钱包，没有证件，但是裤子后袋里有厚厚一叠钞票。我扯掉橡皮筋，大致数了下，他有三百多美元。这婊子养的，他又不是要弄点钱去付房租或者买袋毒品。

我到底该拿他怎么办呢？

叫警察？交给他们？没证据、没证人，这会儿谁躺在地上，谁就是受害者，没啥足以上法庭的证据，甚至没有什么理由可以告他。他们会把他送去医院，治好他，甚至还会把钱还给他。没有办法证明钱是偷来的，没有办法证明钱不是他的。

他们不会把枪还给他，但是也不会控告他非法持枪罪，因为我无法证明他带着枪。

我把他这卷钞票放进自己口袋里，拿出先前放在口袋里的枪，把枪在手上掂了又掂，试着回想我最后一次碰枪是什么时候。好久了。

他躺在那里，一呼吸鼻子就直冒血泡，我蹲在他身旁。过了一会儿，我把枪塞进他打烂的嘴里，让手指在扳机上弯曲。

为什么不呢?

有什么阻止了我，并非害怕惩罚，我不怕现世或来世的惩罚，但我不能肯定是什么。似乎过了很长一段时间之后，我叹了口气，把枪从他嘴里拿出来。枪管沾上了血迹，在小巷柔和的灯光中闪着黄铜色的光。我把枪在他的夹克衫上擦了擦，放回我自己的口袋。

我想，操，操你妈，我该拿你怎么办?

我不能杀了他，不能把他交给警察。我该怎么办？就让他留在这?

然后呢?

我站起身来，突然感到一阵眩晕，差点摔一跤。我伸出手来扶住墙壁，过了一会儿眩晕才消失，我没事了。

我深吸了一口气，呼出来。我又弯下腰，抓住他的脚，把他朝小巷里拖了几步，拖到个一英尺高的窗台旁，那是某个装着防盗栅栏的地下室窗户的顶端窗框。我让他脸朝上横在小巷里，双脚放在窗台上，头顶在对面墙上。

我用尽力气踩在他的一个膝盖上，但是不管用。我必须跳起来再双脚踩下。我跳第一下时，他的左腿就像火柴那样折断了，但是我试了四次才弄断他的右腿。他一直没有知觉，只略微呻吟一两声，右腿断时才发出一声喊叫。

我踉跄了一下，单脚跪下，又站了起来。又是一阵眩晕，这次还伴随着恶心。我撑着墙，大口喘着气，眩晕消失了，也不再恶心，但我仍然上气不接下气，不停地颤抖。我伸出手来，看见手指在颤抖。过去从来不这样，我拿出钱包来掉在地上时装着颤抖，但是现在的颤抖却是当真的，我无法用力或用意志来控制它。我的手好像自有意志，就是想要颤抖。

内心的颤抖更糟糕。

我转身最后看了他一眼，又转身走过铺满垃圾的小巷，走到大街上。我仍然在颤抖，好像不会停下来似的。

嗯，有让颤抖停止的办法，既可以让手停止颤抖，也可以让内心停止颤抖。对付这种特殊疾病有特殊的疗法。

街对面红色的霓虹灯在对我招手，酒吧。

第二十一章

我没有走过街去。那个脸被打烂腿被折断的伙计不是这个街区唯一的强盗，我突然意识到我不想喝得醉醺醺时再碰见另一个强盗。

不，我必须回到自己的地盘去。我只要喝一杯就行，也许两杯，可我不能保证我只想喝两杯，也不能肯定一两杯酒对我会起到什么作用。

最安全的事情是先回我自己的街区，在酒吧喝一杯，最多两杯，然后带两瓶啤酒回自己房间。

但是并没有安全的喝酒方式。我不能，再也不能，难道我没有证明过这一点么？还要继续证明多少次呢？

那我该怎么办？颤抖到全身散架？不喝杯酒我没法入睡，不喝酒我坐都坐不住，老天在上。

嗯，去他妈的，我必须喝一杯，当药喝。随便哪个医生看我一眼都会开这个处方的。

随便哪个医生吗？罗斯福医院那个实习医生会怎么说？我能感到他的手放在我肩上，那强盗就是抓着这个地方把我推到小巷子里的。“看着我，听我说，你是个酒鬼，再喝就会死。”

我反正会死的，有八百万种死法呢。但是如果可以选择的话，我至少要死得离家近一些。

我走到路边。来了辆无证个体出租车，这是唯一会在哈莱姆区出现的车，靠近后慢了下来。司机是位中年西班牙裔妇女，鬈曲的红头发上戴着宽檐帽，她判断我看上去还行。我坐在后座上，关上门，告诉她带我去五十八街和第九大道。

去的路上我心乱如麻，手还在颤抖，虽然没有先前那么剧烈了，但是内心的颤抖还像先前一样糟糕。这趟车程似乎总也走不完，然后女司机突然问我想停在哪个街角，我告诉她停在阿姆斯特朗酒吧前。等到交通灯变绿，她驶过交叉路口，停在我告诉她的地方。她发现我没有动静，回过头来看是怎么回事。

我刚想起不能在阿姆斯特朗买酒喝，当然也许他们现在已经忘了吉米拒绝卖酒给我，但是也许他们没忘。想到走进去却遭遇人家拒绝为我服务的情景，我已经满肚子火气。不，去他妈的，我才不会走进他们那该死的大门。

那是我在金死后喝第一杯酒的地方，我拿起那杯酒之前，已经八天没喝酒了。我记得那杯酒，是早年时光，对的。

好笑的是，我总是记得喝过什么牌子的酒，都是一样的垃圾，但就是这种细节会留在记忆里。

不久前我在一个戒酒会上听人家说过同样的事情。

我现在有几天了？四天？我可以上楼去自己房间，强迫自己呆在那，等我醒过来，就开始第五天了。

但是我根本睡不着，我甚至没法呆在房间里。我尽管试，但是哪里都呆不下去，我现在的感觉就是没法呆着不动。只有自己七上八下的心境作伴，就是不行。如果我现在不喝酒，再过一小时也会去喝。

“先生，您没事吧？”

我看看这女人，从口袋里掏出钱包，找到张二十元钞票。“我想打个电话，”我说，“就去那个电话亭。你拿着这个，等着我，行吗？”

也许她拿了那二十元就开车跑了，我并不真的在乎。我走到街角，扔了十美分，站在那里听着拨号声。

现在打电话太晚了，什么时间了？两点多，这个时候打一般的问候电话太晚了。

见鬼，我可以去自己房间，只需待上一个小时就没事，到了三点酒吧就都关门了。

那又怎样呢？还有家食品店会卖给我啤酒，无论是否合法。五十一街还有家晚关门的酒吧，一直朝西走，在第十一大道和第十二大道之间。除非它现在不开张了；我很久没去过那里。

在金·达基宁的客厅壁橱里有一瓶“野火鸡”，我口袋里有她的钥匙。

这吓了我一大跳。酒就在那里，什么时候都拿得到，如果我去了，就不可能只喝一两杯就停下来。我会喝光那瓶酒，喝光了还有其他酒作伴。

我打通了电话。

她在睡觉。我从她接电话的声音里听得出来。

我说，“是马修，很抱歉这么晚打电话。”

“没关系。什么时间了？天哪，两点多了。”

“抱歉。”

“没关系。你还好吗，马修？”

“不好。”

“你喝了酒吗？”

“没有。”

“那你就还好。”

“我糟糕透了，”我说，“我给你打电话，因为这是我能想到让自己不喝酒的唯一办法。”

“你做得对。”

“我能过来吗?”

有一阵停顿。没关系，我想。算了，趁法雷尔还没关门之前赶快喝一杯就回旅馆。一开始就不该给她打电话的。

“马修，我不知道这是否好。你还是一小时一小时，如果有必要的话，一分钟一分钟地对付吧，你愿意的话只管给我打电话，吵醒我也没关系，但是……”

我说，“半小时前我几乎被杀死了，我把个伙计揍了一顿，把他两条腿弄断了。我双手直抖，这辈子都没这样抖过。唯一能让我感到对头的办法就是喝一杯，可是我害怕喝一杯，又好害怕我可能反正还是会去喝一杯。我想同别人在一起，找个人谈谈，这样可能就会容易对付过去，不过反正也可能还是不行，抱歉，我不该打电话的。我又不是你的责任，抱歉。”

“等等。”

“我还在呢。”

“在圣马可广场有个俱乐部，他们周末整晚都有会，时间安排上有的，我来帮你看看。”

“好吧。”

“你不会去的，对吧?”

“我没法在会上发言。算了，简，我没事。”

“你在哪里?”

“五十八街和第九大道。”

“你多久能到这里?”

我抬头看看阿姆斯特朗酒吧，我的无证出租车还停在那里。“我有辆出租车在等着，”我说。

“你还记得怎么到这里吗?”

“我记得。”

出租车把我送到简位于里斯彭那德的那幢六层大楼前，计价器已经差不多用完先前那二十元，我又给了她二十元，太多了，但我正心怀感激，觉得自己也可以慷慨一把。

我按了简的门铃，两下长三下短，然后走出去等在大门口，她会把钥匙扔下来给我。我乘电梯去五楼，走出电梯就是她的顶层房间门前。

“好快啊，”她说，“你真有辆出租车在等着。”

她已经穿好了衣服，穿着旧的李牌牛仔裤和一件法兰绒黑红格子衬衣。她是个有魅力的女人，丰满的中等身材更适合舒适生活而非快速运动。她有着心形脸庞，黑褐色头发掺杂了灰色，披在肩上，灰色大眼睛分得很开，脸上没有化妆。

她说，“我煮了咖啡。你不要放任何东西的，对吧?”

"放点波本酒就行。"

"正好没有了。你坐下，我去端咖啡。"

她端着咖啡回来时，我正站在她的美杜莎旁，用手指抚摸着头发蛇。"她的头发让我想起一个女孩，"我说，"她有一头金色发辫，但盘在头上，让我想起你的美杜莎。"

"谁?"

"一个被杀的女人。我不知该从哪里开始。"

"哪里都行，"她说。

我说了很久，省略很多地方，从一开始直到那天晚上的事情，翻来覆去地说。她不时起身去倒咖啡，等她回来，我又从停下的地方开始讲起，或者从别的地方开始讲起，似乎也没啥关系。

我说，"我把他打晕，搜查了他身上之后，不知道究竟该拿他怎么办。我没法让人把他抓起来，也不能忍受就这么让他离开。我想一枪结果他，但没办法下手，不知道为什么。如果我把他的头在墙上多撞两下，可能就弄死他了。说实话我会很高兴，但是他躺在那里人事不知，我又没法子一枪打死他。"

"当然不行。"

"但我也不能就让他这样躺着，我不想让他再满街乱窜，他回去弄把枪又从头来过。所以我弄断了他的腿。最终骨头还是会长回去，他可以重操旧业，但是这阵子他没法上街了。”我耸耸肩，“这没什么意思，可我想不出还能怎么办。”

“最重要的是你没喝酒。”

“这是最重要的吗？”

“我想是的。”

“我几乎就喝了。如果我是在自己的街区，或者如果没有找到你。上帝知道我多么想喝，我现在还想喝。”

“但是你不会去喝。”

“不。”

“你有辅导员吗，马修？”

“没有。”

“你应该有，帮助很大。”

“为什么？”

“嗯，你可以随时给辅导员打电话，随便谈什么都可以。”

“你有吗？”

她点点头，“我同你说完话后，就给她打了电话。”

“为什么？”

“因为我很紧张，同她谈谈能让我平静下来，再说我也想知道她会说什么。”

"她说什么呢?"

"她说我不应该让你过来。"她笑了。"幸好你已经在路上了。"

"她还说了什么?"

灰色的大眼睛避开了我的视线。"说我不能同你睡觉。"

"她为什么要说这个?"

"因为第一年同人谈情说爱不好,因为同刚刚戒酒的人搞在一起很糟糕。"

"天哪,"我说,"我过来是因为我紧张得不知该怎么办才好,不是因为欲火中烧。"

"这个我知道。"

"你辅导员说啥你就做啥吗?"

"尽量吧。"

"谁是这位上帝在人间的代言人?"

"只是个女人。她同我一样大,实际上还小个一两岁,但是她有六年没喝酒了。"

"好久了。"

"我觉得好久了。"她拿起杯子,看见空了,又放了下来。"难道你没有谁可以请求做辅导员吗?"

"是这样的吗?你必须请求某人?"

“是的。”

“那如果我请求你呢？”

她摇摇头。“首先你需要一位男性辅导员，其次我戒酒时间还不够长。第三，我们是朋友。”

“辅导员不应该是朋友吗？”

“不是那样的朋友，只是戒酒的朋友。第四，应该是住在你家附近的人，这样你就可以经常联系。”

我不情愿地想到了吉姆。“有个我时常会聊聊的人。”

“重要的是必须找一个你能聊的人。”

“我不知是否能同他聊，我觉得可以。”

“你尊敬他的清醒状态吗？”

“我不知道这什么意思。”

“嗯，你是否……”

“今天晚上我告诉他报上的消息让我恼火，街上所有的罪行，人们彼此伤害，简，这让我烦躁不安。”

“我知道的。”

“他告诉我不要看报纸。你为什么要笑？”

“都是些套话。”

“人们尽说些废话。‘我失业了，我妈癌症要死了，我鼻子要动手术切除了，’但是我今天没喝酒，所以我赢了。”

“听上去的确如此，对吧?”

“有时候。什么事情这么好笑?”

“‘我鼻子要切除了。’切除鼻子?”

“别笑，”我说，“这是严肃的问题。”

过了一会儿，她告诉我她家附近戒酒会一位成员的儿子被车压死，司机逃跑了。这人去参加戒酒会，谈论这件事，从戒酒会成员那里获得力量，显然这对所有人都有启发意义。他一直没喝酒，因为头脑清醒而足以应对这种情形，让家庭其他成员振作起来，与此同时也能完全感受自己的痛苦。

我不懂究竟为啥能够完全感受自己的痛苦是件了不起的事情，然后我回想起几年前我的一颗子弹打偏之后又反弹，致命伤害了一位名叫埃斯特利塔·里韦拉的六岁女孩，我琢磨着如果接下来我保持头脑清醒，那会是什么情形？我对付沮丧情绪的办法就是借酒浇愁，当时那似乎的确是个好办法。

也许不是。也许没有捷径，不能绕弯，也许你就必须熬着。

我说，“在纽约你不担心会被汽车撞上，但也时有发生，像其他地方一样。他们抓住了肇事司机吗?”

“没有。”

“他很可能喝醉了，一般都是这样。”

“也许他喝醉了神志不清，也许第二天他清醒过来后压根不知道自己做了什么。”

“老天，”我说，想到那天晚上的演讲者，那个用刀杀死了情人的人。“翡翠城有八百万种死法。”

“光秃秃的城。”

“我不是说过吗？”

“你说的是翡翠城。”

“我说过吗？我从哪里知道的？”

“《绿野仙踪》，记得吗？多萝西和托托在堪萨斯城？朱迪·加兰走进彩虹？”

“我当然记得。”

“‘沿着黄砖铺设的道路，’走到翡翠城，了不起的魔法师住在那里。”

“我记得，稻草人、铁皮人、怯懦的狮子，我全都记得，但是翡翠是从哪里来的呢？”

“你是个醉鬼，”她说，“你少了几个脑细胞，就这么回事。”

我点点头。“一定是的，”我说。

我们睡觉时天快要亮了。我睡在沙发上，裹着两条床单。一开始我还以为自己睡不着，但是疲倦像浪涛，一下就淹没了我，我听之任之，随它带我去哪里。

我不知道它带我去了哪，因为我睡得像个死人，即使做了梦，那也不记得。我醒来时闻到煮咖啡和煎培根的香味，冲了澡，用她给我放好的简易剃刀刮了脸，穿上衣服，同她一起坐在厨房的松木桌旁。我喝橘子汁同咖啡，吃炒鸡蛋、培根、全麦松饼抹桃酱，我不记得我什么时候曾经如此食欲大增。

她告诉我东面几个街区之外有个小组星期日下午有会，那是她定期参加的，我想同她一起去吗？

“我应该干点活，”我说。

“星期天？”

“那有什么区别？”

“你星期天下午真能做得成什么事情吗？”

从一开始到现在我都没有真正做成任何事情，今天能做啥呢？

我拿出笔记本，拨了桑妮的电话，没人接听。我打电话回旅馆，没有桑妮的消息，也没有丹尼男孩或者我昨天晚上见过的任何其他人的消息。嗯，反正丹尼男孩这时候还在睡觉，其他人大概也大多在睡觉。

有留言让给钱斯打电话，我开始拨他的号码，然后又停了下来。如果简要去开会，我不想坐在她的屋里等回电，她的辅导员可能会不同意。

戒酒会在福赛斯街一个犹太会堂二楼，你在那里不能吸烟。去参加一个没有烟雾笼罩的戒酒会倒是种不同寻常的体验。

那里大约有五十个人，她似乎大多认识。她把我介绍给几个人，我马上就忘了他们的名字。我受到关注，感到不自在，不舒服，我的样子也帮不上忙。我虽然没有穿着衣服睡觉，但看上去好像是这样，显出昨晚在小巷里打架的后果。

我也感到了打架的后果，直到我们离开她家我才意识到身上有多疼。我用脑袋撞他的那块地方很疼，前臂上有块淤青，一个肩膀又青又紫又疼，动一动肌肉就疼。当时我并没有任何感觉，但是第二天早上到处都疼起来了。

我拿了一些咖啡和饼干，坐着开完了会。还行，演讲者说话很简短，留下其他时间给大家讨论，你必须举手才会被叫到。

离结束还有十五分钟时简举起手，说她多么庆幸自己不再喝酒，感谢她的辅导员帮她戒酒，说她感到烦恼或不知该怎么办时幸亏有辅导员帮助。她没有说得更详细，我感觉她是在告诉我什么，我却并不稀罕。

我没有举手。

会后她同一些人出去喝咖啡，问我是否也愿意去。我不想再喝咖啡，也不想有人作伴，找个借口推辞了。

我们在外面分手时，她问我感觉如何，我说感觉不错。

“你还想喝酒吗?”

“不,”我说。

“我很高兴昨晚你打了电话。”

“我也高兴。”

“随便什么时候都可以给我电话,马修,如果必要的话,即使半夜三更也行。”

“希望不会。”

“但是如果想打的话,就打,行吗?”

“当然。”

“马修,答应我一件事?”

“什么?”

“不要在没有先给我打电话的情况下就喝酒。”

“我今天不会喝酒。”

“我知道。但是如果你决定要喝的话,如果你想喝,先给我打电话,答应我?”

“好。”

在乘地铁去上城时,我想到了刚才的谈话,觉得许诺很傻。嗯,反正能让她高兴,让她高兴有什么不好呢?

又有钱斯的留言。我在大厅里打电话给他的留言服务,说我已经回了旅馆。我买了张报纸，带上楼去消磨时间，一边等他的回电。

头条消息就够呛。皇后区一家人，包括父母和两个不到五岁的孩子乘坐自家闪亮的新梅赛德斯车去兜风，有人追上来，对着汽车射出两梭子弹，把四个人都枪杀了。警察在他们位于牙买加街区的公寓里搜查，发现了大量现钞和许多未开封的可卡因。警察认为杀戮与毒品有关。

真不是开玩笑的。

没有关于我扔在小巷里那家伙的任何报道，嗯，不会有。我遭遇他时，星期日报纸已经在街上卖了。他也不大可能出现在明天或后天的报上，如果我杀了他，他可能会在某处有一小段话，但是一个双腿弄断了的黑小子有啥可报道的？

我正想着，有人敲门。

奇怪，清洁工星期天休息，偶然来访的客人都会先在楼下打电话。我从椅子上抓起外套，掏出那把点三二。我还没有处理掉它，也没有扔掉从我断了双腿的朋友那里拿来的两把刀。我拎着枪到门口问是谁。

“钱斯。”

我把枪放进口袋，打开了门。“别人大都会先打电话，”我说。

“楼下那家伙在看书，我不想打扰他。”

“你好体贴。”

“那是我的典型作风。”他的眼睛注视着我，观察我，然后转移目光打量我的房间。“地方不错，”他说。

用词有些讽刺，但是说话声调并不。我关上门，指指一把椅子。他站着不动。“这房间似乎对我挺合适，”我说。

“我能看出来，简朴，不乱。”

他身穿海军蓝夹克和灰色法兰绒便装裤，没穿大衣。嗯，今天稍微暖和一些，再说他有车开着到处跑。

他走到我窗前朝外看看。“昨晚上我试过给你电话，”他说。

“我知道。”

“你没有回电。”

“我不久前才收到留言，我不在能接电话的地方。”

“昨晚没睡在这里？”

“没有。”

他点点头，转身对着我，神情戒备，很难琢磨。我过去没见过他有这种神情。

他说，“你同我所有的女孩都谈过了？”

“除了桑妮。”

“嗯，你还没见过她？”

“没，昨晚我试过几次，今天中午又试过一次，但是没人接电话。”

“没人接电话。”

“没有。昨晚有个她的留言，可是等我打回去，她又不在。”

“她昨晚给你打过电话。”

“对的。”

“什么时候?”

我试着回忆。“我大概八点钟离开旅馆，十点过后不久又回来，已经有留言等着我，我不知道什么时候打来的。他们本该把时间写在留言条上，但并非每次都会这么劳神。反正我很可能扔掉了那便条。”

“没必要留着。”

“没必要。她什么时候打电话来有关系吗?”

他长久地看着我，深陷的褐色眼睛里闪着金色斑点。他说，“见鬼，我不知道该怎么办，我不习惯这样。大部分时间我起码相信自己知道该怎么办。”

我没有吭气。

“你是我的人，你为我干活，但是我不知道，我不能肯定这什么意思。”

“我不懂你到底想说什么，钱斯。”

“见鬼，”他说，“问题在于我能信任你多少？我反复想的是究竟能不能信任你。我的意思是我的确信任你，还把你带家里去了，伙计，我从来没有带过别人去我家，我干啥要这样呢？”

“我不知道。”

“我的意思是，我想炫耀吗？我说了什么类似的话吗？看看这个黑鬼多么有型啊。我邀请你进家门是为了让你看看我的灵魂吗？见鬼，反正必须相信我是信任你的，但是我做得对吗？”

“我不能帮你做决定。”

“不，”他说，“你不能，”他用拇指和食指揪着下巴。“昨晚我给她打电话，给桑妮，像你一样打了几次，没人接电话。嗯，好吧，那没问题，没应答机，可那也不成问题，因为有时她会忘了开应答机。然后我又打，一点半，也许两点，还是没人接电话。所以我怎么办呢，我开车去了她家。我当然有钥匙，本来就是我的公寓，我为啥不能有钥匙呢？”

现在我已经知道是怎么回事了，但我还是让他自己先说出来。

“嗯，她在那，”他说，“她还在那，知道吗，实际上她死了。”

第二十二章

她死了，好吧。她仰躺着，赤裸着身体，一只手臂搭在头上，脸也朝着同一个方向，另一只手臂弯曲着，手搁在乳房下面的肋骨上。床没有铺，她躺在离床几英尺的地方，赤褐色的头发散乱着，嘴唇涂了口红，一条呕吐物从口中流出，淌在象牙色地毯上，像池塘上的垃圾。在她丰满雪白的大腿之间，地毯也被尿染黑了。

她脸上和额头上有淤青，肩上也有，我下意识地摸摸她的手腕，摸摸脉搏，但是她的肉早已冷硬，没有任何生命迹象。

她双眼睁着，眼珠上翻，我想用手指合上眼皮，但还是作罢。

我说，“你动过她吗？”

“当然没有，我什么都没动。”

“别对我撒谎。金死以后你把她的住处翻了个遍，你肯定也看了一遍。”

“我打开了几个抽屉，什么都没拿。”

“你找什么?”

“我不知道，伙计，找我该知道的任何东西。我找到几百元钱，没动，找到个存折，也没动。”

“她银行里有什么?”

“不到一千元，没啥要紧。我发现的是她有无数药片，就像这样。”

他指着尸体另一头一个带镜子的梳妆台，在一大堆瓶瓶罐罐化妆品和香水中间有两个空塑料小瓶，贴着处方标签，两个瓶上病人的名字都是S. 亨德里克，但是处方由不同的医生开具，在不同的药房装瓶，两个药房都在附近。一个处方是安定，另一个是速可眠。

“我一直看她药箱的，”他在说，“就是下意识的，你知道吗?她从来都只有治疗花粉过敏的抗组胺药之类，然后昨天晚上我打开这个抽屉，却发现几乎有个常规药房，全是处方药。”

“哪一类药?”

“我没有细看每个标签，不想冒冒失失留下任何指纹。反正我看到的大部分都是镇定剂，很多镇静药。安定、利眠宁、阿米替林。还有像这个速可眠一样的安眠药。有几种兴奋剂，像什么利他林之类，但大部分是镇定剂。”他摇摇头。“还有我听都没听过的东西，要有医生才能告诉你那都是些什么。”

“你不知道她嗑药吗？”

“从来不知道。过来看看这个。”他打开一个衣橱抽屉，小心翼翼地不留下任何指纹。“看，”他指着抽屉的一端，在一叠折好的毛衣旁有大约两打药瓶。

“这人药瘾好重啊，”他说，“这是个生怕会断药的人，我还不知道这事呢，真让我恼火，马修。你看了那封遗书吗？”

我看见写着：

金，你好幸运，你找到别人帮你动手，我得自己动手。

如果我有胆量的话，就会跳窗，那样我半路改了主意也会一路笑下去。但是我没胆量，刀片又不管用。

希望这次用量足够了。

没有办法，好日子到了尽头。钱斯，对不起，你让我见识过好日子，但都过去了。比赛最后一个回合时观众全都回家，喝彩声停下来，连计分的人都没了。

没办法逃离旋转木马，她抓牢铜环，手指都发青了。

没人给我买翡翠，没人会让我生小孩，没人能救得了我的命。

我厌倦了卖笑，厌倦了追赶和追逐，好日子全都过完了。

我望着窗外哈得孙河对岸新泽西的天际线。桑妮住在一幢叫作林肯风景花园的高层公寓楼的第三十二层，也死在这里，但是除了楼下大厅里盆栽的棕榈树之外，我没有见到任何花园。

“下面是林肯中心，”钱斯说。

我点点头。

“我应该把玛丽·卢安置在这里，她喜欢音乐会，可以直接走过去。她过去住在西岸，所以我想把她搬到东岸。你就是想这样，你知道，想立刻让她们的生活变个样。”

我对拉皮条的逻辑不大感兴趣。我说，“她过去试过吗？”

“自杀？”

“试图自杀。她写着‘希望这次用量足够了。’是否有次她吃的量不够？”

“我认识她以后没有过，我们认识几年了。”

“她说刀片不管用是什么意思？”

“我不知道。”

我走到她身边，查看了搭在她头上那只手臂的腕部，有条清晰可见的伤疤横在腕上，我在她另一只手腕上也发现一条类似的伤疤。我站起身，又读了一遍那封遗书。

“现在该怎么办，伙计？”

我拿出笔记本来逐字抄写了她写的内容，用餐巾纸擦去可能会留下的指纹，把它放回原处，重新用香水瓶压住。

我说，“再告诉我一遍你昨晚做了什么。”

“就是已经告诉过你的。我给她打电话，不知为何有种预感，就上这儿来了。”

“什么时候？”

“过了两点，我没有注意确切的时间。”

“你直接上楼吗？”

“对。”

“门卫看见你吗？”

“我们大致点了点头。他认识我，以为我住在这里。”

“他会记得你吗？”

“伙计，我不知道他会记得什么忘记什么。”

“他只是周末上班还是周五也上班？”

“我不知道，那有啥关系？”

“如果他每晚都上班，可能会记得见过你，但不会记得什么时候见过你。如果他只是周六上班……”

“我明白了。”

小厨房的水池旁有个乔治伏特加瓶子，里面还剩下一英寸酒，旁边有个一夸特装的橙汁空纸盒，水池里有个杯子装着的东西似乎是这两者的混合物，她的呕吐物也略微散发出一股橙汁的气味。你不需要很高的侦探技巧也能把这些事情联系在一起，药丸用浓烈的伏特加橙汁送下，酒精能加强安眠作用。

我希望这次用量足够了。

我必须抑制住想要把剩下的伏特加倒进水池的冲动。

“你在这呆了多久，钱斯？”

“我不知道，没注意时间。”

“出去时同门卫说过话吗？”

他摇摇头。“我下到地下室，从车库出去的。”

“那样他就看不到你了。”

“没人看见我。”

“你在这里时……”

“我刚才说过了，我看了抽屉和壁橱，没有碰很多东西，没有移动任何东西。”

“你读了遗书吗？”

“是的，但是没有拿起来读。”

“打了电话吗？”

“我的留言服务，查查留言。给你打了电话，可是你不在。”

对，我不在，我在北面三英里之外的小巷里忙着弄断一个小子的腿。

我说，“没有长途电话。”

“只有这两个电话，伙计，那不是长途电话，你从这里扔个石头都打得到你的旅馆。”

昨晚上我开完会后原本可以走过来的，当时打她电话没人接，那时她还活着吗？我想象着她躺在床上，等待药和伏特加发生作用，让电话铃响了又响。她也会不管门铃吗？

也许，也许那时她已经失去知觉了，但是我应该会感觉到有什么不对头，应该会去叫管理员砸开门，可能会及时到她身边……

噢，当然。我还救得了克里奥佩特拉，不让她被那该死的毒蛇咬死呢，如果不是出生得太晚的话。

我说，“你有这地方的钥匙吗？”

“她们所有的地方我都有钥匙。”

“所以你就自己开门进来了。”

他摇摇头。“她拴上了链条锁，所以我知道出了问题。我用了钥匙，门开了两三寸，因为链条拴着就再也打不开了。我知道出了事情，弄断了链条进来，心里明白我会发现不想看见的事情。”

"你本来可以马上出去的，让链条拴着，回家。"

"我想到了。"他直视着我，我看见他的神色不像先前那样警惕了。"你知道吗？那个链条锁拴着，我马上想到她自杀了，这是我想到的第一件事，唯一想到的事。我弄断链条的原因就是我猜她可能还活着，也许我还能救她。但是太晚了。"

我走近门，检查了链条锁。链条本身没有断，但是整个锁件从门边框上扯下来，挂在门上。先前我们进公寓时我没有注意。

"这是你进来时弄断的吗？"

"我已经说过了。"

"你进来时链条锁也可能没锁上，你可能自己锁上它，再从里面弄断它。"

"我为啥要那样做？"

"让它看上去好像你来时是从里面锁上的。"

"嗯，就是从里面锁上的。我不明白你想说什么，伙计。"

"我只是想肯定你来时她的确是锁在里面的。"

"我不是说过了吗？"

"你检查过公寓吗？没有别人在？"

"除非他们躲在面包机里。"

这是明明白白的自杀了，唯一的问题是他早些时候来过，隐瞒她的死讯长达十二个小时都没报警。

我想了一会儿。我们在六十街北边，因此属于第二十片区，不属德金的管辖范围。他们会以自杀结案，除非法医检查发现证据不符，那样的话，他早些时候来过这件事就会被发现。

我说，“有几种应付的办法。我们可以说你一整晚都打不到她的电话，所以很着急。今天下午你来找我谈，我们一起到这里来，你有钥匙，打开门，发现了她，然后打电话报警。”

“行。”

“但是链条锁有点麻烦。如果你先前没来过，那怎么会弄断了呢？如果是别人弄断的，那是谁，他来这干啥呢？”

“如果说我们弄断才进来的呢？”

我摇摇头。“这不行，如果他们有牢靠的证据说你昨晚到过这里，那我就被抓住撒谎了。我可以为你撒谎，为你告诉我的事情保密，但我不想被人抓住为一件明明白白的事实撒谎。不，我会说我们来时链条锁就已经弄断了。”

“所以断了好几个星期了。”

“但是断处是新的，你能看见螺丝从木头里面拔出来的地方。你不能被人抓住撒这样的谎，你的故事和证据对不上号。让我告诉你该怎么办吧。”

“怎么办？”

“说实话。你来过，踢开门，她已经死了，你吓慌了，开车一直兜圈子，琢磨究竟怎么回事。你想先联系上我再说，但是找不到我。然后你打到了我的电话，我们一起来这里，报了警。”

“这是最好的办法？”

“在我看来是这样。”

“就因为这个链条锁？”

“这是最明显对不上号的地方。但是即使没有链条锁，你最好还是说实话。听着，钱斯，你没有杀她，她是自杀的。”

“那又怎样呢？”

“如果你没杀她，最好的办法是说实话；如果你有罪，最好的办法就是什么都不说，一句话都不说。找个律师，闭上嘴。但是任何时候只要你无罪，那就说实话，这样反而更容易，更简单，也免得老要记住你先前说过的话。我告诉你一件事，坏人一路撒谎，警察都知道，而且痛恨。一旦他们发现有人撒谎，就会揪着不放，直到人家露馅。你撒谎是想省去麻烦，有时可能管用，这明显是自杀，你可能会没事。但是如果不管用的话，你可能会遇见更大的麻烦，避免不了的麻烦，十倍的麻烦。”

他想了想，然后叹了口气。“他们会问我为啥不立刻报警。”

“为什么不呢？”

“因为我不知道该怎么办，伙计，我不知道该说实话还是装糊涂。”

“那就这样告诉他们。”

“好吧，我猜只能这样了。”

“你从这里出去后做了什么?”

“昨晚上?就像你说的，我开车兜了一会儿，绕着公园兜了几圈，开过华盛顿大桥，上了帕利塞兹公路，就像是周日开车兜风，只不过太早了些。”想起这些，他摇了摇头。“开回来，开车去看玛丽·卢，自己开门进去，叫醒她，同她在一起呆了会，然后回了家。”

“回自己家?”

“回自己家。我不会告诉他们我的家在哪。”

“没有必要说，你在玛丽·卢那里睡了会儿。”

“有人在身边我从来睡不着，但是他们用不着知道这个。”

“对的。”

“我在自己家呆了会儿，然后进城来找你。”

“你在家做了什么?”

“睡了会儿，两三个小时。我不需要很多睡眠，但是也睡够了。”

“嗯，嗯。”

“我刚去过那里，你知道吗?”他走到墙边，拿下一个挂在墙上的双眼直视的面具，开始告诉我有关面具的事情，有关这个部落，所在地理位置，面具的用途等等，我没怎么留意。“现在我把指纹留在上面了，”他说，“嗯，没关系，你可以说我们在等待的时候，我把面具从墙上拿了下来，给你讲讲它的故事。我还是说实话吧，不希望只因为讲了个‘小白谎’[1]反而被逮住。”说最后一个词时他笑了，“那就说个‘小黑谎’，”他说，“你干吗不打电话？”

---

① 原文是 little white lie，字面直译“小白谎”，其实是“善意谎言，无伤大雅的谎言”的意思。此处保留字面意思是为了与后文的“小黑谎”（little black lie）形成呼应。

第二十三章

结果连一半的麻烦都没有。从二十片区过来的两个警察我都不认识，但是即使我认识他们，也不可能比这更顺利。我们在现场回答了询问，然后又回到西八十二街的警察局去做情况说明。现场法医报告似乎同我们报告的情况完全相符。警察当时就指出钱斯应该一发现女孩尸体就马上报警，但是他拖着没报，他们也没拿他怎么样。走进房间意外发现个尸体的确很吓人，即使你是皮条客，她是妓女。这怎么说也是在纽约，是个没人多管闲事的城市，他报警晚了也没啥，毕竟还是报了警。

等我们到了警察局，我已经很淡定。早些时候我很焦急，因为想到他们可能会搜身。我的外套是个小小枪支弹药库，还藏着从小巷伙计那里拿来的枪和两把刀。两把刀都是非法武器，枪也是，恐怕还更厉害。只有上帝知道我们运气多好，反正我们没做啥值得他们搜身的事，幸运的是我们也没有被搜身。

“婊子会自杀，”乔·德金说，“有时她们的确会。这人有前科，你看见手腕上的伤痕了吗？报告说那是几年前的事情。你可能不知道不到一年前她还试过吃药这办法，一位女友送她去圣克莱尔医院洗的胃。”

“那遗书也提到一点，她希望这次用量足够了什么的，类似这样的话吧。”

“嗯，她如愿了。”

我们在石瓦餐厅，是第十大道上一间牛排餐馆，约翰·杰刑事司法学院和中城北区分局的警察常常光顾这里。我已经回过旅馆，换了衣服，正在找地方藏那把枪和一直带在身边的钱，他打电话来让我请他吃饭。“我觉得要敲敲你的竹杠让你请餐饭，”他说，“趁你雇主的女孩还没死光，还没削减你的开销。”

他要了混合烤肉，喝了两瓶嘉士伯，我要了嫩牛排，喝了一杯黑咖啡。我们随便聊了聊桑妮的自杀，但是没多少可聊。他说，“如果不是因为另一个，那个金发女郎，你都不会去多看它一眼。所有的医学证据都符合自杀，至于淤青，那也容易解释。她迷迷糊糊，不知道自己在干啥，跌倒了撞在什么上面。同样理由也可以解释她为什么躺在地上而不是床上。淤青也没有什么特别，她的指纹留在该留的地方，留在酒瓶、杯子和药瓶上。遗书也同她其他地方字迹相符。如果我们相信你那位伙计的话，他发现她时，她甚至还在反锁着的房间里，拴着链条锁。你觉得是实话吗?”

“我觉得他说的话听上去都不假。”

“那她就是自杀了，甚至同两周前达基宁的死都对得上号。她们是朋友，朋友的遭遇让她感到抑郁，你觉得还有任何不像自杀的疑点吗?”

我摇摇头。“这是最难伪装的自杀现场。你怎么做，用个漏斗把药丸塞进她喉咙？用枪逼着她吃下去?”

“你可以融化药片，让她不知就里地喝下去。但是他们在她胃里发现了速可眠胶囊的残余，所以没啥可说了，就是自杀吧。”

我试着回想这个城里每年的自杀率是多少，结果连略微靠谱的数字都想不出来，德金也帮不了忙。我想知道究竟是多少，是否也像其他一样在增加。

喝咖啡时他说，“我让两个职员去查过银河酒店从今年一月一号开始所有的入住登记卡，挑出字迹工整的，但是没什么同琼斯的登记对得上号。”

“其他酒店呢?”

“都没有对得上的。有一大拨人叫琼斯，是很常见的姓，但他们都签名，用信用卡，看上去老老实实。浪费时间。”

“抱歉。”

“为啥？反正我做的事情百分之九十都是浪费时间。你说得对，值得核对一下。如果这是大案子，头条新闻，上司逼得紧，相信我自己也会想到的，我们会核查五大区的每一家酒店。你呢？”

“我什么？”

“你调查达基宁是否有点眉目？”

我想了想，终于说，“没有。”

“真恼火。我又看了一遍卷宗，你知道有谁让我感到不自在吗？那个前台职员。”

“我同他聊过的那位？”

“那是经理，大堂副理什么的。不，是那个为凶手办理入住的。这里来个家伙，一笔一划地写下自己的名字而不是随手写，还付了现金，这是两件不寻常的事情，对吧？我的意思是，现在谁还在酒店预付现金？当然不是那种风流酒店，我指的是体面的酒店，你要花六十到八十元住一晚。现在大家都用卡了，一切都是信用卡，可这家伙付了现金，前台职员竟然连个屁都不记得。”

“你核查他了吗？”

他点点头。“昨晚上我去同他谈过。嗯，他是那种南美小子，从那里某个国家来。我同他谈时他迷迷糊糊的，可能那杀人犯登记入住时他也是迷迷糊糊的，他可能一辈子都迷迷糊糊。不知道哪里来的迷糊，是吸大麻还是吸毒，还是其他什么，但他可能还是老实交易来的。你知道这个城市里成天吸毒晕晕乎乎的百分率是多少吗?”

“我知道你的意思。”

“你吃中饭的时候看得到他们，办公室雇员，中城，华尔街，无论哪个街区。他们在大街上买那该死的毒品，中饭时间就在公园里吸毒。不知大家怎么干得成活。”

“我也不知道。”

“还有那些嗑药成瘾的，像这个自杀的女人一样，成天吃药，甚至都不算犯法，药而已。”他叹口气，摇摇头，理理黑色的头发。“嗯，我想要杯白兰地，如果你的雇主付得起钱的话，”他说。

我到圣保罗时还来得及赶上最后十分钟会，喝了咖啡吃了饼干，勉强听几句别人的发言。我连自己的名字都不用说，等他们祈祷时我就溜了出去。

我回到旅馆，没有留言。前台告诉我有两个电话，但是没有人留下姓名。我上楼去，想要琢磨一下桑妮的自杀，但是目前我只感到麻木。想到如果我不是把她留在最后才盘问，可能会了解到一些情况，甚至可能说些什么或做些什么去阻止她自杀，这样的念头挥之不去。但估计也不会有什么结果，我同她打过电话，她本可以告诉我什么，但是她没有。再说自杀也是她至少试过两次的事情，很可能还有一两次没有记录在案的。

只要一直尝试，早晚你会达到目的。

早上我吃了简单的早餐，去趟银行存了些钱，买了张汇票去邮局寄给阿妮塔。我本来就没有多想过儿子的牙齿矫正术，现在可以完全忘记这件事了。

我走去圣保罗教堂，为索尼娅·亨德里克斯点了一支蜡烛。我坐在长凳上，花几分钟时间回想一下桑妮。没有多少可以想得起来，我们只见过一面，我甚至不大记得她长什么样，因为她死去时的模样掩盖了我对她生前的模糊记忆。

我想起还欠教堂的钱。钱斯所付费用的百分之十是二百五十元，我从那个企图抢劫我的小子身上拿的那三百元也要给教堂什一税。我没有仔细算过那些钱，但是三百五十元大概差不多，所以我给教堂二百八十五元，就算完事了。

可我把大部分钱都存了银行，钱包里还剩下几百元，但是如果我给教堂二百八十五元，那就连零用钱都没有了。我考虑了一会儿，要再去银行很麻烦，我玩的这种把戏简直是发疯。这种想法让我觉得像肚子上挨了一拳。

我到底在干啥？我为什么要觉得欠了别人钱？我欠了谁的钱？不是教会，我不属于任何教会，我只是把什一税交给恰好碰见的任何一个礼拜场所。

那么我究竟欠了谁的呢？欠了上帝的？

这到底有什么意思？欠的是什么性质的债呢？我怎么欠下债的？我是在归还借贷吗？或者是我发明了某种贿赂方式，某种要上天保佑的诡计？

此前我从来没有想过这件事是否合理，只是个习惯，一点点怪脾气。我从来不报税，所以付个什一税。

我的确从来没有问过为什么。

我不能肯定自己喜欢问题的答案。我还记得在那个圣尼古拉斯大道旁的小巷里转瞬即逝的念头：我没有付什一税，所以要被这小子杀了。并非我真的相信这种事情，并非我认为世界是这样运作的，但是我竟然会想到这种事情，真是太妙了。

过了一会儿，我拿出钱包，数了二百八十五元。我手上拿着钱坐在那里，然后又把钱放进钱包，只留下一美元。

至少我可以买根蜡烛。

下午我一路走到金住的那幢楼。天气不算坏，我也没其他事情可做。我经过门卫身边，自己开门进了她的公寓。

我进门第一件事就是把那瓶“野火鸡”倒进了水池。

我不明白这有什么道理，那里还有很多酒，而且我也不觉得自己要学卡瑞·纳辛[①]的样。但是“野火鸡”已经有了象征性作用，每次我想到这个公寓来，都会想象这瓶酒，而且这种想象时常伴随着对它的滋味和香气的生动记忆。等到它全部倒进水池，我才终于放松下来。

我回到前面的壁橱那里，查看了一下挂着的皮衣。衣服衬里缝着的标签写明这件衣服成分是染色 Lapin。我查黄页随便找了个皮货商，打电话得知 Lapin 是兔皮的法语词。“你在词典里找得到，”人家告诉我。“常用的美国英语词典就行。现在变成英语词了，是从皮草交易这一行来的，就是普通的兔子。”

正如钱斯所说。

回家路上某件事让我又想到要喝一杯啤酒，我甚至都不记得是什么事刺激了，但我的反应是看见自己一个肩膀靠在吧台上，一只脚蹬着铜制横杠，手里端着钟形酒杯，地板上铺着锯末，我

① Carry Nation（1846－1911）是美国禁酒运动中的著名人物，经常去酒吧砸烂酒柜。

的鼻孔里充满了一个老酒吧的浓郁香味。

想喝酒的冲动并不强烈，我从没想到要付诸实践，但是这让我想到了对简许下的诺言。既然我不会去喝酒，就没必要非给她打电话不可，但我还是决定要打。我花了十分钱硬币，在纽约公共图书馆附近街角上的一个电话亭拨了她的号码。

我们的谈话有过往汽车嘈杂声做背景，所以就简单轻松地聊了几句。我没有来得及告诉她桑妮自杀的事情，也没有提到那瓶“野火鸡”。

我吃晚饭时看《邮报》，桑妮自杀一事在早新闻里占了两三行，也就是这样了，但是《邮报》会渲染任何可以帮助卖报纸的事情，这次他们抓住的把柄是桑妮和金有同一个皮条客，金就是两周前在酒店被人剁碎的那个女孩。没人能找到桑妮的照片，所以他们又把金的照片重新登了一遍。

但是这个报道的内容赶不上大标题那么耸人听闻，他们只有个自杀事件，加上些凭空猜测，说桑妮自杀是因为她了解金被杀的内情。

找不到任何有关被我弄断双腿的那小子的报道，但是报上像往常一样到处都是犯罪和死亡。我想到了吉姆·费伯说要放弃看报，可似乎我并没有放弃多少。

饭后我去前台取了邮件，尽是往常一样的垃圾，有个留言让给钱斯打电话。我给他的留言服务电话，他回电问事情怎样了，我说真的不怎样，他问我是否还要继续下去。

“目前还会吧，”我说，“看看会有什么进展。”

他说警察没有找他麻烦，他白天在安排桑妮的葬礼事宜。金的遗体运回了威斯康星，但是桑妮没有父母或其他亲属来认领。问题是不知何时能从停尸房取回桑妮的遗体，所以他安排在西七十七街的沃特·库克斯殡仪馆举行追思会，定在星期四下午两点。

“我本来也该这样为金安排的，”他说，“但是根本就没想到。这次主要是为其他女孩，她们情绪很坏，你知道。”

“可以想象。”

“她们想的都是同一件事情，坏事成三，她们都在担心谁会是下一个。”

晚上我去参加戒酒会，演讲时我突然想到一周前我还酒醉不醒，到处乱跑天知道在干些啥。

“我叫马修，”轮到我时，我说，“今晚我就听听，谢谢。”

会后有个家伙跟我出来到了街上，然后追上来。他大约三十岁，穿一件格子呢短夹克衫，戴顶鸭舌帽，我不记得见过他。

他说，“你叫马修，对吧?”我说对的。“你喜欢今晚的故事吗?”

“很有趣，”我说。

“你想听有趣的故事？我听说有个人在上城脸被砸烂，腿也断了，那才是个好故事，伙计。”

我觉得一阵凉。枪在我的衣橱抽屉里，用一双袜子包着，刀也在同一个抽屉里。

他说，“你卵大包天啊，伙计，你他妈胆子太大了，你知道我说啥吗?”他一只手蒙在大腿根上，像个棒球手拉扯运动裤那样。“总而言之，”他说，“你不想找麻烦。”

“你在说些什么?”

他两手一摊。“我说什么？我是西联公司，给人带信，我是干这行的。有个小婊子在酒店被人干掉是一回事，伙计，可她的朋友是谁，就是另一回事。那不重要，你知道吗?”

“谁让你带信?”

他只是看着我。

“你怎么知道去戒酒会上找我?”

“跟你进去，跟你出来。”他嘿嘿一笑。“打断那没用的小子两条腿，太过分了，伙计，太过分了。”

第二十四章

星期二大部分时间都花在那个叫作“追踪裘皮”的游戏上面。

它开始于梦境与清醒之间的某个区域。我从梦中醒来，又睡了过去，发现自己在脑子里重新放映了一遍同金在阿姆斯特朗酒吧见面的情景。开始是不真实的记忆，看见她应该是刚从芝加哥乘巴士抵达纽约的样子，一手拎着廉价的箱子，穿着紧绷绷的牛仔服。然后她坐在我桌旁，手放在领口，拨弄着皮衣上的搭襻，戒指闪闪发亮。她告诉我那是貂皮，但情愿拿它换自己刚来纽约时的那件牛仔服。

整个情景重复了一遍，我又想到别的事情。我回到了哈莱姆那条小巷，但是攻击我的那人现在有了帮手，罗亚尔·沃尔德伦和头天晚上带信的那人站在他两旁，我下意识地想要把他们赶出去，也许是想平衡一下人手。然后我猛然意识到什么，双腿一甩，坐了起来，梦境全都纷纷消失在脑海深处。

那件皮外套不一样。

我冲个澡，剃了须，走了出去。先打车去金的那幢楼，再去查看一下她的衣橱。钱斯给她买的染色兔皮外套与我在阿姆斯特朗酒吧看见的不是同一件衣服，这件衣服更长更宽，领口没有搭襻，不是她那天穿的，不是她说要拿去换自己旧牛仔服的貂皮。

这个寓所里也找不到我记得的那件外套。

我又打车去中城北区，德金不值班，我让另一位警察给他家打电话，终于非正式获准查看她的卷宗。在银河酒店房间发现并且扣留的物品中的确有件皮外套，我查看了卷宗中的照片，但找不到有皮外套的照片。

我乘地铁去警察局广场，在那里同别人谈了谈，等着我的请求经过一些程序，绕过一些程序。等我找到某个办公室，那个我应该见的家伙吃午餐去了。我身边带着戒酒会日程安排，发现在不到一个街区之外的圣安德鲁教堂有会，我去那里消磨了一小时，后来在家点心店买个三明治站着吃完了。

我回到警察局广场，终于得以查看金死时带在身边的那件皮外套。我不能完全肯定这就是我在阿姆斯特朗酒吧看见的那件，但它似乎符合我的记忆。我用手抚摸着昂贵的裘皮，试图重温早晨我记忆中的梦境。似乎全都相符，这件裘皮衣服长度和颜色都一样，领口也有个搭襻，她茶色的指甲尖可能拨弄过它。

衬里缝着的标签告诉我这是真正的貂皮，是个叫阿尔文·塔宁鲍姆的皮货商缝制的。

塔宁鲍姆皮货公司在西二十九街一个统楼的三层，位于皮货街区的中心。如果我直接把金的裘皮外套带过去事情会简单一些，但是纽约警察局的合作，无论是正式的还是非正式的，都做不到这一步。我描述了外套的样子，那没太大作用，我描述了金的样子，他们查了一下售货记录，发现六周之前金·达基宁曾经购买过一件貂皮外套，销售发票立刻让我们找到了那位售货员，他记得卖衣服的事情。售货员圆脸庞，有些秃顶，厚厚的镜片后面有双浅蓝色的眼睛。他说，“高个女孩，非常漂亮的女孩。你知道，我在报上读到那个名字，觉得听上去熟悉，但想不起为什么。太可怕了，那么漂亮的女孩。”

他记得她同一位男士一起来的，是男士付钱买的外套，付了现钱，他记得。不，没什么不同寻常，在皮货业很正常。他们只做很少的零售业务，许多人是服装行业的，或者认识这个行业的人，虽然任何人都可以在逛街时走进来买衣服。大部分顾客都付现钱，因为他们通常不愿意等待支票兑现，再说裘皮常常是买给奢侈朋友的奢侈礼物，可以这么说吧，如果交易不留记录，顾客会更高兴些，因此付现钱，因此售货发票写的不是买者的名字，而是达基宁小姐的名字。

售价加税总共二千五百元差一点，身边要带很多钱，但并非闻所未闻。我自己不久前也带着差不多的数目。

他能描述一下那位男士吗？售货员叹了口气。他解释说，要描述那位女士会容易得多。他现在也能想出她的模样，金色辫子盘在头上，眼睛湛蓝。她试了好几件外套，她穿裘皮非常优雅，但是那个男人……

三十八，四十岁，他猜。高个子，不矮，他记得，但不像女孩那么高个。

“抱歉，”他说，“我大约记得他，但说不出他的样子。如果他穿件裘皮衣服，我倒可以告诉你更多关于这件裘皮的事情，但是……”

“他穿什么？”

“正装，我想是的，但是记不清了。他属于那种会穿正装的人，虽然我不记得他究竟穿什么。”

“如果你再看见他，认得出来吗？”

“我可能在街上碰见他也想不起是谁。”

“假如有人指给你看呢？”

“那我很可能会认出他来，会的。你的意思是排队指认？会的，我想会的。”

我说他实际上可能记得更多，我问他那男人是什么职业。

“我连他的名字都不知道，怎么会知道他靠什么吃饭呢？”

“说说你的印象，”我说，“他是汽车修理工吗？股票经纪人？竞技表演师？”

“哦，”他说，想了想。“也许是会计师，他说。

“会计师？”

“这一类吧。税收律师，会计师，这是个游戏，我只是瞎猜，你理解……”

“我理解。什么国籍？”

“美国。你的意思是……？”

“英格兰、爱尔兰、意大利……”

“哦，”他说，“明白了，更多猜测。我觉得是犹太人，意大利裔，黑皮肤，地中海一带的人。因为她皮肤那么白皙，你明白吗？鲜明对比。我不认为他真是黑皮肤，但还是对比鲜明。也许是希腊裔也许是西班牙裔。”

“他上过大学吗？”

“他没给我看毕业证书。”

“对，但他肯定说了话，同你或者同她。他听上去像进过大学，还是街头混混？”

“他不像在街头混的人。他是个绅士，受过教育的人。”

“已婚?”

“不是同她。”

“同什么人吗?”

“他们不都结了婚吗?如果你没结婚的话,就用不着给你的女朋友买貂皮。他可能还给老婆买了一件,让她高兴高兴。”

“他戴了结婚戒指吗?”

“我不记得戒指。”他摸摸自己的金戒指。“也许戴了也许没戴。我不记得见到过戒指。”

他不记得很多。我从他那里打探出来的信息也值得怀疑,可能有用,也很有可能出自下意识地想要给我提供他认为我想要的答案。我可以一直这样问下去:“好,你不记得他的鞋子,但是像他这样的人会穿什么样的鞋子呢?高帮皮靴?便士懒汉鞋?科多瓦皮鞋?阿迪达斯?嗯?”但是我已经问了太多,接下来问不出什么了,我谢了他,走了出去。

在大楼第一层有个咖啡店,只是长柜台加凳子和一个外卖窗口。我坐着喝咖啡,琢磨着我得到的信息。

她有个男朋友,毫无疑问。有人给她买了那件外套,一张张数出百元钞票,但他自己的名字没有出现在交易中。

这位男友有把砍刀吗?有个问题我没有问那裘皮售货员。

“好吧，用点想象力，想象这个家伙同金发女郎在酒店房间里。假设他想把她剁碎，会用什么？斧头？骑兵的弯刀？大砍刀？告诉我你的印象就行。”

当然，他是个会计师，对吧？他可能会用钢笔，百乐钢笔尖在日本武士手上也会像剑一般致命。嚓嚓，吃我几刀，你个婊子。

咖啡不怎么样，但我还是要了第二杯。我十指交叉，看看自己的手。麻烦在于，我的手指之间严丝合缝，但其他事情都对不上号。什么样的会计师会要大刀呢？当然，任何人都可能这样发作，但这次发作却是精心预谋的，先用假名预订了房间，杀了人也没留下任何杀人凶手自己的身份痕迹。

这听上去是否像那个买了裘皮的男人呢？

我慢慢喝着咖啡，最后断定不像，我对于男友的印象也同昨晚会后收到的警告对不上号。那个穿短夹克的人浑身是肌肉，头脑简单是一目了然的，即使别人只是派他来亮一下那身肌肉，没干别的。有哪位斯斯文文的会计师有能耐指使得动那一身肌肉呢？

不大可能。

那位男友同查尔斯·欧文·琼斯会是同一个人吗？为何那样一本正经地取个假名，还带中间名？用史密斯或琼斯做假姓的人通常都会随便挑个乔或约翰什么的做名字。查尔斯·欧文·琼斯?

也许他的姓名是查尔斯·欧文斯?也许他这个名字写到一半，突然改变主意，去掉了欧文斯最后一个字母，把它改成中间名。这有道理吗?

最后我断定这没什么道理。

那个该死的客房入住登记人员，我突然想到没人好好盘问过他。德金说他迷迷糊糊，显然是南美人，不大说得来英语。但是他英语应该能说得比较流利才会被家高级酒店聘用来同公众打交道。不，问题是没人逼问他。如果有人像我盘问那个卖皮货的店员那样盘问他，他应该会说出些什么。证人实际上总是记得更多事情。

那个为查尔斯·欧文·琼斯办理入住手续的客房登记人员名叫奥克塔维亚·考尔德伦，他最后一天上班是周六，四点到十二点在前台当班。周日下午他打电话来请了病假，昨天又打了电话，今天在我去酒店盘问大堂副理大约一小时之前他第三次打来电话。考尔德伦还在生病，要再请假一天，也许更长时间。

我问他生什么病，大堂副理叹了口气，摇摇头。“我不知道，”他说，“很难从这些人嘴里得到直接答案。如果他们想含糊其辞，英语程度就会急剧下降。他们一滑脚就会溜进那个方便的小天地，用西班牙语说‘听不懂’。”

“你的意思是你们还会聘请不懂英语的前台工作人员？”

“不，不。考尔德伦说得很流利，是别人帮他打的电话。”他又摇摇头。“奥克塔维亚是个很胆怯的年轻人，我猜他以为如果让个朋友帮他打电话，我就没法在电话上吓唬他了。当然也是想表明他身体不好，无法下床来打电话。我猜他住某种合租房子，电话放在门厅里。是个比奥克塔维亚拉美口音重得多的人打的电话。”

“他昨天打了电话吗？”

“别人帮他打的。”

“是今天同一个人？”

“我的确不知道，这些西班牙语口音听上去都差不多。两次都是男人的声音，我觉得是同一个声音，但是不能完全肯定。那有什么关系呢？”

我也想不出有什么关系。那么星期天呢？是考尔德伦自己打电话吗？

“星期天我不在。”

“你有他的电话号码吗？”

“电话在门厅里，我不相信他会自己来接电话。”

“反正把电话号码给我吧。”

他给了我，还有皇后区巴内特大道上的一个地址。我从来没听过巴内特大道，问副经理是否知道考尔德伦住在皇后区哪个地方。

“我完全不了解皇后区，”他说，“你不会去那里，对吧？”他说得好像我要有个护照外带水和粮才去得成似的。“因为我肯定奥克塔维亚过个一两天就回来上班了。”

“你为啥这么肯定呢？”

“这是份好工作，”他说，“他不赶快回来的话，就会丢掉这份工作了。他肯定也知道的。”

“他的出勤记录怎么样？”

“非常好。我肯定他的确是生病了，也许是那种要发作三天才能好的病毒，这种病毒很多，到处都是。”

我当时就用银河酒店大厅的投币电话拨了奥克塔维亚·考尔德伦的号码，铃声响了好久，九下或十下，最后才有个女人用西班牙语接了电话。我问奥克塔维亚·考尔德伦在吗？

“No está aquí，”她说。

我尝试用西班牙语来提问，Es enfermo？他病了吗？我不能肯定是否让对方听懂了，她答话的语调同我在纽约听惯了的波多黎各人说话的语调相去甚远，当她想要用英语来回答时，口音又太重，词汇太少。No está aquí，她一直在说，这是她说的唯一能让我听懂的话。No está aquí，他不在。

我回到旅馆。我房间里有张纽约五区的袖珍地图，我在皇后区索引里找到巴内特大道，翻到那一页，找了一会儿才看见是在伍德赛德。我研究了下地图，不懂一幢西班牙裔的合租房子为何会在爱尔兰人的街区。

巴内特大道只有十到十二个街区，从四十三街开始朝东延伸至伍德赛德大道。我有几种地铁线路可选，可以乘独立地铁系统的E或F线，或者区间快速交通线路的法拉盛线。

假设我想去的话。

我又在房间里打了电话，铃声又响了很久。这次是个男人接的电话，我说，“奥克塔维亚·考尔德伦，por favor。①”

“Momento，②”他说，然后是一阵砰砰声，好像他让话筒吊挂在电话线上，敲打着墙响。然后就没有任何声音了，背景只有个收音机调在某个拉丁美洲电台广播。我正想挂机，他回来了。

“No está aquí，”他说，我还没来得及用任何语言说任何话，

① 意为“请”。
② 意为“等一下”。

他就挂了电话。

我再看看那个袖珍地图，看是否有办法可以避免去伍德赛德跑一趟。已经是高峰时段了，如果现在去的话，就会一直站到那里。我能达到什么目的？挤在沙丁鱼罐头一般的地铁车厢里跑老远，最后人家还是会告诉我“他不在”，面对面而已。这有什么意思？他要就是在借吸毒放个假，要就是真病了，我无论如何也没啥机会从他那打听到什么。如果我真地能够找到他的话，我得到的酬劳也就是 No lo se，代替 No está aquí。我不知道，他不在，我不知道，他不在。

去他的。

乔·德金周六晚上再次盘问了考尔德伦，当时我正在别人常去消磨时间的地方四下传话，那晚我从个拦路抢劫的小子那里拿了把枪，桑妮·亨德里克斯用伏特加和橙汁混合灌下了大量药片。

第二天考尔德伦就打电话来请病假，第三天一个穿短夹克衫的人跟着我进出戒酒会，警告我不要追踪金的线索。

电话铃响了，是钱斯。先前他有个留言，但显然他还是决定不等我回话就自己再打。

“就是看看，”他说，“你有头绪吗？”

“肯定有了，昨晚有人警告我。”

“什么样的警告?”

“一个家伙告诉我不要自找麻烦。”

“你肯定同金有关吗?”

“我肯定。”

“你认识这家伙吗?”

“不认识。”

“你打算怎么办?”

我笑了。“我准备去找麻烦,”我说,“去伍德赛德。”

“伍德赛德?”

“在皇后区。”

“我知道伍德赛德在哪里,伙计。伍德赛德有什么事情?”

我决定不详细说这件事。“也许什么都没有,”我说,“但愿能省掉这一趟就好了,可是不行。金有个男朋友。”

“在伍德赛德?”

“不,伍德赛德是另一回事,但她绝对有个男朋友,他给她买了件貂皮外套。”

他叹口气。“我告诉过你,那是染色兔皮。”

“我知道染色兔皮,挂在她的壁橱里。”

“然后呢?”

“她还有件短外套,貂皮的。我第一次见到她时她就穿着这件外套。她去银河酒店被杀时穿的也是这件外套，现在锁在警察局广场的保险箱里。”

“锁在那里干啥？”

“是证据。”

“什么证据？”

“没人知道。我找到这件外套，顺藤摸瓜，同那个卖外套给她的售货员谈过，记录上她是买家，发票上是她的名字，但是有个男人同她在一起，是他拿钱付的账。”

“多少钱？”

“两千五百元。”

他想了想。“也许她藏了私房钱，”他说，“这很容易，每周藏个几百元，你知道她们时不时藏个私房钱，我反正也不缺这点。”

“是那个男人付的钱，钱斯。”

“也许她把钱给他让他付，就像在餐馆里女人给男人钱让他付账，免得难看。”

“你为啥不愿意她有个男朋友？”

“去他的，”他说，“我无所谓，我只愿意本来是啥样就是啥样，我就是没法相信，就这么回事。”

我没有再追问。

“也许是嫖客，不是男朋友。有时嫖客想装作是特别的朋友，不想付钱，他想赠送礼物，不付钱。也许他就是个嫖客，她缠着他要买裘皮。”

“也许。”

“你觉得他是男朋友吗?”

“我的确这么想，对的。”

“他杀了她?”

“我不知道谁杀了她。”

“不管是谁杀了她，都想要你放弃这件事情。”

“我不知道，”我说，“也许杀人的事情同男朋友一点关系没有，也许是个变态，警察就这么猜，也许男朋友就是不想被牵扯进任何案件调查。”

“他同这件事没关系，不想有关系。你是这个意思吗?”

“差不多吧。”

“我不知道，伙计，也许你应该算了。”

“不再调查?”

“也许你应该放弃。警告，去他的，你总不想因为这事被杀掉吧。”

“对，”我说，“我不想。”

“那你接下来想怎么办呢?”

“这会儿我准备乘车去皇后区。”

“去伍德赛德。”

“对的。”

“我可以开车来，送你过去。”

“乘地铁没关系。”

“开车要快些。我可以戴上司机的帽子，你可以坐在后排。”

“下次吧。”

“随你便，”他说，“完事后给我打电话，好吗？”

“行。”

最后我乘地铁法拉盛线去了罗斯福大道和五十二街的一个车站。地铁离开曼哈顿后就在地面上跑，我差点错过了站，因为很难弄清楚究竟到了哪。高处站台的牌子上满是涂鸦，根本看不清是什么。

我下了一层钢铁台阶后又走到街道上，查了查袖珍地图找到方向，朝巴内特大道走去。我不用走很远就明白了西班牙裔合租房为何会在伍德赛德。这里已经不再是爱尔兰街区，在西班牙词语之间仍然有几个地方还有翡翠酒馆和白花酢浆草[①]这一类名字，

① 白花酢浆草是爱尔兰国花。

但大部分标识都是西班牙语，大多数市场也都是西班牙式店铺，塔拉旅行社的宣传海报提供飞往波哥大和卡拉卡斯的信息。

奥克塔维亚·考尔德伦的合租房是黑黢黢的两层楼木板房，屋前有门廊，门廊上摆放着五六张塑料椅子，一个倒过来的柳条箱上放着报纸杂志。椅子上没坐人，这没啥稀奇，天太凉了，不适合坐在门廊上。

我按了门铃，没有动静。我听见里面有说话声，好几个收音机在响着。我又按了铃，一个又矮又胖的中年妇女来开门。"嗯?"她说，等待我说话。

"奥克塔维亚·考尔德伦，"我说。

"No está aquí。"

她也可能就是我第一次打电话时接电话的那个女人，很难搞清楚，我也不怎么在乎。我站在那里隔着纱门说话，西班牙语和英语夹着说，想让她听懂。过了一会儿她走开了，叫来一个脸颊下陷，胡子修得非常齐整的高个子男人，他会说英语，我告诉他我想看看考尔德伦的房间。

但是考尔德伦不在家，他告诉我。

"没有关系，"我说。反正我只想看看他的房间。但是没什么可看，他回答，似乎迷惑不解。考尔德伦又不在，我看他的房间有什么意思?

他们不是拒绝合作，甚至都没有不情愿合作，他们就是不明白为什么。等到明白唯一能够摆脱我，或者最容易摆脱我的办法就是让我看看考尔德伦的房间时，他们就让我看了。我跟着那女人经过一条长廊，经过厨房到了楼梯口，爬上楼，又经过一条长廊。她没有敲门就打开了一扇门，站在一边摆摆手让我进去。

地上有块塑料地毡，旧铁床架上放着床垫，撤去了床单。原色枫木制衣柜，一张小写字台，前面放张折叠椅，房间另一头靠近窗子的地方有张带印花布套的扶手椅。衣柜上的台灯有个带图案花纹的纸灯罩，天花板中央光秃秃地安着两盏灯泡。

就这些东西。

“Entiende usted ahora?[①] No está aquí.”

我机械地查看了一遍，几乎没有比这更空荡荡的房间了。小壁橱里除了几个铁丝衣架之外没任何东西，原木衣柜抽屉和写字台抽屉里一无所有，连角落也打扫得干干净净。

脸颊下陷的男人充当翻译，我总算是盘问了那女人一阵。随便用哪种语言，她都说不出太多信息。她不知道考尔德伦什么时候离开的，周日或周一吧。周一她来打扫房间，发现他把自己所有东西都拿走了，什么都没留下。她理所当然地认为他搬出去

---

① 意为：“你现在明白了吧？”

了。他像所有房客一样按周付房租，房租到期还有几天，显然他有地方可去。不，他这样不告而别没什么稀奇，房客常常这样，即使没有拖欠房租。她同女儿仔细打扫了房间，现在准备再租给别人。不会空置很久，她的房间从来不会空很久。

考尔德伦是个好房客吗？是的，非常好的房客，但是她同房客从来没有矛盾。她只出租给哥伦比亚人、巴拿马人和厄瓜多尔人，从来没有过任何问题。有时他们必须突然搬走，因为移民局的关系。也许考尔德伦猛然间搬走也是这个原因，但这不关她的事情，她只管把房间打扫干净，再出租给别人去住。

考尔德伦同移民局不会有问题，我知道的，他不是非法移民，否则就不会在银河酒店工作了，一家大酒店不可能聘请没有绿卡的外国人。

他急着离开肯定有其他原因。

我花了大约一小时盘问其他房客，得到的有关考尔德伦的印象没啥大帮助。他是个安静的年轻人，不同别人打交道，因为工作时间的缘故，其他房客在家时，他可能出去上班了。没人知道他有女朋友，他在巴内特大道住了八个月，从来没有过任何客人，也不大有电话。他搬来之前曾经在纽约其他地方住过，但是没人知道他过去的地址，甚至也不知道是否在皇后区。

他吸毒吗？每个我问到的人似乎都对这个问题感到吃惊。我猜那个胖子女房东管得很严，她的房客全都有正式工作，过着体面的生活。有个房客告诉我，即使考尔德伦吸过大麻，那也不会是在自己的房间里，否则房东肯定会闻到味道，让他滚蛋。

“也许他想家了，”一位黑眼睛的年轻人说，“也许他飞回卡塔赫纳去了。”

“他是从那来的吗？”

“他是哥伦比亚人，我记得他说是卡塔赫纳。”

这就是我花了一个小时了解到的事情，奥克塔维亚·考尔德伦从卡塔赫纳来，但是没有人很肯定这一点。

第二十五章

我在伍德赛德大道一家唐恩都乐甜甜圈店里给德金打电话，没有电话亭，就是挂在墙上的一个投币电话。离我几尺远的地方有几个小伙子在玩电子游戏，还有人在用一个书包大小的便携收音机听迪斯科舞曲。我用手捂着话筒，告诉德金我发现了什么。

“我可以发个通缉令，奥克塔维亚·考尔德伦，西班牙裔男子，二十多岁。他身高多少？五尺七？”

“我从没见过他。”

“对的，你没有。我可以问问酒店他的身高外貌什么的。你肯定他不在了吗？斯卡德？两天前我还同他谈过。”

“周六晚上。”

“是的，是在亨德里克斯自杀以前，对的。”

“还是自杀吗？”

“有什么理由不是自杀吗？”

“我不知道有什么理由。你周六晚上同考尔德伦谈过，这是最后有人见到他。”

“我对好多人有这个效果。”

“他被什么事情吓住了，你觉得是你吗?”

他说了句什么，但是周边太吵闹，我没听清，让他重复一遍。

“我说他似乎没怎么在意，我以为他吸毒飘飘然了。”

“邻居说他是个很正直的年轻人。”

“是啊，不做声的好小伙子，那种会突然发疯杀了自己全家的人。你在哪里打电话，吵翻了天。”

“在伍德赛德大道的一家甜甜圈店。”

“你找不到一家安静点的保龄球馆打电话吗?你猜考尔德伦会怎么样?你觉得他死了吗?”

“他搬走以前收拾好了所有东西，有人一直帮他打电话请病假。如果你要杀死某人的话，这好像是没事找事做。”

“打电话听上去像是先放他一马，让他先走远点，再开始杀戮。”

“我也是这么想的。”

“也许他回家了，”德金说，“他们一直回家的，你知道。现在的世界不同了，当初我的祖父到这里来，就再也没见过爱尔兰，除了每年爱尔兰人开的卖酒店送来份年历看看。这些混蛋一个月飞回岛上一次，回来时还带着两只鸡和另一个亲戚。当然，当年我的祖父母都工作，不同之处就在这里，没人给他们福利让他们周游世界。”

“考尔德伦也工作。”

“嗯，对他有好处，这混蛋。也许我要查一下最近三天从肯尼迪机场起飞的航班。他从哪里来？”

“有人说是卡塔赫纳。”

“那是哪里？一个城市？还是某个岛上？”

“我觉得是个城市，不是在巴拿马就是在哥伦比亚或者厄瓜多尔，否则她不会租房子给他住。我觉得是哥伦比亚。”

“海洋上的明珠。如果他回家了，那别人帮他打电话就对的上号了。他让别人帮他打电话，等他回来时那份工作还在。他不可能每天下午从卡塔赫纳打电话来。”

“那他搬空房间干啥呢？”

“也许他不喜欢那里，也许灭虫的人来把他所有的蟑螂都杀死了，也许他欠房租开溜了。”

“她说没有，他每星期按时付房租。”

他沉默了一会儿，然后不情愿地说，“有人吓到了他，他逃跑了。”

“好像是这样，是吧?”

“恐怕是的。我也不相信他离开了纽约，我觉得他搬去了一站地铁之外的地方，换了个新名字，搬进另一个带家具的房间。在五大区有差不多五十万非法移民，他不需要有胡迪尼的本领也能躲得让我们找不着他。”

“也许你会特别走运。”

“总会有这样的机会。我要先去停尸间查一查，然后再查航班。他死了或者出国了，我们运气就好了。”他笑了，我问他为啥这么好笑。“如果他死了或者出国了，”他说，“那对我们就没啥用处了，对吧?”

回曼哈顿的地铁是最差的，车厢内糟蹋得面目全非。我坐在角落里，试图克服突如其来的绝望感。我的生活就像在海面上开裂的浮冰，四面八方散开，什么都无法归拢，无论是在这个案件内还是案件外。一切都毫无意义、毫无道理、毫无希望。

没人给我买翡翠，没人会让我生孩子，没人能救得了我的命。

好日子全都过完了。

八百万种死法，其中有很多种适合自己动手。地铁尽管很多地方不管用，但是你跳下去还是管用的。城里还有数不尽的桥梁和高楼，商店每天二十四小时开门，出售刀片、挂衣绳和药丸。

我有把点三二口径手枪在衣柜抽屉里，旅馆的窗户离地面也足够高，要死很容易。但是我从来没试过这种事情，而且知道自己绝对不会。我要么就是太害怕，要么就是太固执，也许我的绝望从来没有像我想象的那么确实无疑，似乎总有什么让我一直坚持下去。

当然，如果我喝酒，那就没啥可说了。我在戒酒会上听一个人说他在布鲁克林桥上酒醒了，当时他已经跨过栏杆，一只脚悬在空中。他缩回脚，重新翻过栏杆，赶紧逃走了。

假设他晚一秒钟清醒，两只脚都悬空了呢？

如果我喝酒，会好过一些。

我不能摆脱这个念头，最糟糕的是我知道的确如此。我情绪糟糕透了，如果喝一杯的话，这种感觉就会消失。最终我会后悔，最终我会觉得同样糟糕甚至更糟，但那又怎样呢？反正最终我们都要死的。

我想起在会上听见的一件事情，是圣保罗教堂一位常参会者玛丽说的。她是个像鸟一般的女人，声音很小，穿着讲究打扮齐整，说话声音很柔和。我听过她一次演讲，她曾经差点流落街头，一蹶不振。

有天晚上她说，“你们知道吗，我发现自己不一定非要感觉舒适，这让我恍然大悟。并没有哪里写着我必须感觉舒适。过去我总认为如果觉得精神紧张、焦虑或者不高兴，就该做点什么。但是我发现并非如此，感觉不好并不会让我死。喝酒会让我死，但是糟糕的感觉却不会。”

地铁钻入隧道。进入地下之后，灯光一瞬间全都熄灭，然后又亮了。我似乎能听见玛丽清晰地吐字，似乎能看见她，看见她说话时骨骼细巧的手叠放在膝盖上。

人有时想到的事情真好玩。

我从哥伦布圆环地铁站出来时仍然想喝一杯。我走过几家酒吧，去参加戒酒会。

演讲者是个住在湾脊区的爱尔兰大高个，一身肌肉，看上去像个警察，结果他果然当过警察，干了二十年后退休，现在做保安，挣点钱补充养老金的不足。喝酒从没妨碍过他的工作或婚姻，但是后来却开始影响他的身体健康。他的能力下降，宿醉感越来越糟，医生说他肝脏肿大。

“医生说喝酒会要我的命，”他说，“嗯，我又不是穷困潦倒的人，不是堕落的醉鬼，不是那种要借酒浇愁的人。我就是个高高兴兴的普通人，喜欢下班后喝杯酒喝罐啤酒，看电视时喝他一箱六罐啤酒。所以如果喝酒会让我送命，那就去他的，对吧？我走出医生的办公室，决定不再喝酒，八年过去了，我一直坚持下来。”

一个醉鬼不停地打断发言。他是个衣着讲究的男人，不像会找麻烦的人。他似乎就是没法静下来听别人发言，这样发作了五六回之后，两个参会的人终于把他请了出去，会才接着开下去。

我想起自己酒醉神志不清时也曾经来开过会，天哪，当初我是否也像这样子？

我无法集中注意力听别人说话，想着奥克塔维亚·考尔德伦，想着桑妮·亨德里克斯，想到我没什么进展。我从一开始就有点不对头，桑妮自杀前我本该去见她，虽然她可能终究还是要自杀，我没有必要因为她的自我毁灭感到内疚，但我毕竟可以先从她那里了解到一些事情。

而且我还可以在考尔德伦玩消失之前同他谈谈，我第一次去酒店时曾经找过他，但当时他不在，我也就忘了他。也许我从他那里打听不到什么事情，但我至少可以察觉他隐瞒了什么。但是我没想到去追问，直到他结账走人消失在丛林中。

我时间掌握得很糟糕，总是晚一天，差那么一点点，我突然意识到不光是这个案子，我一生都如此。

我好糟糕，我好糟糕，我好想喝杯酒。

讨论时，有位名叫格蕾丝的女子说这是她的两周年纪念日，得到了一阵掌声。我也为她鼓了掌，等掌声停下来后，我算了算，意识到今天是我的第七天。如果我不喝酒就上床的话，我就有七天了。

我上次喝酒之前有多少天？八天？

也许我可以破这项纪录，也许不能，也许我明天就会喝酒。

但今晚不喝，今晚我没问题。我并没有比开会前感觉更好，自我评价也没有更高，记分卡上的数字都是一样的，但是早先这些数字加在一起会让我喝一杯，现在不会了。

我不懂为何会这样，但我知道自己是安全的。

第二十六章

前台有留言让我打电话给丹尼男孩，我拨了留言条上的号码，接电话的人说，“普根酒吧。”我说找丹尼男孩，然后等着他来接电话。

他说，“马修，我想你应该到这里来，让我给你买杯姜汁啤酒，我觉得你应该来。”

“现在?”

“现在来不是最好吗?”

我几乎要出门了，又转身回去，上楼从衣橱里拿了那把点三二口径手枪。我并不真的认为丹尼男孩会给我下圈套，可也不想用自己的命来打赌。反正你从来不知道谁会在普根酒吧喝酒。

昨晚上我收到个警告，接下来我一直对它置之不理。告诉我丹尼男孩留言的前台人员说另外还有几个电话找我，都不肯留下姓名。也可能是那个穿短夹克家伙的朋友，打电话来让我放聪明点。

我把枪放在口袋里，走出去叫了辆出租车。

丹尼男孩坚持要买单，他自己伏特加，我是姜汁啤酒。他一如既往地打扮得整整齐齐，新理了发，细致的白色卷发贴着头皮更紧了，修过的指甲涂了层无色指甲油。

他说，“我有两件东西要给你，一个口信和一条建议。”

“哦?”

“先说口信，是警告。”

“我猜也是的。”

“你应该忘记那个叫达基宁的女孩。”

“否则会怎样?”

“否则会怎样?否则还会怎样?否则你会遭到她一样的下场。你是否想要个具体的警告，然后再决定是否值得?”

“是谁警告，丹尼?”

“我不知道。”

“是什么告诉你的?燃烧的丛林?”

他喝掉一些伏特加。“有人同别人谈，别人告诉别人，再告诉我。”

“这个圈子兜得大。”

“就是啊。我可以告诉你是谁传话给我，但是我不会说，因为我不做这种事情。即使我说了，对你也没啥好处，因为你可能找不到他。如果你找到他，他也不会同你谈，同时有人可能会把你剁了。你再要一杯姜汁啤酒吗?”

“我这里还有很多。”

“的确还有。我不知道是谁的警告，马修，但是从传话的人来看，我猜非常要紧。有趣的是我想要发现除了我们的朋友钱斯以外，谁还见过达基宁曾经同别人在一起，却完全没有头绪。如果她曾经同能量这么高的人在一起，你会以为他会到处炫耀她，对吧？为啥不呢?”

我点点头。真那样的话，她为什么需要我来帮她说好话摆脱钱斯呢?

他说，“反正就传这个话。你想听听建议吗?”

“当然。”

“建议是我觉得你应该看重这个口信。不是我老得快了，就是纽约在过去几年里变坏了。人们动不动就开枪，似乎比过去快多了，他们过去需要更多理由才杀人。你明白我的意思嘛?”

“明白。”

“现在他们除非有不杀人的理由，否则就会动手杀人。他们更情愿杀人，是自然而然的反应，告诉你，我都吓到了。”

“大家都吓到了。”

“几天前你在上城也小闹了一场，对吧？还是有人乱编造故事？”

“你听说了什么？”

“说是有个兄弟在小巷子里拦住你，结果搞得一身都是伤。”

“消息传得快。”

“的确如此。当然这个城里还有更加危险的事情，不光是只有一个吸了天使粉①的小朋克。”

“他吸的是这个么？”

“他们不都吸这个吗？我不知道，我自己只用最基本的。”他喝了口伏特加来表明这一点。“关于达基宁，”他说，“我也可以传话回去。”

“传什么样的话呢？”

“说你准备算了。”

“这可能不是真话，丹尼男孩。”

“马修……”

“你记得杰克·贝尼吗？”

“我是否记得杰克·贝尼？我当然记得杰克·贝尼。”

---

① 一种强烈的迷幻药。

“还记得他同那个持枪抢劫的人在一起的情景吗？那家伙说，‘要命还是要钱，’贝尼停了一会儿，停了很长一会儿，然后才说，‘我要好好想想。’”

“就这个答复吗？你要好好想想？”

“就这答复。”

在七十二街，我站在一家文具店门口的遮阴处，等着看是否有人跟我走出普根酒吧。我整整站了五分钟，想着丹尼男孩说的话。我站在那里时有几个人离开普根酒吧，但他们看上去都不像是值得我担心的人。

我走到路边去叫出租，然后决定还不如走半个街区去哥伦布圆环打车，这样方向就对了。等走到那个街角时，我又决定这是个很好的夜晚，我不着急，慢慢在哥伦布大道上走它十五个街区可能对我有好处，让我更容易入睡。我过了马路，朝下城走去，还没走完一个街区，却注意到自己的手放在口袋里，捏着那把枪。

好笑，又没有人跟着我，我到底怕啥？

就是气氛不对头。

我继续走，一边摆出所有在街上走路的警觉动作，周六晚上可不是这个样子。我一直走在人行道靠近马路这边，离房屋和门廊远一点。我左看右看，不时回头看看是否有人从后面跟上来。我一直握着枪，手指轻轻扣在扳机上。

穿过百老汇大街，经过林肯中心和奥尼尔酒吧，来到六十街和六十一街之间的黑暗角落里，在福特汉姆大学街对面，然后听见后面来了汽车，我猛地转过身来。车驶过宽宽的大道斜着向我冲过来，抢在一辆出租车前面。也许我听见刹车声，也许因为这个我才转过身来。

我扑倒在地，从街道旁滚向楼房，手里握着那把点三二手枪坐起来。车子现在同我并排了，车轮直过来，我以为车会跳上人行道，但是没有。车窗打开了，有人从后车窗探出身来，朝我这边看，手里拿着什么……

我用枪瞄准他，卧倒，手肘支撑在前面，两手握枪，手指在扳机上。

从窗口探出身来的那人扔了个东西，平扔了出来。我想，天哪，炸弹，我向他瞄准，手指感到扳机的分量，觉得扳机像活生生的东西一样在颤抖，我僵住了，僵住了，我无法扣动这该死的扳机。

时间也静止了，就像电影里的定格镜头。离我八九尺远的地方，一个瓶子砸在楼房砖墙上，破碎了。没有爆炸，只有玻璃碎裂声，只不过是个空酒瓶。

只是一辆车而已，我看着它侧倾一下，在第九大道上朝南驶去。有六个年轻人在里面，六个喝醉的年轻人，他们可能会轧死人，他们醉得厉害，很可能会轧死人。但是如果轧死人，那也是意外事故，他们不是职业杀手，不是被派来杀我的凶手，只是一群喝多了的年轻人。也许他们会把谁给轧残，也许会让车子报废，但也许可以连挡泥板都不碰一下就安全到家。

我慢慢站起来，看看手里的枪。谢天谢地我没开枪，我差点向他们开枪，差点杀死他们。

天知道我真的想开枪，我以为他们想要杀我，准备开枪，这也算合情合理。

但我却没法开枪，如果真是职业杀手的话，如果我看见拿的东西不是威士忌酒瓶，而是枪或者炸弹，我也没法开枪。他们可以杀了我，我可能手上拿着枪死去。

老天。

我把这不管用的枪放进口袋里，伸出手，惊讶地发现手没有抖，我甚至内心也没有颤抖，天知道怎么回事。

我走过去查看那个碎裂的酒瓶，哪怕只是确认一下那的确是酒瓶，而不是临时没有点着的莫洛托夫燃烧瓶。但是并没有融化的金属，没有汽油味，只有轻微的威士忌气味，要不就是我想象的。有块玻璃碎片上还有个标签表明瓶子里装过珍宝苏格兰威士忌。其他绿色玻璃碎片像宝石一样在街灯下闪烁。

我弯下腰捡起一小块碎玻璃，放在手掌心，像吉卜赛人凝视水晶球那样盯着它，想起了唐娜的诗、桑妮的遗书和我自己脱口而出的话。

我开始走路，好不容易才克制住自己没有跑起来。

第二十七章

“老天，我应该刮刮胡须，”德金说。他刚把剩下的烟头扔进了剩下的咖啡里，一只手摸摸脸，摸着胡茬。“我应该刮刮胡须，我该冲个澡，我需要喝一杯。不一定按照这个顺序。我发了个通缉令找你的哥伦比亚小朋友，奥克塔维亚·伊格纳西奥·考尔德伦·拉巴拉，这名字比他自己的身材还要长一些。我查找过停尸房，他们的抽屉里没有他，反正现在还没有。”

他打开办公桌上层抽屉，拿出一个金属剃须镜子和一把无绳电动剃须刀，把镜子靠在空咖啡杯上，脸对着镜子，开始刮胡子。在剃须刀的嗡嗡声中，他说，“我在她的卷宗中没见到任何戒指。”

“我看下行吗？”

“请便。”

我仔细查看物品清单，明明知道戒指不会在其中。然后又看了一遍死亡现场的照片，尽量只看她的手，每张照片都看一遍，没有一张照片里能看出她戴了戒指。

我告诉了德金，他关上剃须刀，拿过照片，仔仔细细一张张看过。“有些照片上很难看清她的手，”他抱怨说。哪只手，左手？左手没戴戒指。看看这张照片，嗯，那只手上肯定没戴戒指。等等，又是左手。这张不清楚，嗯，这一张。这张肯定是她的右手，没戴戒指。”他把照片归拢，像准备洗牌发牌一样。“没有戒指，”他说，“这能说明什么？”

“我见到她的时候她戴着戒指，两次见她的时候都戴着的。”

“然后呢？”

“然后不见了。她公寓里也没有，她的首饰盒里有枚戒指，高中纪念戒指，但我记得她手上戴的不是这个。”

“也许你记错了。”

我摇摇头。“纪念戒指连宝石都没有镶。我来这里之前又去过一次，就为了核对一下我的记忆。那是刻了太多字母的那种粗笨的戒指，不是她戴在手上的。她穿着貂皮，涂着茶色的指甲油，不会去戴那种戒指的。”

我不是唯一说这话的人。碎玻璃块令我恍然大悟后，我直接去了金的寓所，然后用她的电话给唐娜·坎皮恩打了电话。“是马修·斯卡德，”我说，“我知道现在太晚了，但是我有个问题，关于你那首诗里的一行。”

她说，“哪一行，什么诗?”

“你关于金那首诗，你给了我一份。”

“哦，对的，等我一下，好吗？我还没完全醒。”

“很抱歉这么晚打电话，但是……”

“没关系。哪一行诗?”

“脚下砸碎酒瓶，让绿色玻璃/在她手上闪光。”

“闪光不对。”

“我有诗在手边，就是……”

“哦，我知道那是我写的，”她说，“但是错了，我要改一下。这一行怎么了?”

“那个绿色玻璃从哪里来的?”

“出自打碎的酒瓶。”

“为什么她手上有绿色玻璃？指的是什么?”

“哦，”她说，“哦，我明白你的意思了。她的戒指。”

“她有个带翡翠的戒指，对吧?”

“对的。”

“她戴多久了?”

“我不知道。”她想了想。“我第一次看见就是在刚写那首诗之前。”

“你能肯定吗？”

“至少是我第一次注意到，实际上这让我写诗有了个起点。她眼睛的蓝色和戒指的绿色，但是我修改时又把蓝色拿掉了。”

她给我看这首诗时说过这些话，但当时我并不懂她说的是什么。

她不能肯定那是什么时候。她写这首诗的这个或那个版本花了多久时间？金被杀一个月前？两个月？

“我不知道，”她说，“我不大记得住具体时间，我很少记这些事情。”

“但戒指肯定是带翡翠的，对吧？”

“哦，对的，我现在也记得它的样子。”

“你知道她哪里来的吗？谁给她的？”

“我什么都不知道，”她说，“也许……”

“嗯？”

“也许她砸碎了一个酒瓶。”

我对德金说，“金的一位朋友写了首关于金的诗，提到那枚戒指。还有桑妮·亨德里克斯的自杀遗书。”我拿出笔记本翻开，读道，“‘没办法逃离旋转木马，她抓牢铜环，手指都发青了。没人给我买翡翠。’”

他从我手里拿过笔记本。“她指的是达基宁，我猜，”他说，“这里还有。‘没人会让我生小孩，没人能救得了我的命。’达基宁又没怀孕，亨德里克斯也没怀孕，胡说什么小孩干啥？两个人都没人救命。”他啪的一声合上笔记本，隔着办公桌递还给我。“我不知道你接下来还能怎么办，”他说，“依我看，这不像你可以直接拿去银行兑现的东西。谁知道亨德里克斯什么时候写的？也许在酒和安眠药开始发挥作用之后，谁知道她想说什么？”

我们身后有两个便衣正在把一个白人小子关进囚禁笼。隔张办公桌那边，一位面色阴沉的黑女人正在回答问题。我拿起那叠照片上的第一张，看着金被残杀的遗体。德金打开剃须刀剃完了胡须。

“我不懂的是，”他说，“你以为找到了什么，你认为她有个男朋友，男朋友送她戒指。好吧，你曾经猜她有个男朋友，送她裘皮外套，你追踪到这个线索，似乎你是对的，但是有外套也找不到男朋友，因为他没让写自己的名字。如果你无法通过我们已经有的这件外套找到他，那么从一枚我们只知道已经失踪的戒指上又怎么找得到他呢？你明白我的意思吗？”

“我明白你的意思。”

“那种歇洛克·福尔摩斯的事情，什么为啥狗不叫之类的话，反正你只有个不在那里的戒指，那能证明什么？”

“失踪了。”

“对的。”

“去了哪里?”

“去了藏污纳垢的地方，流进他妈的下水道里去了。我怎么知道去了哪里?”

“它消失了。”

“那又怎样呢? 要么就是自己长脚跑掉了，要么就是有人拿了。”

“谁拿了?”

“我怎么知道是谁?”

“假如她戴着戒指去的酒店。”

“你不能肯定这一点。”

“让我们先假设，行吗?”

“好吧，接着说。”

“谁拿走了? 哪个警察从她手指上扯走了吗?”

“不,”他说，“没人做这种事情。有人会拿零散的钱，我们都知道的，但是从谋杀被害者手指上扯下戒指?”他摇摇头。“再说，也没人单独同她在一起。有人在边上看着，没人会做这种事情。”

“客房清洁工呢? 那个发现尸体的人?”

“天哪，不可能。我盘问了那可怜的女人，她看了一眼死尸就开始尖叫，如果她还有力气剩下的话，现在还在叫呢。让她靠近达基宁用拖把碰碰都办不到的。”

“那谁拿了戒指呢?”

“假如她戴着去了的话……”

“对的。”

“所以是凶手拿了。”

“为什么?”

“也许他偏爱珠宝，也许他特别喜欢绿色。”

“再往下猜。”

“也许很值钱。这是个到处杀人的家伙，他没那么多道德观念，恐怕不在乎偷偷摸摸。”

“他没拿她钱包里的几百美元，乔。”

“也许他没时间翻钱包。”

“老天，他有时间冲澡，有时间翻她的手袋，实际上我们并不知道他没翻她的手袋，我们只知道他没拿钱。”

“那又怎么样呢?”

“但是他拿了戒指。他有时间拿起她血淋淋的手，把戒指从手指上扯下来。”

“也许很容易掉，也许尺寸不那么合适。”

“他为啥要拿呢？”

“他想送给自己的妹妹。”

“有更好的理由吗？”

“没有，”他说，“没有，去他妈的，我没有任何更好的理由。你到底想说什么？他拿走了戒指，要不我们就会追踪到他身上？”

“为什么不呢？”

“那他为啥不拿裘皮衣服呢？我们知道他妈的有个男朋友给她买了裘皮，也许他没用自己的名字，但是他怎么能肯定什么地方没有失误，那个售货员会记住些什么呢？老天，他拿走了浴巾，唯恐留下他妈的一根阴毛，但是他留下了裘皮。现在你又说他拿了戒指，这枚戒指就只能是个疯子送的吗？今晚我为啥要听你说这个戒指，过去两个半星期提都没人提？”

我没有吭气。他拿起香烟，要给我一支，我摇摇头。他自己拿了一支点上，抽了一口，吐出一股烟，然后用手摸摸头，抚平已经贴在头皮上的黑发。

他说，“也许有刻字。有人喜欢在戒指里面刻字，弗雷迪给金这类屁话。你觉得是这样吗？”

“我不知道。”

“你有啥想法吗？”

我想起丹尼男孩说的话。如果男朋友有那么大的本领，认识那么多人，那为啥没有炫耀过她呢？如果是别的人本领大，认识人多，带话来叫放聪明点，那这个人是否符合男朋友的形象呢？谁是那个为她付钱买貂皮的会计师模样的人，为何我哪里都找不到他任何踪迹呢？

凶手为何要拿走戒指呢？

我把手伸进口袋，手指碰到枪，感觉到冰凉的金属，又在枪下面摸到那块绿色的碎玻璃，就是这块玻璃才引起这一切联想的。我把它从口袋里掏出来看着，德金问我那是什么。

"绿色玻璃，"我说。

"像那枚戒指一样。"

我点点头。他从我手上拿去那块玻璃，对着光，又放回我手掌。"我们不知道她是否戴着戒指去了酒店，"他提醒我。"这样说只是为了讨论方便。"

"我知道。"

"也许她把戒指留在公寓了，也许有人从那里拿走了。"

"谁呢？"

"男朋友。假设他没有杀她，假设是个我一开始说的EDP……"

"你真的用这个术语吗？"

"你必须用他们希望你用的术语，你知道是怎么回事。假设是个变态杀了她，男朋友担心受连累，所以去了公寓，他有钥匙，拿走了戒指。也许他还帮金买过其他礼物，就都拿走了。他本来也会拿走裘皮衣服的，但是衣服在酒店里。为什么不能这样假设，却非要假设凶手从她手指上扯走戒指呢？”

因为那不是个变态，我想。因为变态不会让个穿短夹克的人来警告我，不会通过丹尼男孩来传话。变态也不会担心留下笔迹或指纹或浴巾。

除非他是开膛者杰克这类人，一个小心谋划的变态。但事实不是那样的，不可能是那样的，戒指必须有意义。我把玻璃碎片重新放回口袋，它有意义，它必须有意义。

德金的电话响了，他拿起电话，“乔·德金，是，对的，对的。”他听着，不时哼一声表示同意，朝我这边意味深长地看一眼，在备忘簿上记些笔记。

我去咖啡机那里倒了两杯咖啡。我不记得他咖啡里放什么了，然后想起这个咖啡机里出来的咖啡有多么难喝，就在两个杯子里都加了奶油和糖。

我回到办公桌旁时他还在打电话，他接过咖啡，点头表示感谢，喝着咖啡，又点上一支烟。我喝了些咖啡，随手翻着金的案卷，希望能突然看见什么让我灵光闪现。我思索着同唐娜的谈话，“闪光”这个词有什么不对？戒指没有在金的手指上闪光吗？我记得光照在戒指上时的情景，难道我只是在虚构记忆来支持自己的假设吗？我有假设吗？我只有枚失踪的戒指，却没有明确的证据表明戒指的确存在过。一首诗、一封自杀遗书，还有我自己关于在这个翡翠城[①]有八百万个故事的说法。是戒指让我下意识地这样说的吗？或者我只不过是认同黄砖铺设的道路上那些家伙，希望自己有脑有心勇气高？

德金说，“是啊，真讨厌，好，别走开，我马上就到。”

他挂上电话，看着我。他的表情很谨慎，洋洋得意又混杂着某种可能是怜悯的东西。

他说，“保哈顿汽车旅馆。你知道皇后大道同长岛高速公路交叉的地方吗？正好过十字路口，我不知道确切地点，艾姆赫斯特或者雷哥公园，总之是那一带。”

“嗯？”

“成人汽车旅馆，有些房间有水床，电视播放X级影片。婚外恋的、做皮肉生意的，找个房间过两小时。生意好的时候一个房间每晚会有五六批客人，很多都是付现钱，可以避税。像这样的汽车旅馆很赚钱。”

“你到底想说什么？”

“几小时之前有个家伙开车来租了个房间，嗯，这种生意，

---

① 出自《绿野仙踪》，前文（第二十一章）中曾有所提及。

顾客一走就马上打扫房间的。经理注意到车开走了，就去了房间。门上挂着‘请勿打扰’的牌子，他敲门，没人应门，他又敲门，还是没声音。他打开门，猜猜他发现了什么？”

我等着。

“一个叫伦尼·加菲因的警察接的电话，他立刻注意到它同银河酒店命案相似。刚才就是他打的电话。我们在得到法医证据前还不能肯定，刀捅的方向、伤口的性质，所有这些，但听上去的确相同。凶手甚至还冲了澡，离开时也拿走了毛巾。”

“是否……”

“是否什么？”

不是唐娜，我刚才还同她说了话。弗兰、鲁比、玛丽·卢……

“是钱斯的女人吗？”

“去他的，”他说，“我怎么知道谁是钱斯的女人？你以为我一天到晚盯着拉皮条的啊？”

“那是谁？”

“不是任何人的女人，”他摁灭香烟，又拿出一支，想想又放了回去。“不是个女人，”他说。

“不会是……”

“不会是谁？”

“不会是考尔德伦，奥克塔维亚·考尔德伦，那个客房登记员吧？”

他哈哈大笑起来。“老天，你心里想些啥呀，”他说，“你真想让事情对上号啊。不，不是女人，也不是你的小伙子考尔德伦。是长岛城那边一个变性的妓女，按照加菲因的说法，是还没做变性手术的，也就是说有硅胶填充的乳房，但她还有男性生殖器。你听见吗？她的男性生殖器。老天，这什么世道。当然，也许今晚她做手术了，也许那就是在做手术，用把大砍刀。”

我没法反应，我坐在那里麻木了。德金站起身来，一只手放在我肩上。“我楼下有辆车，我要去看看有些什么。想一起去吗？”

第二十八章

尸体还在那里，四仰八叉躺在大床上，血流尽了，皮肤像旧瓷器那样白得半透明。只有被砍得血肉模糊的生殖器才能让人认出被害者是男性，但脸是女人的，光滑无毛的皮肤也是女人的，身材苗条乳房丰满。

“她可以骗过你，”加菲因说，“看，她做了先期手术，乳房填充，去了喉结，颧骨也整过了，当然还一直打激素，这可以抑制胡须和体毛生长，让皮肤看上去像女人一样细腻。看看左乳房那儿的伤口，能看见填充的硅胶，看见了吗?”

到处都是血，空气中弥漫着刚死人的气味，不是死尸后来被发现的那种陈旧味道，不是腐烂的臭味，而是屠宰场的可怕气味，令人窒息的血腥味。我并没有觉得那么作呕，却被闷热密实的空气弄得透不过气来。

“幸亏我认出了她，”加菲因说，“知道她是妓女，这样就马上联想到你那个案子，乔。你那个也像这一样血淋淋吗？”

“一样的，”德金说。

我说，“你认识她吗？”

“哦，马上就认出来了。不久前我同长岛城的‘捕鸡’团队合作过，妓女还在那儿拉客，在同一个地方街头卖淫已经存在四五十年了，但是现在有很多中产阶级搬进来，把厂房改建成住宅，买下旧的砂石房屋，把合租房再改建成一户户住家。他们白天签租约，等到搬进来一看，就不高兴了，所以上面压下来叫清理街道。”他指指床上那人。“我恐怕逮捕过她三次。”

“你知道她的名字？”

“你想要哪个名字？他们都不止一个名字，她的街名是曲奇，我看见她的时候想起的就是这个名字。然后我打电话给五十街和弗农山警察局，让别人调出她的档案。她称自己为莎拉，但是他曾经接受过成人受诫礼，当时写下的名字是马克·布劳斯坦。”

“他曾经接受过成人受诫礼？”

“谁知道，反正又没邀请我。我只想说她是在花卉公园区长大的好犹太女孩，一个曾经是好犹太男孩的好犹太女孩。”

“莎拉·布劳斯坦？”

“莎拉·布劳斯坦，又名莎拉·布鲁斯通，又名曲奇。你注意到她的手脚了吗？对女孩来说太大了些，这是你可以辨别变性人的一个方法。当然不是绝对管用，也有女孩大手，男孩小手的。她可以骗过你，对吧？”

我点点头。

“她本来要去把其他手术做完的，也许都已经安排好了手术时间。法律规定他们必须像女人那样生活一年，医疗保险才能为他们买单。他们当然都有医疗保险，都有福利。他们一晚上接十几二十个嫖客，全都是在嫖客的车里快速吹个喇叭，挣个十几二十元，一周七天每晚能弄个几百元，全都免税。他们有医疗保险和福利，带小孩的还有儿童福利，一半皮条客有社会福利保险。”

他同德金又侃了一会儿这个话题。技术人员在我们身边忙活着，测量、拍照、取指纹。我们不想碍他们的事，站在汽车旅馆的停车场里。

德金说，“你知道我们碰见什么了吗？我们碰见了开膛手杰克。”

“我知道那个，”加菲因说。

“你从其他客人那里了解到什么情况吗？她肯定有些动静。”

“你开玩笑吧？婚外恋的人？‘我什么都没看见，我什么都没听见，我要走了。’就算她喊叫，在这样的地方，大家都会以为是找乐子的新办法，何况他们自己也在忙着找乐子，无暇他顾。”

“他先登记入住一家中城的时髦酒店，叫个应召女郎，然后又挑了个变性的街头妓女，拖她去了一家搞婚外恋的汽车旅馆。你觉得是那‘鸟’和‘蛋’把他吓到了么?”

加菲因耸耸肩。“也许。你知道，街头妓女有一半是易装的男人，有些地方还超过了一半。”

“在西区码头那一带远不止一半。”

“我听说过，”加菲因说，“你去同嫖客聊聊，有些人会承认他们还更喜欢男人，说男人让他们更有劲头。当然，他们自己没啥怪异的，只是来者不拒。”

“嗯，谁知道嫖客想些啥。”德金说。

“不管他是否知道，我估计也不会让他为难，反正直接动手杀人就是。”

“你猜他同她发生性关系了?”

“很难说，除非床单上留有痕迹。他不会是她当晚的第一个嫖客。”

“他冲了澡吗?”

加菲因耸耸肩，摊开双手。“天知道，”他说，“经理说有浴巾不见了，他们打扫房间时放了两条浴巾两条手巾，两条浴巾都不见了。”

“他也从银河拿过毛巾。”

“那他可能这里也拿了，但是在这样的垃圾堆里，谁知道。

我的意思是谁知道他们是否每次都记得好好整理房间。冲澡也是一样的，我不相信上一批客人走后他们会好好擦洗。”

“也许你能找到什么。”

“也许。”

“指纹什么的。你看见她指甲里面有皮吗？”

“没有，但这不等于说实验室的那些人也找不到。”他的下巴抽动了一下。“我只想说感谢老天我不是法医或技术人员，当个警察已经够糟了。”

“谢天谢地，”德金说。

我说，“如果他在街上找的她，有人可能会看见她上车。”

“有几个警察正在那里盘问。我们可能会发现点什么，如果有人看见，如果他们记得，而且如果他们愿意说的话。”

“很多如果。”

“这里的经理肯定见过他，”我说，“他记得什么？”

“没多少。我们再去找他谈谈。”

经理像熬夜上班的人那样面色憔悴眼眶发红，他呼吸带酒味，但举止倒不像醉鬼，我猜他在发现尸体后喝了酒给自己壮胆，但结果是稀里糊涂，反应迟钝。“这是个规规矩矩的地方，”他坚持说，他的话显而易见地荒唐，没人理这个茬。我猜他的意思是并非每天都有谋杀事件发生。

他没有见过曲奇。可能杀了她的那人是独自来的，填了登记表，付了现钱，这没什么反常，一般都是女人在车里等着，男人去登记。车没有直接停在办公室门口，所以那人登记入住时他没有看到车，实际上他根本就没看到过车。

“你看见车不见了，”加菲因提醒他。“所以你才知道房间空了。”

“但是房间没空。我打开房门……”

“你以为空了，因为车不在了。如果你根本没见过车的话，怎么知道车不在了呢？”

“停车位空了。每个房间前都有个车位，车位号码对应房间号码。我朝外看，车位空了，那就意味着车已经开走了。”

“他们都会停在该停的地方吗？”

“应该这样停的。”

“有很多应该做的事情，纳税、不乱吐痰、只在交叉路口过街等。有人急着要滋润一下他的灯芯，哪里会去管车位是什么号码？你看过那辆车吗？”

“我……”

“你看过一次，也许两次，车停在车位里。后来你再看，车不在了，这时候你肯定他们不在了。是这么回事吗？”

“我猜是的。”

“描述一下那辆车。”

“我没有真看，我就是看看是否在那。”

“什么颜色？”

“深色。”

“好极了。双门？四门？”

“我没注意。”

“新车？旧车？什么品牌？”

“是新款车，”他说，“美国车，不是外国车。至于品牌，我小时候它们都不一样，现在所有车都一个样。”

“他没说错，”德金说。

“除了美国汽车公司，”他说，“格雷姆林，领步人，这些你认得出来，其他全都一个样。”

“这辆车不是格雷姆林或领步人？”

“不是。”

“是轿车？带天窗的？”

“说实话，”那人说，“我只注意到那是辆车，卡片上填了品牌、款式和车牌号。”

“你说的是入住登记卡吗？”

“对，他们都要填的。”

登记卡在柜台上，上面覆盖着透明醋酸盐层保护指纹，等实验室人员来取样。姓名：马丁·艾伯特·里康，地址：吉尔福德路二百十一号。城市：史密斯堡，阿肯色州。汽车品牌：雪佛兰。生产年份：一九八零。款式：轿车。颜色：黑色。车牌号：LJK－914。签名：M. A. 里康。

“看上去像是同一个人的字迹，”我告诉德金。“但是字迹工整时谁能辨识得出来？”

“专家有办法，就像他们还能告诉你，他用砍刀时是否也有同样的刀法。这家伙喜欢‘堡’，你注意到了吗？印第安纳的韦恩堡和阿肯色的史密斯堡。”

“微妙的模式开始出现了，”加菲因说。

“里康，”德金说，“肯定是意大利人。”

“M. A. 里康听上去像是那个发明了无线电的人。”

“那是马可尼，”德金说。

“嗯，反正近似。这个家伙叫马可罗尼。插根羽毛在帽子里装逼，叫它马可罗尼。”

“插根羽毛在他屁眼里，”德金说。

“也许他插在曲奇的屁眼里，也许不是羽毛。马丁·艾伯特·里康，好稀奇的化名，上次他用的是什么？”

“查尔斯·欧文·琼斯，”我说。

"哦，他喜欢用中间名。他是个好会装的混蛋，是吧？"

"非常会装，"德金说。

"会装的家伙，真正会装的家伙，通常每件事都精心谋划。琼斯是个俚语，意思是成瘾。你知道吗，例如海洛因琼斯，例如某个瘾君子说他有一百块钱的琼斯，意思就是他每天要一百块钱才能过瘾。"

"真高兴你解释给我听，"德金说。

"只是想帮个忙。"

"因为我只干了十四年，从来没有直接同吸毒成瘾的人打过交道。"

"真明智，"加菲因说。

"汽车牌照对得上号吗？"

"会同姓名和地址一样对得上号。我给阿肯色州交通监管局打了电话，但只是浪费时间。这种地方连正经的客人都会捏造牌照号码，他们不会停在这个窗口前让我们的朋友核对，尽管他也不会去核对，你会核对吗？"

"又没有法律规定我必须核对，"那个人说。

"他们也用假名。好笑的是，我们这位伙计在银河酒店用琼斯，这里用里康。他们这里肯定很多琼斯，还有常用的什么史密斯和布朗斯。你有很多史密斯吗？"

“又没有法律规定我必须看证件，”那人说。

“或者结婚戒指，对吧？”

“结婚戒指或结婚证书或任何这一类东西。都是愿打愿挨的成人，去他的，不管我的事。”

“也许里康在意大利语里有啥意思，”加菲因说。

“也许吧，”德金说。他问经理是否有意大利语字典，那人直盯盯地看着他，迷惑不解。“他们还管这地方叫汽车旅馆，”他说，摇摇头。“也许连基甸会免费《圣经》都没有。”

“大部分房间里都有的。”

“天哪，真的？就摆在播放着三级片的电视旁边？对吧？很方便地摆在水床旁边。”

“只有两间房有水床，”那个可怜的混蛋说，“水床要多收钱的。”

“幸好我们的里康先生是个吝啬鬼，”加菲因说，“否则曲奇会泡在水里。”

“给我说说这个家伙，”德金说，“再说一遍他的长相。”

“我告诉过你……”

“你得一遍又一遍地说。他有多高？”

“高个子。”

“像我一样高？矮点？高点？”

“我……”

“他穿什么衣服？戴帽子吗？打领带吗？”

“记不清了。”

“他走进门来，问你要个房间，又填了卡片，付了现钱。这样的房间多少钱，顺便问问？”

“二十八美元。”

“倒蛮划得来。我猜色情电影要另外收费。”

“是投币的。”

“方便。二十八元价格挺合理，如果一晚上换几批客人的话，你也划得来。他怎么付的账？”

“我告诉过你，现金。”

“我指什么样的钞票。他给你什么，两张十五元？”

“两张……”

“他给你一张二十、一张十元吗？”

“我想是两张二十的。”

“你找了他十二块？等一下，肯定还要加税，对吧？”

“加税一共是二十九元四角。”

“他给你四十元，你找了零钱。”

他想起了什么。“他给我两张二十元和四角零钱，”那人说，“我找他一张十元和一张一元。”

“看，你记得这个交易。”

“对，的确，算记得吧。”

“那现在告诉我他长什么样，白人吗？”

“对，当然，白人。”

“胖？瘦？”

“瘦，但不算太瘦。算是瘦的吧。”

“留胡须？”

“不。”

“八字胡？”

“也许，我不知道。”

“但是他肯定有些什么，有让你记住他的地方。”

“什么？”

“这是我们想要找出来的，约翰。他们是这样叫你的吗？约翰？”

“大多叫我杰克。”

“好，杰克。你现在做得不错。他的头发什么样？”

“我没注意他的头发。”

“你当然注意了。他低头填卡片，你看见他的头顶，记得吗？”

“我不……”

“满头浓发？”

“我不……”

“有人会让他同我们一位画家好好谈谈，”德金说，“他会画出些什么的。这个该死的开膛变态总有一天会失手，等我们当场抓住他，或他出门时抓住他，会发现他长得一点不像警察画家的素描，就像我长得不像他妈的莎拉·布劳斯坦。她真像个女人，对吧？”

“也许她像个死人。”

“我知道，像屠夫挂在橱窗前的肉。”我们在他的车里，行驶在皇后区大桥凹凸不平的桥面上，天已经开始放亮，我已经累到没有感觉了，情绪紧张到要暴裂的程度。我能感到自己的脆弱，一件最小的事情也能让我哭出来或笑出来。

“你不知道那会是什么感觉，”他说。

“什么？”

“找一个长成那种样子的人，在街上或酒吧里，管他哪里。然后你带她去个地方，她把衣服一脱，吓你一跳。我说，你会有什么反应？”

“我不知道。”

“当然，如果她已经做完了手术，你就是同她在一起也不会知道。我觉得她的手也不怎么大，反正也有女人大手，男人小手的。”

“嗯嗯。”

“她戴了几枚戒指，说到她的手，你注意到了吗?”

“注意到了。”

“她一手戴一枚。”

“然后呢?”

“然后他没有拿走戒指。”

“他为啥要拿她的戒指?”

“你说他拿了达基宁的戒指。”

我没有吭气。

他轻声说，“马修，你不会还以为达基宁被杀是有理由的吧?”

我觉得怒火直往上蹿，像动脉里的瘤子那样鼓胀。我坐在那里竭力抑制着火气。

“不要告诉我毛巾的事情。他是个开膛手，是个聪明的该死的变态，精心安排，按照自己的规则办事。他不是第一个这样的人。”

“有人警告我不要管这件事情，乔。非常专业地警告我不要管这件事。”

“那又怎样呢？她被个变态杀了，但她的朋友还是不想把她的某些事情公之于众。也许她有位男朋友，是结了婚的家伙，就像你猜的那样，即使她生他妈的猩红热死了，他也不想让你在骨灰里拨来拨去。”

我给自己“米兰达警告”，告诉自己，你有权保持沉默，于是就行使了这项权力。

“除非你认为达基宁和布劳斯坦有关系，失散已久的姐妹什么的，对不起，是哥哥和妹妹，要不就是兄弟。也许达基宁几年前就做过手术了，作为女孩她个子太高，对吧？”

“也许曲奇是烟幕弹，”我说。

“为什么？”

我忍不住还是继续说了。“也许他杀死她是为了转移目标？”我说，“让它看上去像一连串随意的谋杀，掩盖杀害达基宁的动机。”

“转移目标？什么目标，老天。”

“我不知道。”

“根本没他妈啥目标，现在有了。没有什么比一连串随意谋杀更能让媒体骚动的了。读者可以吃下去，把它浇在玉米片上。只要给编辑们一个机会翻出开膛手杰克的故事来做文章，他们就会像疯了一样。你还谈什么目标，现在有足够的目标把他的屁股钉在上面。”

“是吧。”

“你知道你怎么样吗？你很固执。”

“也许。”

“你的问题在于你是单干，你一次只接一个案子。我桌上堆着那么多垃圾，巴不得能摆脱一些事情，但是你却正好相反，你想尽量长久地拖着不放手。”

“是这么回事吗？”

“我不知道，听上去是这么回事。”他一只手松开方向盘，拍拍我的手臂。“我不想让你泄气，”他说，“我看见这种事情，看见有人被剐成那样，就试着捂个盖子，但它又从另一头冒了出来。你做了很多好事。”

“我做了吗？”

“毫无疑问。我们先前忽略了一些事情，你发现了一些事情，可能会给我们一些线索找到这个变态，谁知道呢？”

我才没有呢。我知道的只是我太累了。

我们开车穿过城市时，他不再说话。到了我旅馆门前，他刹车停下，说，“加菲因说的也许有道理，也许里康在意大利语里有什么意思。”

“这不难查。”

“哦，当然不难。一切事情都应该像这样容易找出究竟。不，我们会去查，你知道我们会发现什么吗？结果会发现那意思是琼斯。”

我上楼脱掉衣服上了床。十分钟之后又爬起来了，我觉得身上不干净，头皮发痒。我站在水太烫的淋浴头下，拼命擦洗了一阵。我冲好澡，告诉自己上床前刮脸没啥意思，然后还是抹了肥皂泡刮了脸。完事后，我穿了件睡衣，坐在床边，然后又坐到椅子上。

他们说不要让自己太饿、太生气、太孤独、太累，这四件事情里任何一件都能让你失去平衡，让你想喝一杯。似乎我现在四件事都触了底，一天一夜的时间，我兜个圈子又回到原地。奇怪的是，我并没觉得非要喝一杯不可。

我从外套口袋里掏出枪来，准备把它放回衣橱抽屉里，然后又改了主意，坐回椅子上，手里把玩着枪。

我最后一次开枪是什么时候？

我并不需要费力去想。那晚我在华盛顿高地追赶两个窃匪到街上，开枪把他们打倒，这过程中误杀了那个小女孩。那件事情之后我留在警察局的一段时间里从来都没有机会掏过枪，更别说开枪了。离开警察局后确实没有开过枪。

今晚我没法开枪，因为有什么东西在提醒我，我瞄准的那辆车里装着喝醉了的年轻人而不是杀手？因为有什么微妙的直觉让我等一等，直到肯定我要射击的是什么？

不，我无法让自己相信这一点。

我只是僵住了。如果不是拿着威士忌酒瓶的年轻人，而是端着汤米冲锋枪的坏人，我同样没有办法扣动扳机，我根本就是手指瘫痪。

我拆开枪，把子弹从弹夹里摇出来，再把它给关上。我用空枪瞄准房屋另一头的废纸篓，扣了几次扳机。在我这小房间里，撞针在空枪膛里发出的声音大而尖锐，令人吃惊。

我对准梳妆台上的镜子，咔嗒。

这不能证明什么，枪是空的，我也知道是空的。我可以把这东西拿到一个射击场，装上子弹，对准靶子射击，那也不能证明什么。

无法开枪这事让我很不安，但我也很高兴当时是这样的，否则我就会对着那一车年轻人打完一梭子弹，很可能杀死几个，叫我如何安得下心来呢？尽管很累，我还是反复琢磨了几次这个难题。我很高兴没对任何人开枪，但又为不能开枪的潜在原因感到害怕。我就这样不停地来回想着，像猫追逐自己的尾巴。

我脱掉睡衣上床，却还是无法放松下来。我又重新穿上出门的衣服，用把指甲钳的后端当螺丝刀拆开手枪来清理。我把零件放在一个口袋，另一个口袋放着四颗子弹，同我从窃贼那里拿来的两把刀放在一起。

已经是早上了，天空明朗。我走到第九大道，又走上五十八街，把两把刀扔进下水道口。我过了街，走到另一个下水道口，站在那里，手插在口袋里，一只手握着四颗子弹，另一只手摸着拆开的手枪部件。

为什么带着一把你无法射击的枪呢？为什么要拥有你无法携带的枪呢？

我在回旅馆的路上去了一家食品店，我前面的顾客买了两盒六瓶装“老英国 800”麦芽啤酒。我挑了四块巧克力糖，付了钱，走路时吃了一块，带了三块回房间。我把手枪部件从口袋里掏出来重新装了回去，给六个弹膛中的四个装上子弹，把枪放在梳妆台抽屉里。

我上了床，告诉自己无论是否能睡着，都必须呆在床上，一边笑自己的想法，不知不觉睡着了。

第二十九章

电话叫醒了我。我竭力从睡梦中醒来，像潜水员浮上水面来呼吸。我坐起身，眨着眼，想喘口气。电话铃还在响，我一时没弄明白究竟是什么鬼东西在发出声音，随后清醒了，拿起电话。

是钱斯。“刚看了报纸，”他说，“你觉得是怎么回事？是杀死金的同一个家伙吗？”

“等我一下，”我说。

“你在睡觉？”

“我现在醒了。”

“那你不知道我说什么。又杀了人，这次是在皇后区，某个变性的街头妓女被砍成碎片。”

“我知道。”

“你怎么会知道，你不是在睡觉吗？”

“昨晚我就在那里。”

“在皇后区?”

他听上去很惊讶。“在皇后大道，”我告诉他，“同两个警察在一起。的确是同一个凶手。”

“你能肯定吗?”

“我在的时候他们还没有弄完法医证据，但我能肯定是的。”

他想了想。“那金就是运气不好了，”他说，“不对头的时间，不该去的地方。”

“也许。”

“只是也许?”

我从床头柜上拿起手表。差不多中午了。

“有些地方对不上号，”我说，“至少我这样看。昨晚一个警察说我的问题就是太固执，我只有这个案子，抓住不想放手。”

“然后呢?”

“他也许有道理，但还是有些事情不对头。金的戒指到哪去了?”

“什么戒指?”

“她有枚带翡翠的戒指。”

“戒指，”他说，想了想。“是金有那枚戒指吗? 好像是的。”

“戒指去哪了?”

“不在她的首饰盒里吗?”

“那是她的纪念戒指，家乡的高中学校。”

“哦，对的。我想起了你说的那枚戒指，大颗绿色宝石，生日宝石戒指一类的东西。”

“她从哪里弄来的？”

“很可能是盒装点心赠送的礼品，记得她说过自己买的。就是个便宜货，伙计，一块玻璃而已。”

酒瓶砸碎在脚下。

“不是翡翠吗？”

“你开玩笑吧，伙计？你知道祖母绿值多少钱吗？”

“不知道。”

“比钻石还贵。为啥戒指那么重要？”

“也许没啥。”

“你接下来做什么？”

“我不知道，”我说，“如果金是被个随便杀人的变态弄死的，我不知道还能做什么，警察只会比我做得更好。但是有人想叫我放弃这案子，有位酒店职员吓得离开了纽约，还有枚戒指失踪了。”

“也许这些没什么特别含义。”

“也许。”

“桑妮的遗书里不是说到什么戒指让某人的手指变绿？也许是个便宜戒指，把金的手指都染绿，她扔掉了。”

“我不相信桑妮是这个意思。”

“那她是什么意思？”

“我也不知道。”我吸了口气。“我想把曲奇·布鲁同金·达基宁联系在一起，”我说。“如果能做到这一点，可能就会找到杀死她俩的人。”

“也许。你明天来参加桑妮的葬礼吗？”

“我会去的。”

“那到时见。也许事后我们可以谈谈。”

“好。”

“嗯，”他说，“金和曲奇，她俩有什么共同之处？”

“金不也在街上卖过一阵子吗？在长岛城那一带？”

“好几年前的事情了。

“她有个拉皮条的叫达菲，对吧？曲奇有拉皮条的吗？”

“可能。有些变性人会有，但大部分都没有，就我所知。也许我可以问问。”

“也许你可以问问。”

“我好几个月没见过达菲了，好像听说他死了，可我会去问问。但是很难联系起来，像金这样的女孩同一个从长岛城来的犹太变性皇后有啥共同之处。”

犹太变性皇后同牛奶皇后，我想，又想到了唐娜。

“也许她们是姐妹，”我说。

“姐妹?”

“亲姐妹。”

我想吃早饭，但是一上街就先去买了份报纸，看一眼就马上意识到这会让我吃不下早饭里的培根煎蛋。报纸头版标题宣布，酒店开膛手的第二个牺牲品，然后是黑体大写字：变性妓女在皇后区被宰杀。

我叠好报纸，夹在胳膊下。我不知道自己想先做什么，先读报还是先吃饭，但是双脚替我做了决定，两样都没有选择。我走了两个街区才意识到自己是在往西六十三街的青年会大楼走去，我正好赶得上十二点半的会。

管他呢，反正他们的咖啡同别家也差不多。

一小时以后我离开那里，在百老汇大街转角处的一家希腊餐馆吃了早饭。我边吃饭边看报纸，现在似乎不打扰我了。

新闻报道里没有多少我不知道的内容。据说被害人曾经住在东村；不知为何我先前以为她住在河对岸的皇后区。加菲因曾经提到过花卉公园，正好在拿骚县境内，显然她是在那里长大的。《邮报》说她父母几年前死于一次飞机失事，马克/莎拉/曲奇唯一还活着的亲人是哥哥阿德里安·布劳斯坦，一位珠宝批发商，住在森林小丘，在西四十七街有办公室。他出城去了，还不知道弟弟的死讯。

他弟弟的死讯？或者说是妹妹的死讯？如何同变性人做亲戚？一位体面的商人如何看待自己的弟弟变成妹妹，在陌生人的汽车里做些速战速决的买卖？曲奇·布劳斯坦的死对阿德里安·布劳斯坦意味着什么？

对我意味着什么？

任何人的死亡都会伤害我，因为我同人类有关。任何男人的死亡，任何女人的死亡，任何介于两性之间的人的死亡。但是这伤害了我吗？我真的同他们有关吗？

我仍然能感到那把点三二口径手枪在我手指下颤抖。

我又要了杯咖啡，开始看另一篇报道。一位年轻军人回家休假，在布朗克斯偶然加入一场业余篮球赛，似乎有把枪从旁观者的口袋里掉出来，一颗子弹反弹出来射中这位年轻军人，当场把他打死了。我重新读了一遍这篇报道，坐在那里直摇头。

又多了一种死法。老天，真的有八百万种，对吧？

晚上九点差二十分，我悄悄走进索霍区王子街上一个教堂的地下室。我倒了杯咖啡，一边找位子，一边看看简是否在。她坐在靠前面的右边，我坐在更后面靠近咖啡壶的地方。

演讲者是位三十多岁的女人，曾经喝了十年酒，最后三年在鲍厘街鬼混，靠乞讨和替人擦车窗弄点钱买酒。“就连在鲍厘街，”她说，“也有人知道如何照顾自己。有些男人总是带着剃须刀和肥皂，我却直接堕落到另外一种人，不刮胡子、不洗脸、不换衣服的那种人。我脑袋里有个声音说，‘丽塔，你找到了属于自己的地方。’”

休息时我遇见了朝咖啡壶这边走过来的简，她似乎很高兴见到我。“我恰好在这附近，”我解释说，“正好是开会的时间。我猜可能会碰见你。”

“哦，这是我经常参加的一个会，”她说，“我们会后去喝咖啡，好吗?”

“好啊。”

我们十来个人最后在西百老汇大街的一家咖啡店里围着张餐桌坐着，我没怎么说话，也没怎么注意听人说话。最后侍者分别把大家的账单拿来，简自己付了账，我也付了自己的，我们俩朝下城她的住处走去。

我说，“我不是偶然在这个街区的。”

“让我大吃一惊啊。”

“我想同你谈谈。不知道你是否读了今天的报纸……”

“关于皇后区的凶杀案？我读了。”

“昨晚我在那里，我很紧张，想找人谈谈。”

我们去了她家，她煮了一壶咖啡。一杯咖啡放在我面前，等我说完了话才来喝一口时，咖啡已经凉了。我告诉她最近的消息，谈了金的裘皮外套，喝醉酒的年轻人和砸碎的酒瓶，谈了去皇后区以及在那里发现的事情，我还告诉她今天下午我怎么过的。我乘地铁过河，在长岛城走了走，回来后又一家家去敲曲奇·布鲁在东村的公寓楼里邻居的房门，然后穿过曼哈顿去逛那些位于克里斯多夫街和西街一带的同性恋酒吧。

此时正好赶上联系乔·德金，了解到实验室发现的证据。

“是同一个凶手，”我告诉简，“用了同样的凶器。他高个子，习惯用右手，很强壮，用砍刀很利索。反正不管他是用什么。”

在阿肯色州查证没有结果。史密斯堡的地址是假的，这本来就在预料之中，汽车牌照属于一辆橘黄色大众牌汽车，车主是费耶特维尔的一位幼儿园教师。

“她只在星期天开车，”简说。

“大概是吧。他捏造了阿肯色州那些事情，同捏造了印第安纳韦恩堡一样。但牌照是真的，或几乎是真的。有人想到去核查被盗车登记表，结果发现在杰克逊高地大街上有辆藏青色雪佛兰羚羊车被盗，就在曲奇被杀前几小时。车牌号同他登记入住时写的是一样的，只是颠倒了两个数字而已。当然是纽约车牌，不是阿肯色州的。”

“那辆车符合汽车旅馆员工的描述。曲奇被叫走时街上还有其他妓女拉客，她们说的情况也相符。她们说有辆像这样的车在那兜了一阵之后，车里那家伙才叫了曲奇。”

“车还没找到，但这并不等于他还在开着这辆车。一辆被弃置的车可能要很长时间才会被发现，有时偷车贼把它放在‘禁止停车’的地方，警察会把它拖去扣押车的场所。这次当然不同，有人会去根据被盗车登记表来核查被拖走的车，但事情并不总是如人所愿。没关系，反正最后会发现凶手结果了曲奇二十分钟之后就扔掉了车，而且还把指纹全都揩干净了。”

“马修，你不能放弃吗?”

“这件事情?”

她点点头。“从此以后就是警察的事了，对吧? 筛选证据，追踪所有细节。”

“我想是的。”

“他们也不大可能把它束之高阁了。金死的时候，你以为他们会这样，现在报纸不会放过他们的，即使他们想不管也不行。”

“那倒是。”

“那你还有什么理由要不停地追踪这件事情呢？你的雇主花的那些钱，你已经让他得到足够回报了。”

“是吗？”

“不是吗？我觉得你挣点钱比他更辛苦。”

“你说得对。”

“那为什么还不放手？那么多警察，难道不比你厉害？”

我想了一会儿，然后说，“应该有联系。”

“什么联系？”

“金和曲奇之间，因为，该死，否则就没意义了。变态凶手做的事情总是有固定模式，哪怕只存在于他自己脑子里。金和曲奇长相不一样，生活也不同。老天，他们一开始甚至都不同性别。金在家里靠电话揽生意，有个拉皮条的，曲奇是变性的街头妓女，同嫖客在车里做买卖，是非法的。钱斯再三问过别人她是否有个没人知道的皮条客，但似乎不像是那么回事。”

我喝了些冷咖啡。“他找了曲奇，”我继续说，“他不着急，他开车在那几条街上来回兜，他想好了要找她，而不是别人。联系在哪里呢？这不是找同类的问题，她在外貌上同金完全两样。”

“是否同个人生活有关？”

“也许。她的个人生活很难追踪，她住在东村，在长岛城拉客。我在西区同性恋酒吧里找不到任何认识她的人。她没有拉皮条的，也没有情人。她在东五街的邻居根本不知道她是妓女，只有几个人怀疑她不是女人。她唯一的家人是哥哥，他甚至不知道她已经死了。”

我又说了一阵。里康不是意大利词，如果用作姓的话，那也不常见。我查找过曼哈顿和皇后区的电话簿，没有找到任何里康在上面。

等我说完了，她又去煮了些咖啡，我们坐了几分钟没有说话。然后我说，“谢谢。”

“谢咖啡吗?”

“谢谢听我说话。我觉得好些了，我必须说出来。”

“说出来总是有用的。”

“我想也是。”

“你在会上不说话的，对吧?”

“老天，我不能说这些事情。”

“不一定非要说这么具体，也许，但你可以说说你经历过的这些事情，你的感觉，这也许会很有用，马修。”

“我办不到啊。天哪，我连自己是酒鬼都说不出口。‘我叫马修，我无话可说。’我都可以打电话来说了。”

“也许会改变的。”

“也许。”

“你多久没喝酒了，马修？”

我要想想。“八天。”

“嘿，那太好了。有什么好笑的？”

“我注意到一件事。有人问另一人他有多久没喝了，无论怎么回答，别人都会说，‘嘿，那太好了，太妙了。’如果我说八天或八年，反应都一样。‘嘿，那太好了，太妙了。’”

“嗯，是这样的。”

“我猜也是。”

“你没喝酒，这本身就很妙。八年很了不起，八天也一样。”

“嗯嗯。”

“什么事？”

“没啥。桑妮的葬礼是明天下午。”

“你会去吗？”

“我说过会去。”

“你担心吗？”

“担心？”

“紧张，焦虑。”

“这个我不知道，我没有盼着要去。”我望着她灰色的大眼睛，又看着别处。“我坚持不喝酒最长就是八天了，”我随口说着。“上次我有八天，然后又喝了。”

“这不等于说你明天就会喝。”

“噢，我知道。我明天不会去喝。”

“带个人一起去。”

“你什么意思？”

“去参加葬礼。请戒酒会的什么人同你一起去。”

“我没法请任何人去。”

“当然可以。”

“谁？没有谁熟悉到可以邀请的。”

“你在葬礼上坐在别人身边，难道还要很熟悉吗？”

“那么？”

“那么什么？”

“你会同我一起去吗？算了，我不想让你为难。”

“我会去。”

“当真？”

“为什么不？当然，我可能会看上去灰溜溜的，同那些时髦的妓女相比。”

“噢，才不会呢。”

“不会？”

“不，根本就不是那样。”

我用指尖抬起她的下巴，我的嘴尝到了她嘴的滋味。我摸摸她的头发，黑发夹杂着灰发，同眼睛一样灰色的头发。

她说，“我怕会发生这个，但是又害怕不会发生这个。”

“现在呢？”

“现在就只是害怕。”

“你想要我走吗？”

“我想要你走？不，我不想要你走，我想要你再吻我。”

我吻了她。她双手抱着我靠拢，透过衣服我感到了她身体的温暖。

“噢，亲爱的，”她说。

事后我躺在她床上，听着自己的心跳。一瞬间我感到无限孤独和沮丧，好像揭开了一个无底深井的盖子。我伸出手去，放在她身上，身体的接触隔断了我刚才的情绪。

“嗨，”我说。

“嗨。”

“你在想什么？”

她笑了。“不是什么浪漫事情。我在猜我的辅导员会说什么。”

“你要告诉她吗？”

“我没必要做任何事情，但我还是会告诉她，‘噢，顺便说说，我同一个八天没喝酒的家伙上了床。’”

“这是滔天大罪，哈？”

“可以说是绝对不行。”

“她会拿你怎么办？罚你念六遍‘我们在天之父’？”

她又笑了，她笑起来很好听，声音醇厚发自内心，我一直很喜欢。

“她会说，‘嗯，至少你们没喝酒，这是最要紧的。’然后她还会说，‘我希望你感到很快乐。’”

“你有吗？”

“快乐？”

“嗯。”

“天哪，不，高潮是我装出来的。”

“装两次，哈？”

“当然啦。”她贴近我，把手放在我胸口。“你会留下过夜吧？”

“你的辅导员会怎么说？”

“可能会说一不做二不休。噢，我差点忘了。”

“你去哪里？”

“去打个电话。”

“你真要打电话给辅导员?”

她摇摇头，穿上睡衣，翻开一个小地址簿，然后拨了个号码，说，“喂，是简，你还没睡觉吧?你看，这有点不搭界，但你是否知道里康这个词?”她把词拼出来。“我觉得这可能是个脏字眼什么的，嗯，嗯。”她听了一会儿，说，“不，不是这么回事，我只是在做西西里语的拼字游戏，晚上睡不着觉。听着，你不可能总是读《圣经》。”

她结束了谈话，挂了电话，说，“嗯，只是恰好想到。我猜那是不是方言或脏字，不会出现在字典里的。”

“你觉得那会是什么脏字呢?你什么时候有这个想法的?”

“不关你的事，你个坏蛋。”

“你脸红了。”

“我知道，我能感觉得到。谁让我想帮个朋友破案呢?”

“做好事总会受到惩罚的。”

“人家都这样说。马丁·艾伯特·里康和查尔斯·欧蒂斯·琼斯?这些是他用的名字吗?”

“欧文。查尔斯·欧文·琼斯。”

“你觉得有什么含义。”

“应该有些含义才是，即使他是个疯子。任何精心设计的事情都会有些意义。”

“就像韦恩堡和史密斯堡一样?”

“也许就像那一样，但是我觉得他用的名字比这更重要。里康是很不同寻常的名字。”

“也许他开始想写‘里科’。”

“我也这样想过，电话簿上很多姓里科的，也许他是波多黎各人。”

“为什么不?其他人都是波多黎各人。也许他是卡格尼的粉丝。”

“卡格尼?”

“在死亡那场戏中，‘慈悲的圣母，里科就这么完了吗?’记得吗?”

“我还以为那是爱德华·G. 罗宾逊呢。”

“也许是。我看‘夜间秀’时总是醉醺醺的，所有这些华纳兄弟的匪徒们在我脑子里全都混在一起。反正是那种卵大包天的家伙。‘慈悲的圣母，就这么……’”

“卵蛋，”我说。

“嗯?”

“老天。”

“什么事?”

“他好会捉弄人，他妈的捉弄人。”

“你在说什么?”

“那个凶手。C. O. 琼斯和M. A. 里康，我还以为是姓呢。”

“不是姓吗?”

“Cojones，Maricón。”

“这是西班牙语。”

“对的。”

“Cojones 意思是‘卵蛋’，对吧?”

“Maricón 意思是‘同性恋’，但是我觉得结尾没有 e。”

“也许结尾有 e 就特别恶毒。”

“也许他拼写很糟糕。”

“嗯，去他的，”她说，“人无完人。”

第三十章

上午我回家去冲个澡，刮了胡子，穿上最好的西服。我赶去参加了中午的会，在街上吃了个萨伯特热狗，按照事先的安排，同简在七十二街和百老汇大街的木瓜热狗摊前碰头。她穿了件针织裙装，鸽灰色中夹杂着黑色。我从来没见她穿过这么讲究的衣服。

我们转弯去库克斯殡仪馆，那里有位身穿黑色西服，专职表示同情的年轻人决定我们属于哪一组前来哀悼的人，他领我们经过走廊到了第三套房，打开的房门上有个槽里插着卡片，写着亨德里克斯。里面走廊两旁分别有大约六排座位，每排四把椅子。前面在高出地面的台上有个演讲台，台子左边有个打开的棺材，淹没在花丛中。早上我也送了花，但其实用不着费心，桑妮的花已经足够了，这些花送一个禁酒时期的匪徒去应许之地也绰绰有余了。

钱斯坐在右边前面一排靠走廊的位子，唐娜·坎皮恩坐在他身边，弗兰·谢克特和玛丽·卢·巴克坐在同一排。钱斯穿了黑色西服，戴着黑色丝质窄领带。女人全都着黑，我好奇他是否头天下午带她们去买衣服了。

我们进来时他转过头，站起身来。简同我走过去，我介绍了彼此。我们尴尬地站了一会儿，然后钱斯说，“你们可能想看看遗体，”朝棺材那边点点头。

有人真会想要看一具遗体吗？我走过去，简跟在我身边。桑妮身穿颜色鲜亮的衣服躺在奶白色缎子衬里的棺材里，双手合拢握着一支玫瑰放在胸前。她的面庞好似蜡制的，但肯定不会比我最后一次看见她时更糟糕。

钱斯站在我身边。他说，“待会同你谈谈？”

“当然。”

简捏捏我的手，悄悄走开了。钱斯同我站在一起，看着桑妮。

我说，“我以为遗体还在停尸间呢。”

“他们昨天打电话来说可以领了。这里的人弄到很晚才准备好，弄得很漂亮。”

“嗯嗯。”

“不大像她，也不像我们发现她的时候，对吧？”

“不像。”

“接下来他们会火化遗体，这样简单些。女孩看上去不错，对吧？她们的服装和举止？”

“看上去不错。”

“体面，”他说。停了一会儿，又说，“鲁比没有来。”

“我注意到了。”

“她不喜欢葬礼。不同文化，不同习俗，对吧？她总是独往独来，也几乎不认识桑妮。”

我没有吭气。

“等这结束后，”他说，“我会送女孩回家。然后我们要谈谈。”

“行。”

“你知道帕克·巴内特吗？拍卖行，在麦迪逊大道上。明天有个拍卖会，我想看看几件我可能会出价的东西，你想在那里同我碰头吗？”

“什么时候？”

“我不知道，这里不会太久。三点钟可以出门，四点十五分，四点三十怎么样？”

“好。”

“嗯，马修？”我转过头。“谢谢你来。”

等仪式开始时，又来了大约十个人，有一组四个身着黑衣的人坐在左边的中间，我好像认出了基德·巴斯科姆，是那次我见到桑妮时打比赛的拳击手。后面有两位年长的妇人，靠近前面有位老头自己坐着。有些孤独的人会顺便参加陌生人的葬礼，为了消磨时间，我猜这三人也是如此。

仪式刚刚开始，乔·德金和另一位便衣侦探悄悄坐在了最后一排的两把椅子上。

牧师看上去像个孩子，我不知道他了解多少实情，但是他谈到风华正茂时突然夭折的悲剧，谈到上帝神秘的安排，谈到留下来的人们才是这种貌似无意义悲剧的真正受害者。他朗读了爱默生、泰亚尔·德·夏尔丹、马丁·布伯和《圣经·传道书》片段。然后他建议桑妮的任何朋友都可以上来说几句话。

唐娜·坎皮恩读了两首小诗，起先我猜是她自己写的，后来才知道是西尔维娅·普拉斯和安妮·塞克斯顿，同样自杀的两位女诗人。接下来是弗兰·谢克特，她说，“桑妮，我不知道你是否能听见我，但我还是想告诉你，”然后说她多么珍惜已故女孩的友谊、快乐的天性和生活的热情。她轻松地开始，最后泣不成声，牧师扶她走下台来。玛丽·卢·巴克只说了两三句话，声音很单调，说她但愿更了解桑妮，希望她现在安息。

没有人再上前。我一时间想象乔·德金走上台，告诉众人纽约警察局将努力争取破案，告慰死者，但是他坐着没动。牧师又说了几句话——我没注意——然后一位在场的人放了一段录音，是朱迪·柯林斯唱的《奇异恩典》。

简和我出门走了几个街区，没有说话。然后我说，“谢谢你来。”

“谢谢邀请我。天哪，这听上去好傻，像是初中毕业舞会后的谈话。‘谢谢邀请我，我过得很愉快。’”她从口袋里掏出块手绢，按按眼睛，擤了擤鼻子。“我很高兴你没有自己一个人去，”她说。

“我也很高兴。”

“我很高兴我去了。很凄美。那个出来时同你说话的人是谁？”

“那是德金。”

“哦，是吗？他在那干什么？”

“希望碰上好运气，我猜。你从来不知道谁会在葬礼上露面。”

“没多少人在这个葬礼上露面。”

“只有几个人。”

“很高兴我们在那。”

“嗯嗯。”

我给她买了一杯咖啡，然后叫了辆出租。她坚持要乘地铁，但我还是给她叫了车，硬塞给她十块钱作车费。

帕克·巴内特拍卖行大厅的侍应生让我去二楼画廊，那里在展示星期五的非洲和大洋洲艺术拍卖品。我发现钱斯在一排装着十九、二十个金制小物件的玻璃柜前。那些物件有些是动物，有些是人，还有各种家用品，我记得其中有一件是男人蹲着挤羊奶。这里头最大的物件也能轻易握进小孩的手里，好多东西都有种滑稽的感觉。

“阿散蒂王国的金砝码，”钱斯解释说，“出自英国人称为金色海岸的地方，现在是加纳。你会在店里看见镀金的复制品，赝品，这些才是真东西。”

“你准备买吗？”

他摇摇头。“我对它们没感觉。我尽量买有感觉的东西。给你看样东西。”

我们去房间另一头，有个铜制女人头像安放在四脚底座上。她鼻子大而扁平，颧骨高耸，脖子上层层围绕着厚重的铜项圈，以至于整个头部看上去成了锥形。

“失落的贝宁王国铜塑像，”他宣布。“王后的头像，你能根据她佩戴项圈的数量来判断她的地位。你对她有感觉吗？马修？我有。”

我在铜像的五官上看到了力量，冷冰冰的力量和无情的意志力。

“知道她说什么吗？她说，‘黑鬼，你干啥那样看着我？你知道自己没钱带我回家。’”他笑了。“拍卖前估价是四到六万美元。”

“你不参加竞拍吗？”

“我不知道。有几件东西我想要，但有时我去参加拍卖会，就像别人去看赛马一样，即使不想赌一把，也想坐在太阳里面看马跑。我喜欢拍卖场的感觉，喜欢听锤子砸下的感觉。你看够了吗？走吧。”

他的车停在七十八街一个停车场。我们驶过五十九街桥[1]，穿过长岛城。街边这里那里都站着妓女，有挂单的，也有两人成对的。

“昨晚没多少出来，”他说，“我猜她们觉得白天更安全些。”

“昨晚你来过这里？”

“就是开车逛逛。他是在这里找的曲奇，然后从皇后大道开出去，要不他走的是公路？我觉得都无所谓。”

---

① 即皇后区大桥，因五十九街连接该桥。

“无所谓。”

我们走了皇后大道。“谢谢你来参加葬礼，”他说。

“我自己想来的。”

“同你在一起的女人很好看。”

“谢谢。”

“你说她的名字是简？”

“对的。”

“你同她在一起还是……”

“我们是朋友。”

“嗯嗯。”他刹车等红灯。“鲁比没来。”

“我知道。”

“我告诉你的是瞎扯，当时我跟你说的话，不能跟我同别人说的话自相矛盾。鲁比跑了，她收拾东西，走了。”

“什么时候的事情？”

“大概是昨天，我猜。昨晚有个留言，我昨天一直忙着安排葬礼。我觉得还不错，对吧？”

“挺好的仪式。”

“我也这样想。总之，有留言让给鲁比电话，区号是415，是旧金山的。我想是的，嗯？我打了电话，她说决定另谋出路，我还以为是开玩笑呢。然后我去了她家，发现她的东西，她的衣服都不在了。她留下了家具，这下我有三个空公寓了，伙计。现在房源这么紧张，没人找得到住的地方，我居然空关着三间公寓。好了不起，哈?”

“你肯定是同她说的话吗?”

“肯定。”

“她在旧金山?”

“必须在，要不就是伯克利要不就是奥克兰这一类地方。我拨了电话号码，加区号一起，她必须在那里才会有这样的号码，对吧?”

“她说了为啥要离开吗?”

“说应该另谋出路了，又是她神秘莫测的东方人那一套。”

“你觉得她是害怕被杀吗?”

“保哈顿汽车旅馆，”他说，指着外面。“是那个地方，对吧?”

“是的。”

“你在那里发现尸体的。”

“已经有人先发现了，但我来时他们还没把她搬走。”

“那场面肯定很可怕。”

“当然不好看。”

“那个曲奇自己单干，没有皮条客。”

"警察是这么说的。"

"她也可以有皮条客，他们不用知道。但是我同一些人谈过，她是单干，就算她认识达菲·格林，也从没谁听说过。"他朝右转弯。"去我家好吗？"

"行。"

"我来煮点咖啡。你喜欢我上次煮的咖啡，对吧？"

"是很好。"

"嗯，我要再煮一些。"

他那个位于绿点区的地段白天同夜晚一样安静。他按了一个按钮车库门就开了，又按一下按钮关上门，我们下车走进屋子。"我想锻炼一下，"他说，"举一下重。你喜欢举重锻炼吗？"

"好多年没搞过了。"

"想要来一下吗？"

"下次再说吧。"

我叫马修，我下次再说。

"等一会儿。"他说。

他进了个房间，出来时穿着条红色运动短裤，拿着一件带帽子的毛巾浴袍。我们去了他装修成健身房的房间。他举重，在健身器上锻炼了十五到二十分钟左右，全身出汗皮肤亮晶晶，紧实的肌肉一股股地富有弹性。

“现在我想洗十分钟桑拿，”他说，“你没有玩儿这些铁家伙，不该享受桑拿待遇，但是我们可以对你特殊优待。”

“不，谢谢。”

“那你想在楼下先等等吗？那里会更舒服些。”

我等他洗完桑拿冲完澡，端详着他的一些非洲面具，翻了几本杂志。他出来时穿着浅蓝色牛仔裤和藏青色套头衫，拖着凉鞋。他问我是否准备喝咖啡，我说我都准备半小时了。

“马上，”他去煮咖啡，回来坐在一张皮坐垫上，说，“你知道吗？我是个很糟糕的皮条客。”

“我觉得你很有腔调，镇定自如不失尊严这一套，应有尽有。”

“我原来有六个女孩，现在只剩三个了。玛丽·卢很快也要走。”

“你这样猜吗？”

“我知道。她只是个过客，伙计，你知道我怎么让她入这一行的吗？”

“她告诉过我。”

“她接待第一个嫖客时自我安慰说是在当记者，当新闻工作者做研究，然后她意识到自己的确是入了行。但是现在她发现了几件事情。”

“例如？”

“例如你会被杀，或自杀。例如万一你死了，只会有十二个人来参加你的葬礼。桑妮葬礼上没多少人，对吧？”

“是个小仪式。”

“你可以这么说。你知道吗，我能让那该死的房间装它个三倍以上的人。”

“很可能。”

“不是可能，就是绝对会的。”他站起来，手背在后面踱着步。“我想到过的，我可以要他们最大的套房，搞个满座。上城的客人、皮条客和婊子，还有拳击赛的观众，还可以对她那幢楼的人说一声，也许有些邻居会来。但是你看，我不想要太多人。”

“是这样。”

“其实是为那几个女孩，本来一共四个人，我安排这件事情的时候，还不知道会减少到三个。然后我想到，切，可能会好没劲，只有我和四个女孩。所以我告诉了其他几个人，基德·巴斯科姆肯来真好，对吧？”

“是的。”

“我去端咖啡。”

他拿着两杯咖啡回来，我喝了一口，点点头。

“你带两磅回去。”

“我上次告诉过你，我在旅馆用不上。”

“可以给你那位女士朋友，让她给你煮一杯最好的咖啡。”

“谢谢。”

“你只喝咖啡，对吧？你不喝酒？”

“现在不喝了。”

“但是你过去喝的。”

很可能还会再喝，我想，但是今天不喝。

“同我一样，”他说，“我不喝酒，不吸毒，不做任何这一类事情。过去都会的。”

“你为啥不呢？”

“同形象不符。”

“什么形象？皮条客的形象？”

“鉴赏家，”他说，“艺术收藏家。”

“你怎么会这么了解非洲艺术？”

“自学，”他说，“我读所有能找到的东西，去找拍卖商聊天，再说我本来就有感觉。”他想起什么笑了。“很久以前我上过大学。”

“哪个大学？”

“霍夫斯特拉大学。我生在贝德福德-斯图文森，在亨普斯特德长大，我两三岁时家里买了房子，我都不记得贝德福德什么样子。”他回到坐垫上，向后靠着，手拢在膝盖上保持平衡。“中产阶级的房子，要割草、耙落叶、清理车道，黑人方言我说得很溜，但那基本只是装装样子而已。我们不算富有，但活得体面，有足够的钱让我去上霍夫斯特拉。”

“你学什么？”

“主修艺术史，在那里碰巧非洲艺术一个屁都没学，除了说说布拉克和毕加索这些装逼的从非洲面具得到很多灵感，还有印象派受到日本版画的启发等等。但我从越南回来以前从来没见过任何非洲雕塑。”

“你什么时候去的？”

“大学三年级以后。我老爸死了，我本来照样可以完成学业，但是不知道为啥我会那么疯，竟然休学去参了军。”他头往后靠，闭上眼。“在那里拼命吸毒，什么都试过。大麻、迷幻药，我最喜欢什么？我喜欢海洛因。他们那的方式不一样，你习惯把它放在香烟里就这么吸。”

“我从没听说过这个。”

“嗯，那很浪费，”他说，“但是那里好便宜，他们那些国家都种鸦片，便宜。用吸香烟的方法来吸海洛因，这样吸你真会嗨得不行。我得到老妈死讯时，就是这样吸到神志不清的。她一直血压高，结果中风死了，当时我没有迷迷糊糊想睡觉什么的，但我抽了支海洛因，很嗨，我听到这消息时一点感觉都没有。等毒劲过去我清醒之后，还是没什么感觉。我第一次有感觉是今天下午，坐在那里听一个花钱请来的牧师为个死去的婊子读拉尔夫·沃尔多·爱默生。”他直起身来看着我。“我坐在那里，想为我妈哭，”他说，“但我没有。我猜我永远不会为她哭了。”

他摆脱这种情绪，又去端了一些咖啡来。他回来时说，“我不知道为啥要对你说这些事情，就像找个心理医生一样，我猜。你收了我的钱，现在就必须听。”

“都是服务内容。你怎么决定做个拉皮条的呢?”

“一个像我这样的好小伙子怎么会搞上这一行的?”他咯咯笑了，停下来想了会儿。“我有个朋友，”他说，“从伊利诺斯橡树公园来的白人，那里离芝加哥不远。”

“听说过这地方。”

“我对他瞎吹，说我来自黑人贫民窟，什么都干过，等等。然后他死了。好蠢，我们家其实连边都没搭上，他喝醉了，吉普车撞死了他。他死了，我不再乱讲那些故事，我妈死了，等我回家，我知道自己不会再回去上大学。”

他走到窗前。“我有个女孩，”他说，背对着我。“一个小东西，我会去她那里，吸点海洛因，睡一觉。我会给她钱，结果你知道，我发现她拿我的钱去给她的男朋友，我却在幻想同这个女人结婚，把她带回美国。我不会这样做，但这么想来着，结果我发现她只是个婊子。不知道我为啥会以为她不一样，但男人会这样，你知道的。”

“我想过要杀死她，但是去它的，我可不想那样做。我其实并没那么生气。我做的事情就是不再吸毒、不再喝酒，不再做所有这些嗨起来的事情。”

“就这样？”

“就这样。然后我问自己，好吧，你想做什么？然后前景画面开始清晰了，这里几笔那里几笔。接下来服役的日子我都是个好小兵，我回来后就入了这一行。”

“你就是自学成材吗？”

“当然，我创造了自己，取个名字叫钱斯。我有本名、中间名和姓，都不是钱斯。我给自己取个名字，营造了一种风格，其他就自己到位了。拉皮条很容易学，整个事情就是权力。你就装出已经有权力了，女人自然会来找你，其实就这么回事。”

“你不需要戴顶紫色的帽子吗？”

“如果你那样穿着打扮，可能要容易些，但是如果你装出恰好相反的样子，她们就会以为你很特别。”

“你特别吗？”

“我对她们总是很公平，从来不乱打她们，也从来没威胁过她们。金想要离开我，我怎么做的？就是告诉她随自己的便，上帝保佑。”

“有颗金子般好心肠的皮条客。”

“你以为是在开玩笑，但是我关心她们。我对生活曾经很有梦想，伙计，真的是这样。”

“你现在还这样。”

他摇摇头。“不，”他说，“正在消失，一切都在消失，我没法控制了。”

第三十一章

我们离开了这间消防站改建的房子，我在后座，钱斯戴顶司机的帽子。几个街区之后，他停下来，把帽子塞进手套箱，我也坐进了前座。此时下班的交通已经不再拥挤，我们很快就进了曼哈顿，路上几乎没再说什么话，彼此之间有点疏离感，好像先前说得太多，超出了预期。

前台没有留言。我上楼换了衣服，出门时想了想，从梳妆台抽屉里拿出那把点三二。带着把我似乎没法射击的枪有意思吗？我看不出有任何意思，但还是把它放在口袋里。

我下楼去买了份报纸，没有想太多，就在街角转了弯，去阿姆斯特朗酒吧找了张餐桌，我惯常在角落里的餐桌。特里娜走过来，说好久不见，我要了奶酪汉堡、小份色拉和咖啡。

等她走向厨房时，我突然想到了一杯干马提尼，盛在长脚酒杯里，干冽而冰凉。我仿佛看见它，闻到了香味，我能闻到松针的香味和浓浓的柠檬皮味道，感到酒下肚时的刺激。

老天，我想。

想要喝酒的冲动来得快去得也快，我断定这是一种条件反射，是对阿姆斯特朗酒吧气氛的反应。我在这里喝了那么多酒，喝了那么多年，我最后一次狂饮之后，在这里被拒绝服务，从那以后再没进过门。我会想到喝一杯是很自然的事情，但这并不意味着我必须喝一杯。

我吃过饭又喝了一杯咖啡，读了报纸，付了账，留下小费，然后就到了去圣保罗教堂的时间。

演讲的内容是醉酒版的美国梦，演讲者是个可怜的小伙子，来自马萨诸塞州的伍斯特，靠打工上完大学，在一家电视台晋升到副总裁的位置，结果因为喝酒全都泡了汤。他沦落潦倒，最后跑到洛杉矶，在潘兴广场直接喝酒精，然后发现了戒酒会，这才恢复正常。

如果我能专心听讲的话，这故事本来很有意思。我想着桑妮的葬礼，想着钱斯告诉我的事情，思绪一直围绕着整个案件打转，想要理清头绪。

该死，线索都在那，我就是没有好好去想。

讨论时还没轮到我发言我就离开了，今晚我连说自己的名字都不想。我走回旅馆，克制住去阿姆斯特朗坐个一两分钟的冲动。

我给德金打电话，他不在。我没留言就挂了电话，又给简打电话。

没人接电话。嗯，她大概还在开会，会后她要出去喝咖啡，也许得到十一点多才回家。

我本应该待在我自己的会上等它结束，然后同一些人去喝咖啡。我其实现在也可以去，他们常去的科布角并不远。

我想了想，还是决定我并不真地想去那里。

我拿起一本书，但看不懂说什么。我把书扔下，脱衣服进了浴室，打开淋浴头。但是我并不需要冲澡，老天，我早上才洗过澡，而我这一整天做的最费力的事情就只是看钱斯举重而已。那我究竟还要冲澡干啥？

我关上水，重新穿上衣服。

天哪，我觉得像关在笼里的狮子。我拿起电话，本来可以给钱斯打个电话，但你无法直接给这婊子养的打电话，你必须先给他的留言服务电话，然后等他回电，我不想这样做。我给简打电话，她还是不在家，我给德金打电话，他也不在，我再次决定不留言。

也许他在第十大道那个地方，喝几杯酒放松一下，我想去那里找他，然后突然意识到我并不是真要找德金，我只是想找个理由走进酒吧大门，把我的脚放在吧台下的铜栏杆上。

他们有铜栏杆吗？我闭上眼，试着想象那个地方，我马上想起了它的一切，酒泼洒出来的气味，陈啤酒和尿的气味，那种潮湿小酒店的气味欢迎你回家。

我想，你已经有九天了，今天参加了两个会，一个中午一个晚上，但你从来没这么想喝它一杯。你到底有什么毛病？

如果我去德金喝酒的地方，我会喝酒。如果我去法雷尔酒吧或波莉酒吧或阿姆斯特朗酒吧，我会喝酒，如果呆在房间里我会发疯，如果我疯到足够的程度，就会离开这四堵墙，然后我会做什么呢？我会出门，去找个酒吧，会喝酒。

我强迫自己呆在那。我已经熬过了第八天，没有理由不熬过第九天。我坐在那里，不时看看表，有时过整整一分钟才看一次表。最后到了十一点，我下楼去，叫了辆出租。

在三十街和莱辛顿大道转角处有个摩拉维亚教堂，那里每周七天都有半夜戒酒会。会前一小时开门。我去那找个位子坐下，等咖啡好了后，给自己倒了一杯。

我没有注意演讲和讨论，只是坐在那里让自己有安全感。有很多刚开始戒酒的人在场，很多日子过得艰难的人。否则他们干吗要这个时候来这里？

也有些还没有停止喝酒的人。他们不得不把一个人请出去，但其他人没惹麻烦。也就是一屋子的人试着多熬一小时。

等这一小时过完，我帮忙叠起椅子，倒空烟灰缸。另一个帮忙收拾椅子的人自我介绍说是凯文，问我有多久没喝了，我告诉他这是我的第九天。

“太好了，”他说，“一直来吧。”

他们总是这样说。

我出门招手叫了个出租，但是等他开过来慢慢刹车时，我又改了主意，挥手让他走，他加大油门开走了。

我不想回自己房间去。

我朝北走七个街区，去了金的那幢楼，躲过看门人，开门进了她的公寓。我知道那里有满橱的酒，但这不妨碍我，我甚至都没觉得有必要像上次对待那瓶“野火鸡”那样把它们都倒入水池。

我在她的卧室里翻了一下她的首饰，我并没有真的在找那枚绿戒指。我拿起那只象牙手镯，解开搭襻，在我自己手腕上试试尺寸，太小了。我从厨房里拿了一些纸巾仔细把手镯包好，放在口袋里。

也许简会喜欢。我已经好几次想过手镯在她手腕上的样子——在她家，在葬礼上。

如果她不喜欢，也可以不戴。

我走过去拿起电话，服务还没终止。我猜早晚会终止的，这个寓所会被打扫干净，金的东西都会清理掉。但是现在仍然好像她只是暂时出了一会儿门。

我没有给任何人打电话就挂了机。大约三点钟时，我脱了衣服，在她床上睡着了。我没有换床单，似乎她的香水味还依稀可闻，好像人还在这屋里似的。

即使那样，也不会让我醒着，我立即睡着了。

我一身大汗醒来，相信自己在梦里破了案，但又忘了答案。我冲好澡，穿上衣服出了门。

旅馆里有好几个留言，都是玛丽·卢·巴克的。昨晚上我刚离开她就打了电话，早上又打了两次。

我打电话给她时，她说，“我一直在找你。我本来想打给你女朋友家，但是我不记得她姓什么了。”

“她不在电话簿上。”而且我也不在那里，我心想，但没有说。

“我想找钱斯，”她接着说，“你可能同他说过话。”

“从昨晚七点以后就没说过了。为什么？”

“我找不到他，我只知道打他的电话留言服务。”

“我也只知道这个。”

“哦，我还以为你可能会有个特殊号码。”

“只有留言服务。”

“我给那里打过电话了，他过去总是要回话的。天哪，我都不知道给了多少个留言了。他还是没有回话。”

“这种事情过去发生过吗?”

“从来没这么长的时间。我昨天下午开始找他的，现在几点？十一点？差不多十七个小时了。他不会这么久不查留言的。”

我回想着在他家谈话的情景，我们在一起的那段时间里他查过留言服务吗？好像没有。

其余时候，每当我们在一起时他都是差不多每隔半小时就要查一下的。

“不光是我，”她在说，“他也没给弗兰电话，我问过她，她给钱斯打电话，但他也根本没回。”

“唐娜呢?”

“她同我在一起，我们俩都不想独自呆着。还有鲁比，我不知道鲁比去哪了，她的电话没人接。”

“她在旧金山。”

“她在哪里?”

我简单地解释了一下，然后听她把这消息告诉唐娜。“唐娜引用了叶芝，”她告诉我。“‘一切分崩离析，中心再难维系。’连我也认得出这个，但很贴切。到处都散了架。”

“我去找找钱斯看。”

“找到了就告诉我？”

“我会的。”

“唐娜也会呆在这里，我们没有安排任何嫖客过来，也不应门。我已经告诉门房不要放任何人上来。”

“好。”

“我邀请弗兰过来，但是她说不愿意。她听上去吸得太多迷糊得厉害。我要再给她打电话，不是请她过来，而是直接叫她过来。”

“好主意。”

“唐娜说三头小猪全都躲在砖房里，等狼从烟囱里下来。她还不如一直引用叶芝更好些。”

我用他的留言服务一点不管用。他们很高兴让我留言，但不肯告诉我钱斯是否最近打过电话进来。“马上就会有他的电话，”一个女人告诉我，“我会注意让他收到你的留言。”

我给布鲁克林咨询处打电话，找到绿点区那所住宅的电话号码。我拨了号，让它响了十几声，我想起他曾经告诉我把电话铃的响片全都拆了，但我觉得还是要核实一下。

我打电话给帕克·巴内特拍卖行，非洲和大洋洲艺术品和工艺品拍卖会安排在两点钟。

我冲澡刮胡子，吃个面包喝杯咖啡，看了报纸。《每日邮报》仍然把汽车旅馆开膛案放在头版，但有点牵强。布朗克斯的贝德福德公园一带有个男人用把厨刀捅了自己老婆三下，然后打电话报了警，交代了自己的所作所为。这种事情通常最多只会在报纸末版占个两小段，但是《邮报》把它放在头版，前面还加个玩笑似的大标题，说不知是否汽车旅馆开膛手给了他灵感。

我去了一个十二点半的会，两点过几分钟去了帕克·巴内特拍卖行。举行拍卖的房间不是先前展示拍卖品的房间，你必须有拍卖目录才能有位子，目录要花五美元。我解释说只是找个人，扫视了一眼房间，钱斯不在那里。

服务人员不想让我久留，除非我买本目录。我懒得同他争论，给了他五元钱，最后还注了册，得到一个竞拍号码。我并不想注册，不想要竞拍号码，也不需要那该死的目录。

我在那里坐了几乎两小时，一件件拍卖品随着锤子落下卖了出去。到两点三十分，我已基本肯定他不会露面，但还是坐着没动，因为想不出更好的事情可做。我几乎没注意拍卖，每隔两分钟就看看钱斯是否来了。四点差二十，那件贝宁铜像开始竞拍，最后以六万五千元的价格售出，比估价略高一点。这是拍卖场上的明星，一旦售出，好几位竞拍者就离开了。我再稍微待了一下，明知道他不会来，只是想核实我这几天一直想核实的事情而已。

似乎我已经有了所有的线索，只需要把它们全都凑拢在一起就行了。

金，金的戒指和貂皮外套、Cojones、Maricón、毛巾、警告、考尔德伦、曲奇·布鲁。

我起身离开，穿过大厅时，一桌子旧拍卖目录引起了我的注意。我拿起一本春季珠宝拍卖目录翻着，没有找到任何信息。我把目录放回去，问大厅服务员，拍卖行是否有本行珠宝专家。“你需要找希尔奎斯特先生，”他告诉我该去哪个房间，给我指了方向。

希尔奎斯特先生坐在一张收拾整洁的桌旁，好像一整天都在等我来向他咨询似的。我报上姓名，说想问问一块翡翠的大致价值。他问是否能看看石头，我说没带来。

“您必须带来，”他解释说，“宝石的价值有很多变数，大小、切割、颜色、亮度……”

我把手放进口袋，摸到了点三二，摸索着找那块绿色玻璃。“大小像这个，”我说。他把珠宝商的放大镜夹在一只眼睛上，从我手里把那块玻璃拿过去。他看着玻璃，一时间表情变得极其僵硬，然后另一只眼睛警惕地盯着我。

“这不是翡翠，”他小心翼翼地说，好像是在同个儿童或疯子说话。

“这个我知道，是块玻璃。”

“是的。”

“大小同我刚才讲的翡翠差不多。我是个侦探，想了解一枚戒指的价值，这枚戒指我上次见过以后就失踪了，我……”

“哦，”他说，叹口气。“刚才我差点以为……”

“我知道你以为是什么。”

他把放大镜拿下来放在桌上。“你坐在这个地方，”他说，“完全听任公众支配。你很难相信都有些什么人上这来，给我看什么东西，问什么问题。”

“可以想象。”

“不，你想象不出来。”他拿起那块绿玻璃，对着它摇摇头。“我还是无法告诉你价值。大小只是几个考虑因素之中的一个，还有颜色、透明度、亮度。你知道那块石头是翡翠吗？试过硬度吗？”

“没有。”

“所以那甚至有可能是有色玻璃，就像，嗯，您给我的这个宝贝。”

“我知道这是玻璃，但我想了解如果这是翡翠的话，会值多少钱呢?”

“我明白您的意思了。”他对着这块玻璃皱皱眉。“您必须理解我总是尽量避免提到任何一个数字。你看，即使假设那石头是真正的翡翠，价值空间也很大。可能极其值钱，也可能几乎一钱不值。例如，可能会有严重的瑕疵。或干脆就是块低端宝石。实际上现在还有邮寄服务，按克拉出售翡翠，价格便宜得可笑，一克拉四五十美元，他们卖的也不是处理货。但那总归还是真正的翡翠，无论作为宝石来说有多么一钱不值。”

“明白了。”

“甚至宝石级别的翡翠价值也很不同。你可以买一块这么大的石头……”他在手上掂掂那块玻璃“……花个几千美元。那会是一块好石头，不是从北卡罗来纳来的工业用金刚玉。另一方面，一块最高品质的宝石，最好的颜色、完美的亮度、没有瑕疵，不是秘鲁石头，而是最好的哥伦比亚翡翠，可能会要四五万或者六万美元，而且连这也只是大约估计个价格，不一定准确。”

他还有更多话要说，但我没在听。他并没有真的告诉我任何事情，没有给七巧板增加新的一块，但是他好好地摇了摇匣子。现在我知道是怎么回事了。

我走时带走了那块绿色玻璃。

第三十二章

那晚大约十点三十分，我走进西七十二街的普根酒吧接着又走出去。淅淅沥沥下了一个多小时的雨，街上人们大多打着伞。我没打伞，但是戴了帽子。我在路边停了一下把帽子戴好，调整了帽檐。

我看见街对面有辆本田水星轿车，发动机在转着。

我左转走到了顶尖酒吧。我看见丹尼男孩坐在后面的一张桌旁，但还是先去吧台问他在哪里。我说话声音肯定很大，因为人们都看着我。酒保指指后面，我才走到他的身旁。

他已经有个伴，一位身材苗条狐狸脸的女孩同他坐在一起，头发也像他那么白，但是同天然无关。她的眉毛拔得很厉害，前额发亮，丹尼男孩介绍说她是布莱娜，“跟‘心绞痛’谐音，”他说，“还有其他词。”[①] 她笑笑，露出尖尖的小犬牙。

---

① 布莱娜（Bryna）与“心绞痛”（angina）谐音，“其他词”暗示的是“阴道”（vagina）。

我拖出把椅子，重重地坐下。我说，“丹尼男孩，你可以传个话，我对金·达基宁的男朋友知道得一清二楚，我知道是谁杀了她，我也知道她为什么被杀。”

“马修，你没事吧？”

“我很好，”我说，“你知道为啥那么难找到金的男朋友的线索吗？因为他不是个爱活动的家伙，这就是原因。不去酒吧，不赌博，不到处逛，也不怎么同人打交道。”

“你喝了酒吗，马修？”

“你是干啥的，西班牙宗教裁判所吗？我是否喝酒关你什么事情？”

“我只是好奇。你说话声音好大，就这么回事。”

“嗯，我想告诉你有关金的事情，”我说，“有关她的男朋友，知道吗，他做珠宝生意，他没发财也没挨饿，但能挣饭吃。”

“布莱娜，”他说，“你去鼻子上扑点粉。”

“噢，让她留在这里，”我告诉他，“她鼻子看上去没啥事。”

“马修……”

“我告诉你的事情不是秘密，丹尼男孩。”

“随你便。”

“这位珠宝商，”我继续说，“看样子他一开始是以嫖客身份去见金，但是不知怎么一来二去就喜欢上了她。”

“这种事情是会发生的。”

“的确会发生。总之，他坠入情网。同时，有人来联络他，他们有些宝石从来没有经过海关，也没有销售发票，是翡翠。真的好东西。”

“马修，是否请告诉我你究竟为啥要对我说这些?”

“这是个有趣的故事。”

“你不光是在给我讲故事，你在告诉整屋子的人，你知道自己在干啥吗?”

我看着他。

“好吧，”过了一会儿他说，“布莱娜，好好听着，亲爱的，这个疯子想谈谈翡翠。”

“金的男朋友要做中间人，替把翡翠带进美国来的人出货。他过去也干过这种事情，自己顺便挣点钱。但是现在他爱上了一个会花钱的女人，有理由好好赚一笔，所以要了一点诡计。”

“怎么要法?”

“我不知道，也许他调换了宝石，也许藏起来一些，也许他决定带着整整一批货逃跑。他肯定告诉过金什么，因为有了这样的底气，她才告诉钱斯说她不想干了，她不想再接客。如果让我猜的话，我会说他调了包，出国去把好东西脱手。他不在时金摆脱了钱斯，等他回来就可以皆大欢喜。但是他再也没回来。

“如果他再也没回来，那谁杀了她呢？”

“被他耍了诡计的人。他们把她骗去那个银河酒店的房间，她可能以为是去同他见面。她已经不再卖淫，不会去酒店见嫖客，实际上她从来不怎么去酒店做生意。但是假如她接到电话说是朋友，说男朋友觉得自己被跟踪了，不敢去她那里，问她是否能来酒店见他。”

“于是她就去了。”

“她当然去了，打扮得漂漂亮亮，穿戴上他送的礼物，那件貂皮外套和翡翠戒指。外套并不值太多钱，因为那人不算富有，没钱可以乱花，但是他可以送她漂亮的翡翠，因为这不花他一分钱。他是做这门生意的，可以拿走私进来的翡翠为她镶一枚戒指。”

“所以她去那里，结果被杀了。”

“对的。”

丹尼男孩喝了些伏特加。“为什么？你觉得他们杀她是为了找回戒指吗？”

“不，他们就是为了杀她才杀她。”

“为什么？”

“因为他们是哥伦比亚人，”我说，“他们就是这样做的。他们有理由杀人的时候，总是拿全家开刀。”

“老天。”

“也许他们觉得可以杀鸡给猴子看，”我说，“我知道是怎么回事，这样的案子经常出现在报上，尤其是在迈阿密。因为有人在某场毒品交易中坑了另一人，结果一家子都遭了殃。哥伦比亚是个富裕的小国家，他们有最好的咖啡，最好的大麻和最好的可卡因。”

“还有最好的翡翠？”

“对。金的珠宝商不是结了婚的人，我先前以为他是，所以很难找到他的线索，但是他从没结过婚，也许在爱上金以前从来没有爱过谁，也许正因为如此他才愿意把生活翻个底朝天。总之他是单身，没有老婆，没有孩子，父母也不在了。你想灭了他全家？你怎么办？你只好杀他的女朋友。”

布莱娜的脸像她的头发一样煞白，她不喜欢有人杀死女朋友的故事。

“人杀得很专业，”我接着说，“凶手很注意不留下证据，也掩饰得很好，但他情愿乱砍一气，而不是用把无声手枪打两发子弹。也许他对妓女有想法，也许就是对女人这样，总之他一顿乱刀把金杀了。

“然后他洗个澡，把脏毛巾同砍刀一起装好，走了出去。他留下了裘皮外套，留下了钱包里的钱，但是拿走了她的戒指。”

“因为很值钱?”

“可能。关于戒指没有牢靠的证据，就我所知，那是玻璃，她给自己买的，但也可能是翡翠。即使不是，杀手也可能以为是。在死人身上留下几百美元表示杀人不为钱是一回事，留下一块可能价值五万美元的翡翠则是另外一回事，尤其是那一开始就属于你自己的翡翠。”

“我明白你的意思。”

“银河酒店的客房入住登记人员是哥伦比亚人，是位名叫奥克塔维亚·考尔德伦的哥伦比亚人，也许恰好是哥伦比亚人而已，这些日子城里很多哥伦比亚人，但也许杀手选择银河酒店，是因为认识在那工作的人，这没啥关系。考尔德伦可能认出了凶手，或至少知道他，不敢乱开口。等警察回头再找考尔德伦谈时，他消失了。或者是凶手的朋友让他消失的，或者是他自己决定别的地方要安全些。例如回老家卡塔赫纳，或者换到皇后区另一个地段的合租房。”

或者他也被杀了，我想。这也有可能，但我不这样认为。这些家伙杀了人，喜欢把尸体晾在外面。

“还有个婊子被杀了。”

“桑妮·亨德里克斯，”我说。“那是自杀，也许金的死是起因，因此也许杀死金的人对桑妮的死也有些道义责任，但她是自杀。”

“我说的是走街的妓女，那个变性的。”

“曲奇·布鲁。”

“是这人。她为什么被杀呢？扰乱你跟踪的视线？但是你一开始根本就没跟踪谁。”

“没有。”

“那是为什么？你觉得是第一次杀人让那凶手变成疯子了吗？引发了他心里的什么东西，让他还想再来一次？”

“我觉得这是部分原因，”我说，“没人会像那样第二次屠杀，除非他很享受第一次。我不知道他是否同两个被害人发生了性关系，但是他从杀人中得到的刺激应该是同性有关的。”

“所以他就是不管三七二十一随便挑选了曲奇？”

布莱娜的脸又白了。听说有女孩因为没找对男朋友被杀已经够糟糕了，又听说有女孩莫名被杀，就更糟糕了。

“不，”我说，“曲奇被杀是有特殊原因的，凶手特地去找她，在经过许多其他走街妓女之后才找到她。曲奇是家人。”

“家人？谁的家人？”

“男朋友的。”

“他有两个心上人，这个珠宝商？一位应召女郎，一个变性的妓女？”

“曲奇不是他的心上人，曲奇是他弟弟。”

“曲奇……”

“曲奇·布鲁一开始叫马克·布劳斯坦，马克有个哥哥名叫阿德里安，从事珠宝生意。阿德里安·布劳斯坦有个女朋友名叫金，他还同某些哥伦比亚的生意人有来往。”

“所以曲奇同金是有关系的。”

“他们必定有关系。我肯定他们从未见过面，我不相信马克同阿德里安最近几年有任何来往，这能够解释为什么凶手花了那么长时间才找到曲奇。但是我知道肯定有点什么关系。先前我告诉别人她们可能实际上是姐妹，这也差不离。她们几乎是姑嫂了。”

他想着我的话，然后告诉布莱娜让我俩单独呆一会儿。这次我没有干涉，她离开了餐桌，丹尼男孩示意女招待过来，他自己叫了伏特加，问我想要什么。

“这会儿什么都不要，”我说。

等她把伏特加端回来，他小心地喝了一口，把酒杯放下。“你去找过警察了，”他说。

“没找警察。”

“为什么不？”

“还没时间找他们。”

“你必须先跑这儿来。”

“对的。”

“我能保持沉默，但是布莱娜这傻逼不知道怎么闭嘴。她以为没有表达的想法会在脑袋里膨胀，炸裂脑袋瓜子，她不肯冒这个险。反正你声音这么大，半个房间都听到你说了些啥。”

“我知道。”

“我猜你知道，你到底想要什么？”

“我想要让凶手知道我了解什么事情。”

“那不会等很久。”

“我想要你去传话，丹尼男孩。我要走了，我走回自己的街区去，可能会在阿姆斯特朗待上一两个小时，然后再走回我自己的旅馆。”

“你会被杀掉的，马修。”

“这个混蛋只会杀女人，”我说。

“曲奇只算半个女人，也许他练一阵，接下来就要杀男人了。”

“也许。”

“你想要他动手杀你。”

“看来是这样的，对吧？”

“在我看来你疯了，马修。你一走进来我就想阻止你，想让你冷静一点。”

“我知道。”

“现在也许太晚了，不管我是否传话。”

“在那以前就太晚了，我来以前先去了上城。你是否知道一个名叫罗亚尔·沃尔德伦的人？”

“我当然认识罗亚尔。”

“我同他谈了一会儿，据说罗亚尔同一些从哥伦比亚来的家伙做着一点生意。”

“他会的，”丹尼男孩说，“看他做的那些个生意。”

“所以他们可能已经知道了，但你也还是可以传话，保险一些。”

“保险，”他说，“人寿保险的反义词是什么？”

“我不知道。”

“死亡保险。他们可能这会儿就在外面等着你呢，马修。”

“那有可能。”

“你为啥不去给警察打个电话？他们可以派辆车来，你去某个地方发表个声明，让那些狗娘养的挣点钱用。”

“我想要那杀人犯，”我说，“我想要同他单挑。”

“你又不是拉丁美洲人，你从哪里弄来这雄赳赳的姿态？”

“你只管传话吧，丹尼男孩。”

“你坐下来。”他身子向前，压低了声音。“你不想就这么空手走出去吧，在这坐一下，我去给你找样东西。”

“我不需要枪。”

“不，当然不，谁需要枪？你可以拿走他的砍刀，让他吃下去，然后打断他两条腿，把他扔在小巷子里。”

“大概会这样吧。”

“让我给你弄把枪好吗？”他的眼睛仔细看着我。“你已经有枪了，”他说，“在你身上，现在就带着，对吧？”

“我不需要枪，”我说。

我的确不需要。走出顶尖酒吧的时候，我把手放在口袋里，摸到了点三二小手枪的枪把和枪管。谁需要它？一把这样的小手枪反正也没啥阻挡别人的力量。

尤其是你又没法子让自己扣动扳机。

我走了出去。天还在下雨，但并不比先前更大。我整整帽檐，仔细看了一下四周。

那辆水星轿车停在街的另一边，我认出了它那有皱褶的挡泥板。我站在那里时，司机发动了引擎。

我走到哥伦布大道，在等待红绿灯转换时，我看见那辆水星轿车调了头，正在驶近。绿灯亮起，我走过街去。

枪在我手上，手在口袋里，食指在扳机上。我想起不久以前扳机如何在我手指下颤抖。

那时我也在这同一条大街。

我朝下城走去，有几次回头看，那辆水星轿车始终在离我一个街区之遥的地方跟着。

我一直没有放松警惕，但等我走到先前曾掏出枪来的那个街区，我变得尤其紧张。我情不自禁地朝后看，期待看见一辆车朝我冲过来。有次我听见急刹车的声音，猛地转过身去，然后才意识到声音在两个街区之外。

神经。

我经过上次卧倒的人行道，查看了砸碎酒瓶的地方，那里还有些碎玻璃，但我不能肯定还是上次的碎玻璃。每天都有很多砸碎的酒瓶。

我一直走到了阿姆斯特朗酒吧，进去要了一块胡桃派和一杯咖啡。我右手一直放在口袋里，目光扫过酒吧，打量着每一个人。我吃完胡桃派，又把手重新放进口袋，用左手端起咖啡喝。

过了一会儿，我又要了杯咖啡。电话铃响了，特里娜接了电话，走到吧台那边。那里有个壮实的家伙，长着褐色头发，她对他说了什么，他走到电话那里，说了几分钟，看看房间，走到我的桌旁，两只手都放在我能看见的地方。

他说，“斯卡德？我叫乔治·莱特纳，我们过去不认识。”他拖出把椅子坐了下来。“刚才是乔，”他说，“那边没有动静，没有任何动静。他们在水星车里监视，他还让两名好枪手埋伏在街对面二楼的窗旁。”

“好。”

“我在这里，前面那桌还有两个伙计。我猜你一进来就认出了我们。”

“我认出了他们，”我说，“我猜你不是警察就是凶手。”

“老天，怎么想的。这地方很好，你总呆在这里吗，嗯？”

“不像从前那么多了。”

“这里很舒服，什么时候可以喝几杯酒而不是只能喝咖啡时，我愿意再来。今晚他们卖了很多咖啡，你我，还有前面那两个伙计。”

“咖啡很好。”

“对，不错的咖啡，比局子里的那破烂好多了。”他用个芝宝打火机点了根香烟。“乔说别的地方也没动静。有两人在下城你的女朋友那里驻扎，另外还有两人守着东区那三个妓女。”他笑了。“这是我能够说出来的细节，没办法面面俱到哈？”

“是没办法。”

“你想在这里呆多久？乔猜想这个家伙要么就是已经准备就

绪，要么就是今晚不会动手。你从这里回旅馆的每一步路我们都可以保护你，当然我们不能保证不会有个枪手从屋顶上或者高窗上开枪。先前我们已经检查过屋顶了，但是不能保证。”

“我想他不会从远处动手。”

“那我们就准备得很好了。你穿了防弹衣。”

“对的。”

“那会有用处。当然背心是网状的，不一定能挡得住刀尖，但没人会让他靠你那么近。我们猜如果他在外面的话，就会在这里和你旅馆门口之间有所动作。”

“我也是这样想的。”

“你想什么时候开始?”

“等几分钟。”我说，“等我先喝完这杯咖啡吧。”

“好吧，”他说，站起身来，“管他呢，开个心吧。”

他回到吧台。我喝完咖啡，起身去盥洗室，我检查了点三二，确定撞针下有一发子弹，另外还有三发备用。我本来可以问德金再要两颗子弹填满枪膛，那他就会给我一把更大更有威力的枪。但是他连我带着把点三二都不知道，我也不想告诉他。现在这样的安排，我不会需要对任何人开枪，凶手会自动走进我们的怀抱。

但事情并不是这样。

我付了账，留下了小费。这个办法不成，我能感觉得到，那个婊子养的根本就不在那里。

我走出门去，雨小了些。我看看那辆水星车，又看了眼街对面的房屋，不知道警察枪手埋伏在哪里。没关系，反正他们今晚啥事也不会有，我们的猎物不会上钩。

我走到五十七街，尽量靠近路边，怕万一他找了个黑暗的门洞潜伏着。我慢慢走着，希望我猜得对，他不会从远处动手，因为防弹背心不总是能阻挡子弹，而且反正也挡不住别人对着你脑袋来一枪。

但是没关系，他反正不在那里。该死，我知道他不在那里。

但是我走进自己旅馆时还是松了口气。我也许有点失望，但还是放了心。

大厅里有三个便衣，他们立刻作了自我介绍，我同他们在一起站了几分钟，德金独自走了进来。他同其中一人私下说了几句话，然后走到我身边。

“我们准备好了，”他说。

“看上去是这么回事。”

“切，”他说，“我们没有留下很多漏洞，也许他察觉到了什么，但是我想不出他怎么会知道。要不他昨天飞回那个他妈的波哥大去了，我们设下圈套，那人却在另一个洲。”

“也有可能。”

“总之你可以先去睡一会儿，如果你没有过于紧张得放松不下来的话。喝几杯，睡他个八小时。”

“好主意。”

“那些伙计整晚都看守着大厅，没有访客，没有人入住。我会在这里通宵安排一个警卫。”

“你觉得有必要吗？”

“我觉得那不妨碍什么。”

“随便你吧。”

“我们要做到万无一失，马修。这很值得，如果我们能把那混蛋给引出来的话，因为要搜遍全城找个走私翡翠的人，天知道会有什么进展。你有时运气好，有时就是没运气。”

“我知道。”

“我们早晚会抓住这个混蛋，你知道。”

“当然。”

“嗯，”他说，笨拙地调换了一下两脚的重心。“嗯，听着，睡一会儿，行吗？”

“行。”

我乘电梯上楼。他没有在南美，我想。我他妈的太清楚了，他不在南美。他就在纽约，还会再杀人，因为他喜欢杀人。

或许他以前也杀过人，或许杀金是他第一次发现感觉很好。但是他已经感觉好到又杀了人，下次都不再需要借口，只要个旅馆房间加上他信赖的大砍刀就行了。

喝几杯酒，德金建议。

我甚至都没想过要喝酒。

十天了，我想。只要不喝酒就上床，你就有十天了。

我从口袋里掏出枪来，把它放在梳妆台上。我另一个口袋里还装着那个象牙手镯，我把它拿出来放在枪旁边，外面还包着从金的厨房里拿的纸巾。我脱掉长裤和夹克，挂在衣橱里，脱掉衬衣，防弹衣不好脱也很难穿，大多数我认识的警察都讨厌穿它，但是另一方面也没有人愿意被枪打中。

我把这东西脱下，盖在梳妆台的枪和手镯上面。防弹衣不仅笨重，而且还保暖，我穿着它一直出汗，内衣的两个腋下都出现了黑圈。我脱掉内衣、短裤和袜子。有什么东西提醒了我，拉响了小小的警报，我朝浴室转过身去，浴室门掀开了。

他冲了出来，大个子，橄榄色皮肤，睁大着双眼。他像我一样赤裸着身子，手里拿着把大砍刀，闪亮的刀刃有一英尺长。

我把防弹衣朝他扔过去，他挥起砍刀把它甩在一旁。我从梳妆台上抓起枪，躲过他。砍刀划了个弧线落下，没有碰到我，他又举起手臂，我对着他的胸口开了四枪。

第三十三章

地铁LL线从第八大道发车，沿十四街穿过曼哈顿，左拐右拐最后一直开到卡纳西，过河在布鲁克林的第一站是贝德福德大道和北七大街，我在那里下车，走过去找到了他的房子。我费了点时间，转错了几个弯，但这天气走路不错，太阳照着，天空明朗，空气暖洋洋的，不再冰冷。

车库右边有个沉重的不带窗的门，我按了门铃，但没有反应，也听不见里面有铃声。他不是谈到过切断门铃声吗？我又按了按，还是听不到任何声音。

门上装了个铜把手，我用把手敲门，依然没动静。我握拢两手喊道，“钱斯，开门！是斯卡德。”然后我又砰砰拍门，用铜把手，也用我自己的手。

门看上去摸上去都沉重无比，我试着用肩膀推，最后断定我不大可能踢得开它。我可以砸开一扇窗进去，但是绿点这一带有邻居可能会报警，或者拿把枪自己过来。

我又拍了一阵门，有发动机响了，一部绞车开始卷起电动车库门。

“这边，”他说，“要不你会把他妈的门给砸烂。”

我从车库里进去，他揿了个按钮把门重新放下。“前门打不开的，”他说，“我先前不是给你看过吗？全都用铁栏杆封起来了。”

“如果起火那就太妙了。”

“那我会从窗子出去，但是你什么时候听说过消防站着火被烧的？”

他还像我上次见到他时同样的穿着，淡蓝色牛仔裤和藏青色套头衫。“你忘了拿咖啡，”他说，“要不就是我忘了给你，前天，记得吗？你本来要带两磅回家的。”

“对的，我忘了。”

“给你的女朋友，很好看的女人。我这里煮了一些咖啡，你要喝一杯吗？”

“谢谢。”

我跟着他去厨房，我说，“很难找到你。”

“嗯，我几乎不再查我的留言服务了。”

“我知道。你最近听过新闻广播吗？看过报纸吗？”

“这两天没有。你喝黑咖啡，对吧？”

“对的。都结束了，钱斯。”他看着我。“我们找到了那个家伙。”

“那个家伙，那个凶手。”

“对的。我觉得应该来告诉你。”

“嗯，”他说，“我很高兴听你说说。”

我详细地把整个事情讲述了一遍。我已经习惯了，现在是下午，从早晨两点多我把四颗子弹打在佩德罗·安东尼奥·马尔克斯身上之后，我就一直在对这个那个讲这件事。

“所以你杀了他，”钱斯说，“你感觉如何？”

“说有什么感觉还太早。”

我知道德金的感觉，他简直太高兴了。“你知道他们一旦有人死了，”他说，“三年之内就不会再回到街上来杀人。这家伙是他妈的畜生，嗜血成性，喜欢杀人。”

“是同一个家伙吗？”钱斯想要知道。“毫无疑问？”

“毫无疑问，他们从保哈顿汽车旅馆经理那里得到了确证，他们还核对了几个隐藏的指纹，一个取自保哈顿，一个取自银河酒店，这样就把他同两次杀人事件联系在一起。那把大砍刀也是两次杀人时都用到的，他们甚至在刀柄和刀把接缝处也找到了细微的血迹，血型同金或者曲奇相符，我忘了具体是谁了。”

“他怎么会进得了你的旅馆?”

“他直接经过大厅，乘电梯上去的。”

“我还以为他们把那地方全都监视住了呢。”

“他们监视了。他直接经过他们，在前台拿了自己的钥匙，进了自己的房间。”

“他怎么做到的?”

“再简单不过了，”我说，“他头一天入住，以防万一。他把事情都安排好了。他听说我在到处找他，就回到我的旅馆，上楼去自己房间，然后去我的房间，自己进去的。我旅馆房门的锁没那么难打开。他脱掉衣服，磨快了砍刀，等我回家。”

“他差不多办成了。”

“本来应该办成的。他可以躲在门后，在我还不知道怎么回事时就把我杀了。或者他可以在浴室多呆几分钟，等我上床。但是杀人太让他兴奋了，就是这个让他搞砸了。他想等我俩都光着身子时来杀我，所以就躲在浴室，他等不及我上床，因为他太兴奋，太激动了。当然，如果我手边没有枪的话，他还是会杀了我。”

“他不可能一直是单干。”

“杀人他一直是单干的。也许在翡翠交易上他还有伙伴，警察可能会找到些什么，也许找不到。即使他们真能找到，也没有真实的证据来起诉任何人。”

他点点头。“那个哥哥怎么了？金的男朋友，那个惹出所有这些事情的人。”

“他没露面，可能死了，要不就仍然在逃，等他的哥伦比亚朋友找到他。”

“他们会找他吗？”

“很可能。据说他们是冷酷无情的。”

“还有那个入住登记服务员？叫什么名字来着，考尔德伦？”

“对的。嗯，如果他躲在皇后区某个地方，可以在报上读到这个消息，去把自己的工作要回来。”

他想要说什么，又改变了主意。他把我俩的杯子拿回厨房倒满了咖啡，端着咖啡回来，把我的那杯递给我。

“你待到很晚才睡，”他说。

“一晚没睡。”

“你睡过了吗？”

“还没有。”

“我自己在一张椅子上时不时打个瞌睡，但是上了床就睡不着，连躺下都不行。我去锻炼，洗个桑拿，冲了澡，再喝些咖啡，又坐一阵子。这样一再重复。”

“你不再给留言服务打电话了。”

“我不再给留言服务打电话，我不再离开家，我可能还在吃东西。我从冰箱里拿了些东西，心不在焉地吃了。金死了，桑妮死了，那个叫曲奇的死了，也许哥哥，那个男朋友也死了，还有那个叫什么名字的也死了，你打死的那个，我不记得他的名字了。”

“马尔克斯。”

“马尔克斯死了，考尔德伦失踪了，鲁比去了旧金山。问题是钱斯在哪里，答案是我不知道。我以为我在的地方已经关门大吉了。”

“女孩都安然无恙。”

“你已经说过了。”

“玛丽·卢不再接客，她很高兴曾经做过，学会了很多东西，但是她准备开始新的生活。”

“嗯，是的，这个我猜到了，葬礼后我不是告诉过你吗？”

我点点头。“唐娜认为她能拿到一笔基金会资助，她还可以通过朗诵诗歌和举办诗歌研讨会挣钱。她说卖淫已经开始损害她的诗歌了。”

“她很有才能，唐娜。如果她能靠诗歌谋生就好了，你说她要拿到资助了吗？”

“她认为这次可以拿到了。”

他笑了。“你不告诉我其他的事情吗？小弗兰刚刚拿到好莱坞的合同，她会成为下一个戈尔迪·霍恩[1]。”

“也许明天吧，”我说。“现在她只想住在格林威治村，吸毒吸到飘飘然，接待华尔街的好男人。”

“所以我还有弗兰。”

“对的。”

他一直在房间踱步，现在又坐上坐垫。“要再找五六个人不费吹灰之力，”他说，“你不知道有多容易，世上最容易的事情。”

“你老早告诉过我。”

“是实话，伙计。那么多女人在等着别人告诉她们该怎么过活，我可以走出去，不到一个星期就可以搞到一大串。”他懊恼地摇摇头。“只有一件事。”

“什么事？”

“我没法子再做下去了。”他又站起来。“妈的，我拉皮条很在行！我也喜欢干这一行。我为自己量身定制了一种生活，就像皮肤贴肉那么合适。但是你知道结果怎么样了吗？”

---

① 戈尔迪·霍恩（Goldie Hawn），好莱坞女明星，曾获1969年奥斯卡最佳女配角奖。

“怎样了?”

“我长大了，不想玩了。”

“有这种事情。”

“某个西班牙佬发疯似的用刀子乱捅，搞得我没了生意。你知道吗？这种事情早晚要发生的，对吧?”

“早晚的事情。”就像我会离开警察局，即使我的子弹没有杀死埃斯特利塔·里韦拉。“生活总在变，”我说，“要抵抗似乎没啥意思。”

“我该干啥呢?”

“想干啥就干啥呗。”

“例如?”

“你可以回去上学。”

他笑了。“去读艺术史？去他的，我可不想。再去坐在一个教室里？当时就是扯淡，我去参他妈的军就是为了摆脱它。你知道有天晚上我想什么吗?”

“想什么?”

“我要去弄把火，把所有面具都堆在屋子中间，倒点汽油在上面，扔根火柴。像那些维京人一样跑出去，带着所有的宝贝。不能说我早就想到这件事，我可以做的是把所有这些垃圾都卖掉，房子、艺术品、汽车。我猜这些钱可以够我用一阵子。”

“可能。”

“接下来怎么办?”

“要不你去做买卖?”

“你疯了吗，伙计?我去买卖毒品?我连拉皮条都做不来了，拉皮条至少还干净些。”

“不是毒品。”

“那是什么?”

“非洲的东西。你好像有很多，我猜质量也蛮高。”

“我从来没有蹩脚货。”

“你告诉过我。你可以用这些货来开业吗?你对这一行有足够的了解吗，可以做起生意来吗?”

他皱皱眉，想了想。“先前我也这样想来着，”他说。

“然后呢?”

“有很多我不知道的事情，但我也知道不少，再说我对它有感觉，这是你不能在教室里或书本上学到的东西。但是，切，要做生意肯定还需要更多。你需要像模像样，要有合适的个人素质。”

“你创造了钱斯，对吧?”

“是啊?噢，我知道了。我可以像造个皮条客那样再造出一个黑鬼艺术品商人。”

“你不行吗?”

“我当然行。”他又想了想。“也可能管用,”他说,“我要研究一下。”

“你有时间。”

“有的是时间。”他死命盯着我,褐色眼睛中闪着金色斑点。“不知道我为什么会聘请你,”他说,“向上帝发誓我不知道为啥。是否我想装个样子什么的,超级皮条客为他死去的婊子报仇,如果我知道这会让我……”

“可能还是救了几条命,”我说,“如果这能让你感到安慰的话。”

“没有救到金、桑妮和曲奇。”

“金已经死了,桑妮自杀是她自己的选择,马尔克斯只要找到曲奇,就会杀了她。但是如果我没有让他住手的话,他还会一直杀下去。警察早晚会抓住他,但那样会有更多女人先死掉。他根本不会住手,对他来说太刺激了。他从浴室里出来时都勃起了。”

“你说真的?”

“绝对的。”

“他硬邦邦地朝你奔过去?”

“嗯,我更怕那把大砍刀。”

“嗯，是啊，”他说，“可以想象你会怎么着。”

他想给我额外的酬劳，我说不需要，那些钱补偿我花的时间已经足够了，但是他仍然坚持。当别人坚持要给我钱时，我一般都不会反对。我告诉他我从金的公寓拿了那只象牙手镯，他笑了，说他完全忘了，我尽管拿，他希望我的女人会喜欢，他说这也是额外酬劳的一部分，还有现钱和两磅特制混合型咖啡。

“如果你喜欢这种咖啡，”他说，“我还可以告诉你去哪里买。”

他开车送我进城。我可以坐地铁，但是他坚持说他反正要去曼哈顿找玛丽·卢、唐娜和弗兰，把事情安排好。“趁着还有这辆赛威车的时候享受一下，”他说，“可能会把它卖了换现钱用作运营开销，也可能会把房子也卖了。”他摇摇头。“但是这里还真适合我，住在这里。”

“搞个政府贷款来启动生意。”

“你开玩笑吧？”

“你属于少数族群，有些机构等不及借钱给你呢。”

“想得真好，”他说。

在我旅馆前，他说，“那个哥伦比亚混账，我还是不记得他的名字。”

“佩德罗·马尔克斯。”

“是这个人。他在你的旅馆登记入住时，用的是这个名字吗？”

“不，这名字在他的身份证件上。”

“我猜也是这样。他曾经是C. O. 琼斯和M. A. 里康，不知道他为你用的是什么脏字眼？”

“他叫斯塔鲁道先生，”我说，“托马斯·爱德华·斯塔鲁道。”

T. E. Starudo? Testarudo? 在西班牙文里是骂人的话语吗？

“不是骂人的话，是一个词。”

“意思是什么？”

“固执，”我说，“固执或猪头。”

“呵呵，”他说，笑了起来。“呵呵，你不能怪他取这个名字，对吧？”

第三十四章

进了房间，我把两磅咖啡放在梳妆台上，然后去确定没有人在浴室里。我觉得有点傻，就像个老姑娘要看看床下似的，但是我可能还要过一阵才能放松下来。我身上不再带枪了，那把点三二当然被收缴了，公开的说法是德金给了我这把枪让我防身。他甚至都没问我哪来的枪，我觉得他压根无所谓。

我坐在椅子上，看着地板上马尔克斯当初摔下去的那块地方。地毯上还留着一些他的血迹，他们用粉笔在尸体旁画的线也有些还留着。

不知我是否还能在这间房里睡得着，我可以让他们给我换个房间，但我在这里住了几年，已经习惯了。钱斯说过这适合我，我也觉得是这样。

杀了他我有什么感觉？

我仔细想过，最后决定我觉得很好。我对这个婊子养的一无所知，他们说了解一切就是宽恕一切，如果我知道他全部的故事，也许我会理解为啥他那么嗜血。但是我用不着宽恕他，那是上帝的事不是我的事。

我能扣动扳机了，子弹没有反弹，没有乱蹦，也没有打偏。四发子弹全都进了胸膛。侦探当得不错，圈套下得不错，最后开枪也不错。

不错。

我下楼去，出门绕过街角，走到阿姆斯特朗，往窗子里看看，但是又继续走到五十八街，绕过街角，走进法雷尔酒吧，站在吧台旁。

这里人不多，自动电唱机放着音乐，男中音在浅吟低唱，好多弦乐器在伴奏。

“双份‘早年时光’，”我说，“水另放。”

我站在那，并没有想任何事情，那位留胡须的酒保倒了酒，又倒了水，都放在我面前。我把一张十元钞票放在吧台上，他破开整钱，找了零。

我看看酒，浓郁的琥珀色液体闪着亮光，我伸出手去，心里一个轻柔的声音在呢喃着，欢迎回家。

我缩回手，把酒留在吧台上，从我那一堆零钱里拿出一个十分硬币。我走到电话前，扔进去一个硬币，拨了简的号码。

没人接电话。

好，我想，我守住了诺言。当然，也可能我拨错了号码，要不就是电话公司出了错，这种事情发生过。

我把硬币又放回投币口，重新拨了一次，让它响了十几下。

没人接电话。

这足够公平了。我取回硬币，回到吧台。我的零钱还留在桌上，两杯饮料也在我面前，波本威士忌和水。

我想着，为什么？

案子结束了，破案了，结束了。凶手再也杀不了任何人，我做对了很多事情，对自己在此过程中的作用很满意。我没有紧张，没有焦虑，没有沮丧，老天，我很好。

吧台上有双份波本酒在我面前。我并不想喝酒，我甚至都没想到要喝酒，但在这里，在我面前却有杯酒，我准备灌下去。

为什么？我究竟怎么回事？

如果我喝了他妈的这杯酒，最后就会死掉或进医院。也许要一天，或一个星期，或一个月，但最终就会是这样子。我知道的，我不想死，也不想进医院，但是此刻我却在一个酒吧，面前摆着一杯酒。

因为……

因为什么？

因为……

我把酒留在吧台上，把零钱也留在吧台上，走了出去。

八点半时我走下圣保罗教堂地下室的台阶，走进了开会的房间，我倒了杯咖啡，拿了一些饼干，找了个位子坐下。

我想，你几乎喝上了。你有十一天没喝酒了，你去了酒吧，你没有理由要去那里，还要了杯酒，也没有任何理由。你几乎拿起了酒，就差那么一丁点，你费了那么大力气才达到十一天，却几乎让它泡了汤。你究竟怎么回事？

主持人念了开场白，介绍了演讲者。我坐在那里，试着听他发言，但是听不进去。我的思绪不断回到那杯波本酒上，就那么简单明白。我不想喝，我连想都没想过要喝，但是我却被它牢牢吸住，就像铁屑被吸铁石吸住那样。

我想着，我叫马修，我觉得要发疯了。

演讲者说完了，我同大家一起鼓掌。休息时我去盥洗室，与其说是有需求，不如说是为了避免同任何人说话。我回到房间里，又倒了一杯咖啡，其实我不需要咖啡也不想再喝。我想把咖啡留在那里，回自己旅馆去。天哪，我有两天一夜没合眼了，睡一会儿远远好过来这开会，我一开始就没法集中注意力在开会上面。

我端着咖啡杯，带到座位上坐下来。

讨论时我也坐在那，人们说的话像波涛一样扑面而来，我只是坐在那里，什么也听不见。

然后轮到我了。

“我叫马修，”我说，停了一下，又重新开始。“我叫马修，”我说，“我是个酒鬼。”

他妈的最糟糕的事情发生了。我哭了起来。